Dominique Sylvain est née en 1957 en Lorraine. Elle débute en tant que journaliste, puis part vivre au Japon, où elle écrit son premier polar *Baka !*, qui met en scène l'enquêtrice Louise Morvan. Elle a obtenu, en 2005, le Grand Prix des lectrices de *Elle*, catégorie polar, pour son huitième roman *Passage du Désir*, qui signe l'acte de naissance d'un formidable et improbable duo d'enquêtrices, l'ex-commissaire Lola Jost, armée de sa gouaille et de ses kilos, et sa comparse Ingrid Diesel, l'Américaine amoureuse de Paris. Dominique Sylvain est également l'auteur de *Vox*, prix Sang d'encre 2000, et de *Strad*, prix polar Michel-Lebrun 2001.

Dominique Sylvain

OMBRES ET SOLEIL

ROMAN

Viviane Hamy

TEXTE INTÉGRAL

ISBN 978-2-7578-5759-5
(ISBN 978-2-87858-592-6, 1re publication)

Quel autre trésor dans cette vie mortelle qu'une réputation sans tache ?

William Shakespeare

Vendredi 27 novembre 1998

La pluie dilue leurs visages. Le long de la route, Géraldine ne distingue que des silhouettes. Amis, anonymes, ils sont nombreux sous le ciel de colère. Bravant le froid, ils saluent de la main le lent cortège de minibus noirs.

Maman et Camille se taisent, blotties l'une contre l'autre, vaincues par la fatigue. Les autres passagers fixent le vide. Géraldine se fait l'effet d'avoir survécu seule à une attaque de zombies. Elle aura quatorze ans dans une semaine, son manteau est trop court et trop serré, elle a gagné huit centimètres ces derniers temps. Ça aurait intéressé papa.

Elle n'arrive pas à pleurer. Depuis le début, depuis la catastrophe annoncée à la radio, depuis la visite des officiels à la maison, elle n'y arrive pas. Cette fragilité, avec un peu de volonté, elle s'en débarrassera comme du vieux manteau.

Dans le rétroviseur, elle croise le regard de l'employé qui leur sert de chauffeur et lit ses pensées. *Moi aussi, je travaille pour Aerolix. J'ai eu la chance de ne pas être là au mauvais endroit, au mauvais moment. Les miens ont été épargnés.*

Aerolix. L'entreprise qui fait vivre la région.

Et mourir. Aussi. Du moins, cette fois.

Les gendarmes ouvrent le chemin. Comment font-ils pour tenir sur leurs motos à si faible vitesse ? Et sur cette route transformée en rivière ?

Arrivée à l'aérodrome. Les motards mettent pied à terre. Les chauffeurs garent les minibus. Les familles ouvrent des parapluies, forment une procession.

– On se les gèle, dit Géraldine à sa sœur.

Camille serre toujours maman contre elle et ne répond pas. Elles ont le même air éperdu, de la vapeur s'échappe de leurs lèvres entrouvertes. Géraldine regarde l'avion-cargo attaqué par la pluie. C'est à son bord que les corps sont revenus de Damas ?

Les journalistes se bousculent derrière une barrière métallique. Ridiculement longues, leurs perches pour le son. Ils veulent ferrer des cris, des larmes. Raté. Le groupe pénètre vite dans le hangar.

Les familles restent hébétées en découvrant les cercueils.

Alignement. Le drapeau déployé sur chacun. Et un troupeau humain qui piétine dans le froid. Personnel d'Aerolix, infirmiers, militaires. Les officiels.

Le cri d'une veuve déclenche un torrent. Les parents éclatent en sanglots. Maman et Camille aussi. Géraldine se mord le pouce jusqu'au sang pour ouvrir enfin les vannes. Impossible. Sale manteau qui serre trop.

Quelqu'un va quitter le troupeau pour jouer le guide, mais non, ça ne se passe pas comme ça, les familles doivent se débrouiller, alors Géraldine est la première à s'avancer. Des plaques de cuivre sont fixées sur les cercueils. Ces noms, elle les connaît tous. Elle met du temps à trouver le bon.

Papa est là, allongé entre quatre planches, sous le drapeau tricolore. Il faut en accepter l'idée, maintenant, tout de suite. Il faut l'accepter sinon ce sera trop tard. Et on passera sa vie dans un monde parallèle. Un monde d'entre-deux, la vie zombie.

Bleu, douleur. Blanc, néant. Rouge, sang. Un beau petit poème, simple et merdique. Puisqu'il est enfin là, elle parle à papa, sait bien qu'il ne peut plus l'entendre, le sait depuis le début mais sait surtout que lui parler est tout ce qui la retient de dériver vers le monde d'où l'on ne revient pas.

Tu nous as élevées dans le respect des croyances des autres mais dans la certitude que la mort était la dernière porte. « Certitude », oui, c'était le mot que tu employais. Tu es où ? Hey, dis-moi. Je n'arrive pas à croire que c'est fini. Tu m'entends ?

Un soldat entame un solo de trompette. Oh, pitoyable, Géraldine se surprend à avoir envie de rire. Pendant ce temps, la foule se transforme en organisme unicellulaire parcouru par un murmure. Ça se tend vers un personnage au visage creux et noble. Paul Borel. Le président de la République.

Je ne l'avais jamais vu qu'à la télévision. Toi aussi, papa, non ?

Un petit binoclard au visage noyé dans une large écharpe verte tapote le micro du plat de la main. Son écharpe ressemble plus à un plaid, malin le bonhomme, il sait comment avoir chaud sans s'enfermer dans un manteau. Il tend un document au chef de l'État, recule dans son ombre. Borel prend une inspiration, genre départ de cent mètres, et commence son discours. Sa voix écrase le martèlement de la pluie. Borel ressemble à Jupiter. Géraldine l'imagine agitant deux éclairs dans la main droite. Ils clignotent, ces éclairs blancs.

Borel, le père de la Nation.

Mais toi, tu étais, tu es le mien et celui de Camille. Et le mari de Sandra. Je voudrais ta voix, une dernière fois. Hey, tu m'entends ?

« C'est l'un des attentats les plus meurtriers de ces dernières années contre des concitoyens. Ce crime odieux ne restera pas impuni. Devant vous, je fais le serment que les responsables seront arrêtés, traduits en justice, punis comme il se doit. Le terrorisme est un fléau qui doit être combattu avec détermination et constance. Le gouvernement et moi-même sommes résolus à mener cette bataille. Nous n'abandonnerons jamais vos morts, *nos* morts, à l'oubli… »

Berceuse. Cette voix est celle d'un dieu. Du patron des dieux. Pas étonnant que Borel occupe la première place. Géraldine pense aux grands hommes qu'elle a vus circuler dans ses manuels d'histoire. Ils sont nés avec un charme magique, pourquoi se gêner ?

Après le discours, un militaire aide le Président pour la distribution. Au programme, la Légion d'honneur à titre posthume. L'aide de camp a une grande enveloppe garnie de petits papiers, des pense-bêtes pour ne pas s'emmêler dans les noms des victimes. Dix-huit ingénieurs et techniciens, dix-huit morts pour la France.

Tu es l'homme le plus modeste qui soit, papa. Cette foutue Légion d'honneur, c'est ton style ? Sans blague ?

Dix secondes pour chaque famille. Déjà, le Président s'avance. Élégance de prince et sourire de bon gars, main tendue. L'aide de camp plonge la sienne dans l'enveloppe, en tire le nom de papa.

C'est le moment.

Le moment à saisir sous peine de le regretter toute sa vie. Le manteau de fragilité, on le jette à la poubelle. Maintenant.

– Non merci, monsieur le Président…

– Mademoiselle ?

– VOTRE MÉDAILLE, MON PÈRE N'EN VEUT PAS !

Maman et Camille se tournent. Le cri les a dézombifiées. Géraldine pose une main sur l'épaule de sa mère. Ça gigote dans son champ visuel, peut-être bien Jupiter et son aide de camp qui se barrent. Géraldine sourit. Et pleure en même temps. Maman et Camille aussi.

On se parle mais on ne s'entend pas bien parce que la pluie, coléreuse, dense, infatigable, frappe la tôle du toit. Ce tapage, c'est une bonne nouvelle. Ça signifie que la pluie est de leur côté et le restera jusqu'au bout. Ça donne du courage.

Regarde-moi, papa, tu vas être surpris.

1

Lundi 14 janvier 2013

Le jour s'était mis à ressembler à la nuit. Du gris pâle dès le matin, du gris crasseux jusqu'au moment d'aller se coucher. Il aurait fallu allumer la lumière, la radio, laver la vaisselle, s'intéresser aux problèmes de la planète, manger autre chose que des coquillettes au jambon. Elle préférait écouter la pluie en buvant du porto. Formidables, ces cataractes.

L'interphone. Elle quitta son fauteuil Voltaire en grognant.

– Lola Jost ?

– Ça dépend.

– Capitaine Philippe Hardy, IGS. J'aimerais vous parler.

L'Inspection générale des services. Sa carrière durant, elle s'était tenue à distance des bœuf-carottes, pourquoi ce spécimen venait-il s'ébrouer chez elle ? Une fine tranche de curiosité subsistait sous la lassitude, elle actionna l'ouverture du porche.

Des pas énergiques réveillèrent la cage d'escalier. Émergea un type à l'intéressante gueule d'Irlandais. Regard clair, cheveux blond-roux ; la police des polices et ses atouts insoupçonnés.

Il abandonna son parapluie sur le palier, entra, repéra le puzzle sur la table. Le Christ Rédempteur ouvrait les bras à la baie de Rio.

– Le Corcovado.

– Bien vu.

– Combien de pièces ?

– Beaucoup trop. Un cadeau de mon fils.

– Vous devinez pourquoi je suis là.

– Je n'essaie même pas.

– Vous n'avez pas écouté les infos ?

– Je n'ai rien écouté du tout, je suis en jachère pour le moment.

– Pardon ?

– Dites-moi ce qui vous amène sinon ça prendra plus de temps que ce foutu puzzle.

– On a découvert le corps d'Arnaud Mars [1].

Son cœur fit des bêtises. Comme si un imbécile venait de la pousser du haut d'un plongeoir olympique. Hardy lui apporta un verre d'eau, ouvrit la fenêtre. Il lui apprit que le divisionnaire avait été retrouvé avec une balle dans le crâne, en Côte d'Ivoire. Un lotissement en construction dans la banlieue d'Abidjan. Le grand patron de la Crim' réduit à l'état de squelette sur le toit-terrasse d'une maison inhabitée. On l'avait identifié grâce au numéro de série de sa montre et à la collaboration entre la police locale et l'ambassade française. Les tests ADN venaient de confirmer les faits.

– C'est quoi votre rôle, exactement ?

– Quand le divisionnaire Mars était en cavale, j'étais chargé de l'enquête. Maintenant que son corps a été retrouvé, je suis toujours aux manettes.

1. Voir, du même auteur, *Guerre sale* (éd. Viviane Hamy, 2011).

– Si vous étiez vraiment aux « manettes », vous l'auriez coffré avant qu'il se fasse descendre.

Il avala l'affront sans ciller. Un flic en plastique.

– Arnaud Mars et vous étiez proches. Vous l'avez rencontré grâce à votre ami, le commandant Sacha Duguin, c'est ça ?

Mars. Attachant et cinglé. Oui, elle était entrée dans le cercle restreint de ceux à qui le divisionnaire faisait des confidences. Pour autant, il l'avait baladée, comme les autres, comme son officier le plus dévoué, Sacha Duguin, comme toute son équipe. Le divisionnaire s'était vengé avant de prendre la fuite ; jusqu'à Abidjan, visiblement.

Mars. Un grand flic. Un grand malade aussi.

– Richard Gratien a eu le dernier mot, Hardy. Qu'est-ce que vous voulez que je vous dise de plus ?

– Gratien est en prison depuis des mois.

– La tôle n'empêche personne de mettre un contrat sur n'importe qui. L'été dernier, ce même Gratien a payé deux salopards pour descendre ma meilleure amie, en plein Paris. Tout ça parce que Sacha Duguin était son amant. Gratien était déjà en tôle.

Ce jour-là, sur le boulevard Saint-Michel, le lieutenant Sébastien Ménard, le plus jeune officier du groupe Duguin y avait laissé la vie. Foutu gâchis.

– Il avait quel âge, Ménard ? Vous vous en souvenez, Hardy ?

– Vingt-quatre ans.

– Eh bien, il en aurait vingt-cinq si vous aviez fait votre boulot.

– Calmez-vous.

– Je suis calme. Tenir les « manettes », c'est anticiper.

– Écoutez…

– Le divisionnaire Mars a peaufiné sa vengeance. Des années de préparation. Vous auriez pu renifler son potentiel catastrophique. Ça sert à ça, l'IGS, non ? Repérer les éléments hautement inflammables.

– Arrêter avant le passage à l'acte, c'est de la science-fiction, madame Jost. Une ancienne commissaire devrait le savoir.

– Avant, après, deux notions relatives. Vous n'êtes pas venu me voir « après » Saint-Michel, capitaine. Et pourtant le tueur avait braillé le nom de la femme de Richard Gratien. Une signature difficile à rater.

– J'ai rencontré tous les témoins et enquêteurs concernés par Saint-Michel.

– Ça devrait m'impressionner ?

– La mort de Mars fait de vous un témoin essentiel, madame Jost. Vous étiez présente pendant ses derniers moments à Paris. Il vous a fait des confidences.

– Mars mentait avec talent.

– Vous étiez proche de son équipe. Et surtout du commandant Sacha Duguin. Je redémarre à zéro. J'interroge tout le monde.

– C'est trop tard. Et à quoi je vous servirais ?

– À monter un dossier solide. Contre Gratien si c'est lui qui a fait abattre Mars. Contre quelqu'un d'autre si ce n'est pas Gratien.

– Bref, vous nagez dans la mélasse.

Le regard de Hardy s'était durci. Torpille dans la cible, autosatisfaction cabossée.

– Bon, vous m'accompagnez à l'IGS.

– Hors de question.

– J'ai quelque chose à vous montrer. À propos de Saint-Michel.

Elle l'observa, prête à lui balancer un nouveau drone au fiel, puis changea d'avis. Paris, l'été dernier, la terrasse d'un café. Et puis le cauchemar. Deux motards. Le passager tire sur Ingrid Diesel et Sébastien Ménard.

Elle n'avait pas été le témoin de la scène mais l'avait imaginée mille fois.

Entre-temps, Sacha lui avait appris que l'arme avait déjà été utilisée pour un autre homicide. Une vieille affaire, celle d'un dealer abattu par un concurrent. La balle ayant tué Ménard – du 9 mm – provenait du même pistolet. Toujours en prison, le type n'avait aucun lien avec Gratien ou le marché de l'armement. Le pistolet, introuvable jusqu'alors, avait dû repasser de main en main au gré des transactions du marché noir et n'avait plus fait reparler de lui jusqu'au contrat sur l'amie américaine.

J'ai quelque chose à vous montrer. Hardy ne faisait pas semblant.

Depuis ce qui était arrivé à Ingrid, Lola était à la fois épuisée et enragée, impuissante aussi. Mais la petite flamme venait de se rallumer.

Direction la douche. Adieu la robe de chambre dans laquelle elle infusait depuis plusieurs jours. Le miroir lui renvoya un reflet offensif, coiffure de méduse, visage crayeux et bouffi. La balance lui annonça qu'elle avait gagné trois kilos.

Je m'en fiche. Et Paris s'en fiche aussi.

Elle ouvrit la fenêtre, prit la température en tendant le bras à l'extérieur. Tiède et louche, et toujours ces hectolitres de flotte. L'hiver avait la tête à l'envers.

L'Audi possédait un autoradio maléfique. Réduction de moitié des effectifs d'une usine de montage automobile ; un ado avait envoyé son conseiller principal d'éducation à l'hôpital ; un pilote français venait de mourir au Mali.

Lola imagina un hélicoptère fonçant sur une dune avant d'exploser en une boule de feu. Cet enfoiré de Richard Gratien avait été l'émissaire des marchands d'armes. Il était spécialisé dans les contrats africains. Les journalistes aimaient l'appeler « Mister Africa ». Et Mars était parti mourir à Abidjan. L'Afrique, encore et toujours cette foutue Afrique.

Hardy avait collé la sirène sur le toit et roulait trop vite. Les rues défilaient, diluées dans le déluge. Les salves faisaient couiner la carrosserie. On ralentit au feu. Lola vit le visage d'une actrice américaine sur un cul de bus. Des cheveux courts, très blonds. Un fusil à canon scié. Le feu passa au vert. Le bus bifurqua vers la droite. La pluie joua à un jeu cruel, la jeune actrice eut brièvement les traits d'Ingrid.

Hardy accéléra sur le boulevard Beaumarchais.

Un trajet rapide pour un nom à rallonge. Rue Antoine-Julien-Hénard, Paris, 12e. Un immeuble moderne de pierre et de verre. Lisse comme les manières du capitaine.

On l'installa dans un bureau quasi vide. Une table, deux chaises. Une fille qui avait l'air aussi plastifié que son patron lui apporta un café et un verre d'eau. S'ils comptaient la faire mariner pour lui attendrir le cuir, ils seraient déçus.

2

Un ciel sans nuages boulevard Saint-Michel. Au loin, Notre-Dame. Sur le quai de Montebello, le trafic est fluide. Des gens s'intéressent aux étals des bouquinistes. Un type promène deux lévriers et un cigare.

Le gars et ses chiens sortent du cadre. Des passants s'écartent devant une jeune femme.

Grande, athlétique, un débardeur rose fluo.

Ingrid.

Ses bras hachent le vide, elle court comme une possédée. Sa tête blonde, presque blanche sous le soleil.

Son visage dans le cadre, plan resserré, elle est terrorisée.

Détonation.

L'image a sauté. Une voix, au ras du micro : « Putain, c'était un coup de feu ! » Des gens détalent, d'autres plongent au sol.

La moto. Le pilote, Casque-Clair, remonte le trafic en sens inverse. Le passager, Casque-Noir, brandit un pistolet.

La voix, stupide, dans le micro : « Non mais t'as vu ces dingues ? »

Casque-Clair zigzague à l'aise, dépasse Ingrid, se place en travers de son chemin. Plus d'issue. Derrière elle, le parapet, l'indifférence de la Seine.

Ça respire fort dans le micro.

Casque-Noir braque sa cible. Bras tendu, corps solide. Un pro. Ingrid lui demande de l'épargner.

L'image et la voix dans le micro tremblent : « C'est pas possible, y va pas tirer... »

Casque-Clair jette des coups d'œil nerveux autour de lui. Ingrid fait face à Casque-Noir. Courageuse, fragile. Supplier ne sert plus à rien.

« Oh, putain, non ! »

Casque-Noir hurle : « POUR ANTONIA GRATIEN, Pétasse ! » Il lève le bras. Réajuste. À peine. Tire. Ingrid s'affaisse. Grognement dans le micro. Les motards ont un échange énervé. Casque-Noir remonte à moto. Casque-Clair accélère vers Notre-Dame.

Ingrid, à genoux. Le vide autour de son corps inondé de lumière.

L'image vibre au rythme des mains tremblantes du type qui filme la scène avec son iPhone.

– Un verre d'eau, madame Jost ?

– Perdez cette habitude de m'abreuver toutes les cinq minutes, Hardy.

La vidéo, capturée par un passant sur son téléphone portable, confirmait ce que pensait Lola depuis le début. Et ajoutait une information. Elle en était certaine maintenant qu'elle l'avait visionnée plusieurs fois.

– Le tireur aurait pu tuer votre amie s'il l'avait voulu. À cette distance, Ingrid Diesel faisait une cible immanquable.

Au lieu de ça, Casque-Noir avait tiré au-dessus de sa tête.

– Il la braque, dit Lola. Puis il lève le bras, à peine, juste de quoi modifier son angle de tir. En fait, en changeant d'angle, il change d'avis. Il est payé pour tuer Ingrid mais, au dernier moment, il l'épargne.

– Oui, je suis d'accord. Mais sans cette vidéo, on aurait pu penser qu'il ne voulait que la terroriser sans intention de la tuer.

– Et la vidéo nous apprend qu'il a modifié son plan, au dernier moment.

– Exact.

Oui, parce que le pilote ne comprend pas pourquoi le tireur épargne Ingrid. Son corps parle, pose des questions. Puis ils ont ce bref échange. Il y a une tension. Casque-Noir est le patron. Il donne l'ordre à Casque-Clair de les embarquer en vitesse.

– Vos gars ont relevé l'immatriculation ?

– La moto n'avait pas de plaque.

– Parmi vos indics, quelqu'un a bien entendu parler de ce contrat…

– Pas pour le moment.

– Et le pistolet ? Toujours pas retrouvé ? Il avait pourtant été utilisé par le passé.

– Qui vous en a parlé ?

– Un de mes ex-collaborateurs au commissariat du 10e, mentit Lola. (Pas question de ramener Sacha dans la discussion.)

– Rien du côté du Beretta.

– Vous savez déjà que c'est un Beretta ?

– Oui, le labo a agrandi les images de la vidéo.

Ils s'étudièrent quelques secondes.

– Je vous avais bien dit que j'avais quelque chose d'intéressant à vous montrer.

– C'est par pure bonté d'âme ?

– Je ne travaille pas contre vous. Au contraire.

– Je ne sais rien, capitaine. Vous voulez que je vous le répète combien de fois ?

– On croit qu'on ne sait rien mais on sait. Ce n'est pas moi qui vous l'apprends. Je veux vos souvenirs.

Hardy posa un magnéto miniature sur la table. Lola écrasa son gobelet de plastique vide d'une main, recula dans sa chaise, croisa fermement les bras. La journée finissait à peine. La nuit serait interminable. Dans son dos, sur les baies vitrées, l'averse crépitait.

3

Mardi 15 janvier

Le jour n'était pas levé, Sacha Duguin regarda sa montre. Une demi-heure de retard. Hardy l'avait convoqué à sept heures et venait seulement d'arriver. Le capitaine de l'IGS s'installa derrière le bureau mis à sa disposition par la Crim'.

Entre eux, très vite, un mini-magnéto et une tonne de mauvaises vibrations.

– Ma première visite était de courtoisie, commandant Duguin. Avec la mort de Mars, la courtoisie, c'est terminé.

– À vous de voir.

– La Crim' dirigée pendant des années par un psychopathe. Excitant pour les médias. Et le feuilleton reprend à Abidjan. Au moment où la France s'engage au Mali, ça fait désordre.

– Je n'ai pas le temps de lire les journaux.

Hardy fit démarrer le magnéto, énonça la date, l'heure, son nom, celui de Sacha.

– Commandant Duguin, racontez-moi comment vous vous y êtes pris pour retrouver votre supérieur, le divisionnaire Arnaud Mars, en Côte d'Ivoire, à la fin de l'été dernier.

– Je ne l'ai pas retrouvé.

– Ma langue a fourché. Pour *tenter* de le retrouver.

Sacha répéta ce qu'il avait dit à son retour d'Afrique. Il avait utilisé les compétences d'une collègue de la Financière, qui avait compris le système de financement du fuyard. Le point de départ était un courtier français complaisant ayant ouvert un compte aux Bahamas. À partir de là, il avait suivi la piste de l'argent, qui indiquait la présence probable de Mars et de sa famille sur le continent africain. Arnaud Mars avait été en poste à Kinshasa du temps de sa carrière diplomatique. Sacha avait alors pris l'avion pour la République démocratique du Congo.

– Qui vous a renseigné sur sa carrière ?

– Mars se confiait à moi.

Hardy fit mine de relire ses notes puis hocha la tête, l'air de savourer une bonne blague.

– Jusqu'à présent les deux versions coïncident.

Il enleva sa montre, la lustra sur sa manche et la posa à côté de son stylo.

– Rappelez-moi comment vous avez abouti à Abidjan.

– En questionnant les anciens contacts de Mars en Afrique.

– Belle patience. Qui aurait dû payer.

– Peut-être, mais je n'ai pas trouvé sa planque.

– Surprenant. Si près du but.

– Mes congés ne sont pas extensibles. Et j'avais l'intention de garder mon job.

– J'ai relu la retranscription de notre dernier entretien, et ça me fait toujours le même effet. Pourquoi vouloir retrouver Mars ?

C'était lâché d'un ton neutre mais l'œil brillait de gourmandise. À l'IGS depuis des années, l'empaffé se faisait plaisir comme au premier jour. Sacha s'imagina sur le ring de son club de boxe thaïe. Direct en pleine gueule, gauche dans l'estomac, coup de genou, le bœuf-carottes s'effondrait, bras en croix et couilles en berne.

– Je vous l'ai déjà dit.

– Répondez à ma question.

– Pour une explication.

– Une explication entre hommes. Oui, oui, j'avais noté ça, en effet. Dites-moi, vous étiez armé ?

C'était la première fois que Hardy posait cette question. Sacha sentit qu'il fallait dire la vérité, au moins sur ce point.

– Exact.

– Votre arme de service ?

– Non.

– Alors ?

– Il n'est pas difficile de trouver une arme sur le continent africain.

– Quel genre ?

– Un Sig Sauer.

– Vous comptiez abattre Mars ?

– Moi, non. Lui, peut-être.

Hardy interrompit l'enregistrement.

– Il t'a ridiculisé, Duguin. Ta carrière a morflé. À ta place, je n'aurais pas fait de quartier.

Le coup du tutoiement et du mépris. Banal.

– Vous insinuez quoi, au juste ?

– Je ne prétends pas que tu étais déterminé à l'éliminer. Pourtant l'idée a dû te passer par la tête, sinon qu'est-ce que tu serais allé foutre en Afrique ?

Sacha voulut ranimer le magnéto. Plus rapide que prévu, Hardy lui agrippa le bras.

– Essaie de me balader et je serai ton Viêt Nam, Duguin.

Le bœuf-carottes se cala dans son fauteuil, tripota sa montre.

– Tu te barres en soliste, sans prévenir, juste pour une « explication » entre hommes. Et tu reviens bredouille, gentiment. C'était peut-être de la légitime défense. Vu votre contentieux, je me mets à ta place.

Silence. Sacha pensait à son enquête en cours, à son groupe. Dans une affaire, les premières heures sont déterminantes. Ce con leur faisait perdre un temps précieux.

– Autant cracher le morceau maintenant, sinon tu vas être de plus en plus isolé.

– Si vous le dites.

– Mars et toi arrêtez Richard Gratien. Gros problème, sa femme adorée, Antonia, meurt en garde à vue. Sous « ta » garde. Éliminée par Mars en fait. Mais ça, tu le découvriras un peu tard. Mars met les voiles. Tu te renseignes, tu files en Afrique. Peu de temps après ton départ, cata sur le boulevard Saint-Michel. La cible est Ingrid Diesel, l'une de tes ex. Le lieutenant Ménard a le malheur d'être avec elle. Il finit en victime collatérale, une balle dans les dents. Avant de faire feu sur ta copine, le tueur annonce la couleur. *Pour Antonia Gratien, pétasse*. Il vient d'exécuter un contrat pour Mister Africa, lequel a deux ennemis jurés pour l'éternité : Mars et toi.

– Vous enquêtez ou vous vous en racontez une bonne, Hardy ?

– Tu es un personnage-clé dans cette histoire.

– Le personnage-clé, c'est Gratien.

– Il nie avoir engagé les motards. Je ne t'apprends rien.

– C'est votre problème, pas le mien.

– Il nie aussi pour Mars.

– Vous attendiez des aveux immédiats et détaillés ?

– Ah, tu as tort de la jouer en soliste. Je sais autant de choses sur toi que ta propre mère. J'y ai passé du temps. Ce qui en ressort, c'est que tu plais aux femmes. Elles te voient plus glorieux que tu ne l'es. Tu te trimballes un orgueil démesuré. En fait, les femmes et toi avez tendance à embellir tes vertus. Tu en penses quoi ?

– Rien.

– Je t'offre le chemin de la rédemption. Ça vaut cher, tu sais.

Hardy fit redémarrer le magnéto.

– Dites-moi, Duguin, vous étiez en quels termes avec Karen Mars ?

– Quel rapport ?

– Vous étiez un ami de la famille, oui ou non ?

– Oui.

– Mars était plus âgé que sa femme. Il lui avait imposé une cavale insensée. Pour Karen Mars, vous étiez un peu le sauveur.

– Pardon ?

– Entraînée contre son gré en Afrique, embarrassée d'un vieux mari à moitié cinglé, elle vous a vu arriver avec gratitude. Et plus si affinités.

Hardy interrompit une nouvelle fois l'enregistrement.

– On peut même être plus imaginatif. Karen Mars et toi aviez peut-être une liaison à Paris. Quand il l'a embarquée dans sa cavale, tu es parti à la rescousse. Pour elle. Et ça impliquait de descendre le vieux.

– Si vous espérez me manipuler avec ce genre de scénario, c'est un peu juste.

– Renverse la perspective, Duguin. C'est toi qui es un peu « juste ». Quand tu auras enfin compris ma stratégie, c'est qu'il sera trop tard.

4

Quelques secondes de flottement et Lola réalisa qu'elle était dans son lit. Avant que le camion des poubelles ne la réveillât, elle macérait encore à l'IGS. C'était le même bureau que la veille. Philippe Hardy et elle, face à face, mais cette fois le mur était occupé par un écran géant. Sacha, filmé dans la rue, une croix au milieu du front, tracée au fer rouge.

Je ne ferais pas une bonne cliente pour mon ami le psychanalyste. Mes rêves sont transparents.

Elle était groggy. Hardy l'avait pressurée. Ce type était obsédé par Sacha Duguin.

Plus proche collaborateur d'Arnaud Mars, le commandant Duguin était celui qui avait le plus mal vécu ses manipulations. Au point de consacrer ses congés à le poursuivre. Il voulait une explication. Il était revenu sans. Fatigué mais apaisé, malgré tout. Du moins jusqu'à ce qu'on lui apprenne qu'en son absence, Richard Gratien avait payé deux salopards pour un massacre à Saint-Michel. Ménard était l'adjoint de Sacha ; quant à Ingrid, elle avait été la femme de sa vie avant qu'il n'y ait de l'eau dans le gaz.

Elle devinait ce que pensait son interlocuteur. Pour lui, Sacha mentait en prétendant n'avoir pas retrouvé

Mars. De là à l'imaginer butant son patron, il n'y avait qu'un pas. Une théorie stupide. Meurtri, Sacha n'était pas dingue pour autant. Pourquoi diable Hardy ne focalisait-il pas son énergie sur Gratien ?

Deux pourris pour le prix d'un dans la plus célèbre brigade du pays, le bœuf-carottes s'était déniché une affaire médiatique et mettrait les bouchées doubles. Pour l'instant, il cherchait où planter ses dents. Sacha le faisait saliver.

Sa cure au porto de la veille lui ayant laissé une migraine massive, Lola avala du paracétamol. Elle inspecta un réfrigérateur guère plus habité que la toundra de l'Alaska. Un œuf sur le plat accompagna un croûton rassis et un café corsé. Il aurait été urgent de faire les courses.

Elle avait mieux à faire.

Des photos de la police ivoirienne étalées sur le bureau de Sacha.

Abidjan. Un chantier interrompu pour cause de mousson. Le ciel bleu-violet, l'ocre jaune des bâtiments sur l'intensité de la verdure. Le toit plat d'une maison vide. La scène de crime.

Mars est une pauvre chose. Un tas d'os sur du béton sale. Vêtements en charpie, montre ternie, seules les chaussures témoignent de la splendeur passée. Cuir solide, artisanat pour gentleman.

Le gentleman avait été dévoré par le continent qu'il aimait tant. Pluies et bestioles lui ont fait sa fête. Destin festin.

Elle se tourna vers Sacha. La mélancolie lui allait bien, il attendait sa réaction. Mars leur en avait fait baver mais ne méritait pas ça. Qu'auraient-ils fait à sa place ? On te tue ton fils, tu rends la pareille ou tu laisses « la justice suivre son cours » ? Le Grand Flic n'avait pas hésité. Il a trompé ses pairs comme les juges, à qui il a déclaré : votre République ne fera rien. C'est moi qui serai donc l'exécuteur. Je tuerai les proches de Gratien et je l'épargnerai. Et la vie de mon ennemi prendra la texture d'un cauchemar.

– J'ai voulu vous prévenir au sujet de Mars, Lola. Mais votre téléphone…

– Oui, j'avais débranché. Ça m'arrive.

Il hocha la tête, attendit la suite. Elle ne connaissait personne à qui le silence allait aussi bien. Et les braises palpitaient sous le calme.

– Je croyais que Mars s'était enfui avec sa famille.

– Il a dû mettre Karen et Aurélie à l'abri avant de se faire descendre.

La fillette n'avait qu'une douzaine d'années. Il fallait espérer qu'elle et sa mère fussent toujours en vie, en Afrique ou ailleurs.

– C'est Gratien, n'est-ce pas ?

– Je ne sais pas, Lola.

– Qui d'autre ?

– Mars avait récupéré une copie des carnets de Gratien. De quoi incriminer un maximum de gens. Évidemment, on n'a rien retrouvé.

Fichus carnets. Du TNT à l'état brut. Chacun son style de journal intime, celui de Gratien était d'un genre spécial. L'avocat y consignait les moindres détails des transactions qu'il avait « facilitées ». Sans compter les anecdotes croustillantes sur les politiciens, affairistes et autres officiels impliqués dans les relations opaques entre la France et, notamment, ses anciennes colonies africaines. Plus de trente ans de contrats légaux et, aussi, de compromissions. N'importe quel journaliste aurait tué père et mère pour parvenir à en lire des extraits.

– C'est toi qui le connaissais le mieux, Sacha, et pourtant, malgré tes infos et ton obstination, tu n'as pas réussi à retrouver Mars. Gratien, lui, connaît tous les mercenaires qui grouillent du rocher de Gibraltar au Cap.

Il détourna la tête, s'approcha de la fenêtre entrouverte. Mars avait été son mentor, l'homme qui l'avait accueilli à bras ouverts à son arrivée au poste rêvé : commandant dans la plus prestigieuse brigade du pays. Ensuite, le divisionnaire l'avait manipulé dans les grandes largeurs.

Ta douleur est presque palpable, Sacha. Tu as aimé le vieux salopard autant que tu l'as maudit, je le sais.

– Comment va ta vie, à part ça ?

– On a beaucoup de travail et c'est exactement ce qu'il me faut.

Elle sortit une boîte métallique de sa poche. L'hiver détrempé lui attaquait la gorge. Sacha accepta une pastille mentholée.

– Vous avez des nouvelles d'Ingrid ?

Ingrid et Sacha. Ces deux-là auraient dû renouer après la tourmente. Malgré leurs différences colossales, Lola estimait qu'ils formaient une paire idéale. Encore une belle chose que Mars avait atomisée.

– Elle a été embauchée dans la troupe d'un prestigieux casino de Las Vegas. Fini le striptease, vive les paillettes et le french cancan.

– On danse le french cancan à Las Vegas ?

– Je n'en ai aucune idée.

Elle lui raconta la visite de Philippe Hardy et termina sur la vidéo.

– Ce connard m'a interrogé ce matin. Il s'est bien gardé de m'en parler, dit Sacha.

– *Machiavel pour les Nuls* doit être son livre de chevet, je suppose.

Il lui proposa un café fait dans une vraie cafetière. Cela s'améliorait à la Crim', quelqu'un avait enfin admis que le distributeur du couloir était le roi du jus de chaussettes.

– Lola… Je m'en veux pour Ménard, et…

– Et ?

– Ingrid… Ça s'est joué à rien. Je n'étais pas là pour la défendre.

Elle se massa les reins. La pluie réactivait son arthrose et les regrets de Sacha sa déprime. Dans quelques semaines, son propre anniversaire. Bientôt cent cinquante ans.

– Si j'ai un conseil à te donner, méfie-toi de Hardy, Sacha. Tu lui plais trop.

– Je m'en suis aperçu.

– Je sais ce qu'il pense. Que tu as retrouvé Mars et que tu l'as descendu. Il cherche des témoins. Quand un type veut à tout prix que les faits ressemblent à son point de vue…

– Tout devient possible, et surtout le pire.

– C'est ça.

Il lui expliqua que Hardy était pour le moment le cadet de ses soucis. Le groupe Duguin avait hérité d'un triple homicide. Les employés d'un restaurant japonais du 9e arrondissement.

Elle le sentait très concentré malgré ses ennuis. Elle avait toujours admiré sa niaque. Avec la qualité du raisonnement, c'était ce qui faisait la différence entre un bon flic et un flic exceptionnel.

Lola traversa le quai, attirée par la Seine et son odeur verte. La pluie était partie enquiquiner d'autres latitudes. Passa un Bateau-Mouche débordant de touristes qui découvraient Paris sur *Firework* et la voix de Katy Perry. *'Cause baby, you're a firework.* Le hasard vous harponnait aux moments les plus inattendus, Ingrid avait failli monter un show sur cette chanson. *J'ai toujours rêvé d'un costume de scène feu d'artifice. Tu viendras me voir danser, Lola.*

Mars et Ménard étaient morts, Gratien croupissait en prison, Sacha dirigeait toujours un groupe, la Crim' avait un nouveau divisionnaire. Et Ingrid une nouvelle vie aux États-Unis. La jeune Américaine jadis raide dingue de Paris et de Sacha avait déclaré forfait, et décidé qu'il était temps de retrouver sa culture et ses racines.

Au-delà de la Seine, la rive gauche et Saint-Michel, où elle n'avait pas remis les pieds depuis l'été dernier. La mort de Mars changeait la donne.

Lola franchit le pont. Dans la douceur inhabituelle de l'hiver, les terrasses des cafés étaient pleines. Elle retrouva l'endroit où Ménard avait été tué. Ingrid avait souhaité le revoir pour obtenir des informations. Il travaillait dans le groupe Duguin, savait-il où était Sacha ? Mais le jeune lieutenant ne savait rien. Personne ne savait rien. Sacha avait mis les voiles sans prévenir quiconque.

Les motards étaient arrivés par la rive droite. Casque-Noir avait fait feu une première fois en abattant Ménard, puis ils avaient poursuivi Ingrid sur le quai de Montebello.

Lola entra dans le café, repéra la porte par laquelle Ingrid avait fui. Elle la franchit, traversa la chaussée, longea les étals des bouquinistes en imaginant son amie courant en direction de Notre-Dame. Un excellent réflexe, mais Casque-Clair n'avait pas hésité à filer dans son sillage à contre-courant des voitures. Une décision téméraire compte tenu de la densité du trafic. Celle de deux types salement déterminés.

Lola marcha jusqu'à l'endroit où ils avaient rattrapé Ingrid.

L'amie américaine lui avait raconté ce qu'elle avait ressenti. La certitude qu'elle allait mourir. Sa dernière pensée pour Sacha.

En bord de Seine, la balle avait sifflé au-dessus de sa tête, elle s'était crue morte, son corps avait encaissé un choc imaginaire, elle était tombée. Sa vision s'était rétrécie, le temps avait ralenti et la Mort lui avait fait un grand sourire glauque avant de tourner les talons. Elle ignorait par où les motards avaient pris la fuite mais se souvenait du cri de Casque-Noir : « Pour Antonia Gratien, pétasse ! »

Après l'agression, Ingrid avait vécu une sale période. Sacha restait injoignable, et pour cause, focalisé sur sa traque, il évitait tout contact avec la civilisation. Les cauchemars se succédaient, habités par les deux motards et le cadavre ensanglanté de Sébastien, mort à cause d'elle.

Un peu plus tard, elle avait tranché. Puisque Sacha était toujours absent, indifférent à la mort de son jeune lieutenant et à ce qui avait suivi, elle n'avait plus rien à faire en France. Si elle avait survécu, ce n'était pas pour attendre le bon vouloir d'un type qui n'en valait pas la peine.

Elle avait pris l'avion pour San Francisco et rencontré un ami de Timothy Harlen qui l'avait branchée sur Las Vegas. Son talent avait fait le reste. Quelques semaines à peine après son retour au bercail, elle avait décroché une place de danseuse dans une troupe renommée. Lola recevait plus ou moins régulièrement des e-mails et des photos. Ingrid en strass et en plumes, rayonnante au milieu d'une brassée de grandes filles musclées, jolies comme des cœurs et toujours joyeuses.

Ta bonne humeur et ta générosité me manquent, jeune Yankee, mais je crois que tu es heureuse au milieu de tes copines les girafes. C'est l'essentiel.

Elle déploya une carte mentale du métro et se dirigea vers la station Châtelet. Quand elle émergea Quai de la Rapée, une goutte explosa sur son épaule. Le ciel remettait ça. Très vite, l'odeur étrangement plaisante du macadam mouillé monta du sol.

5

Les désinfectants n'étaient pas venus à bout de l'odeur de putréfaction. Lola avala une pastille mentholée, passa le guichet d'un air dégagé mais fut interpellée par un gardien inconnu au bataillon. Le papy habituel avait-il pris sa retraite ? Le môme lui demanda ses papiers.

– Elle est périmée, votre carte de police.

– Peut-être, mais tout le monde me connaît ici.

– C'est pour un trépassé dans votre famille ?

Trépassé. Diantre, un poète à l'Institut médico-légal.

– Non, je veux voir le docteur Franklin. Thomas est un ami.

– Vous avez rendez-vous ?

– Bien sûr.

– Je ne vois pas votre nom sur la liste.

Il fallut parlementer un moment avant que la sentinelle n'acceptât de prévenir le vétéran des légistes. Le vieux casse-pieds fit répondre qu'il était en autopsie et indisponible pour le moment.

– J'attendrai, dit Lola, en se fabriquant un air plus buté que celui de son interlocuteur.

– Prenez rendez-vous et revenez.

– Non.

– Si.

– Vous voulez qu'une femme de mon âge cultive sa pneumonie sous la pluie ?

Le godelureau rendit les armes et elle obtint le droit de patienter dans le couloir. Lola n'avait pas vraiment menti. Elle frissonnait, son corps n'était qu'une courbature.

Franklin émergea une heure et quarante-sept minutes plus tard en visière de Plexiglas, tablier en plastique et sabots de toubib.

– Oh non, pas toi, j'y crois pas.

– Tu sais ce que disent les Chinois ? « Patience ! Avec le temps, l'herbe devient du lait. »

– Je me fous des vaches et des Chinois, et j'ai un quart d'heure pour avaler mon casse-croûte avant de repartir au turbin. Lâche-moi, Lola.

– Dans tes rêves. Parle-moi de Mars.

– Pas là. Un coup pour rien.

– Hardy en personne m'a dit que le corps était dans vos murs. Le dossier est classé urgentissime.

– Va t'inscrire à des cours de bridge, d'œnologie, de plomberie. Vis la vie qui te reste ! Tu vois bien que ça finit mal.

– J'ai un mauvais pressentiment.

Elle lui parla de l'intérêt bien trop prononcé de Hardy pour Sacha Duguin. Le capitaine de l'IGS roulait plus pour son avancement personnel que pour la gloire de la justice.

– Ouais, je connais Hardy, admit Franklin.

– Et ?

– C'est pas un cadeau. Sous la tranquillité, y a du visqueux qui palpite.

– Nous sommes d'accord.

– Non, fous-moi la paix.

Lola insista : il lui fallait de quoi contrecarrer Hardy en cas de pépin.

– Tu es amusante. Tu vas t'opposer à l'IGS toute seule comme une grande.

– Tu ne connais pas ma capacité de nuisance.

– Je ne te trouve pas bonne mine. Va plutôt faire la sieste.

– Merci, mais j'en viens.

Depuis le départ d'Ingrid elle n'avait fait que somnoler. Lola Jost ou la Vieille au bois dormant, ça commençait à bien faire. Courbatures ou pas, debout là-dedans.

Comme d'habitude, elle eut le légiste à l'usure : la dépouille était arrivée l'avant-veille à l'IML.

– Alors ?

– En gros, il a été abattu en septembre dernier.

– Quand ça, en septembre ?

– Impossible à dire mais laisse-moi finir. C'est encore la période de la mousson en Afrique de l'Ouest…

– Il n'a pas fallu longtemps pour qu'il soit réduit à l'état de squelette.

– Ouais, et c'est ça qui est bizarre, Lola.

– Précise un peu.

– Réfléchis deux secondes.

– Je ne fais que ça.

– Mars est exécuté par un pro. Une balle en pleine tête, c'est de l'efficace et de l'expéditif…

– Je ne te le fais pas dire.

– Mais l'exterminateur le laisse sur le toit-terrasse d'une maison en construction. D'après ce que j'ai compris, le lotissement était à l'arrêt pendant la saison des pluies. On ne passe pas le crépi quand il flotte. Du moins pas sous une pluie torrentielle.

– Logique.

– Ensuite, il faut attendre que ça sèche.

– Oui.

– Mais bien évidemment, on a retrouvé sa dépouille quand le chantier a repris. Après la découverte du corps, il a fallu l'identifier. Pas de papiers, juste une belle montre. Et en plus, un clandestin. Un étranger.

– Bref, tu ne comprends pas pourquoi son tueur ne l'a pas enterré dans la forêt, ni vu ni connu.

– Dans des terres grasses où les asticots sont taillés comme Jason Statham.

– Je vois. Dis-moi…

– Quoi encore, Lola ?

– Une douille ?

– On n'a pas retrouvé de douille.

– Le tueur a utilisé un revolver…

– Ou un pistolet et il a ramassé la douille. La balle est au labo de la gendarmerie. Hardy a exigé des analyses en priorité. Les bœuf-carottes ont généralement du succès quand ils sont pressés.

– Bizarre que les résultats ne soient pas déjà là.

– Bizarre ou pas, c'est comme ça.

– Parle-moi angle de tir.

– Ce n'était pas un style exécution à proprement parler, du genre propre et net, deux bastos dans la nuque et hop, bonne nuit. En fait, Mars était couché sur le dos. Il s'était peut-être cassé la figure.

– À moins que son tueur l'ait projeté au sol ou lui ait ordonné de se coucher…

– En tout cas, le tireur se tenait au-dessus de lui. Les yeux dans les yeux. C'était à bout portant. La balle a traversé le crâne avant de s'encastrer dans le béton.

– Il y avait un gardien sur le chantier ?

– Aucune idée, Lola. Je découpe les macchabées, je ne leur fais pas la conversation.

– Tu en parles comme du premier venu.

– Détrompe-toi, je l'aimais bien malgré ses choix délirants. Mars avait des couilles et le verbe haut. Ça faisait partie de son charme. Le fait est qu'on ne l'entendra plus. Et personne n'y peut rien. En d'autres termes, laisse bosser les actifs et lâche-moi les sabots.

– C'est moi, ou tu es plus grognon que d'habitude ?

– Le bridge, je te dis. Mais si j'étais toi, je choisirais la plomberie.

– Merci pour tes infos, vieux frère.

Franklin hocha la tête d'un air las et s'éloigna dans le couloir. Lola l'entendit lui lancer sans se retourner :

– La plomberie, Lola, la plomberie. De là viendra ton salut.

Elle quitta les lieux sous l'œil oblique du planton. Au café du coin, elle demanda un ballon de blanc pour exterminer l'odeur de l'IML.

Le tireur se tenait au-dessus de lui. Les yeux dans les yeux. Pourquoi ne pas lui tirer dans le dos pendant qu'il tentait de fuir et le terminer avec une balle dans la nuque ? Et à Saint-Michel, le motard poursuit Ingrid et lui flanque la trouille de sa vie, face à face, puis l'épargne. « Les yeux dans les yeux. »

Le tueur en Afrique, le motard à Paris, deux employés de Richard Gratien ?

Elle s'accorda une marche avant de reprendre le métro. Le ciel était une tension argentée. Un nuage était fendu, un faisceau blanchâtre s'échappait de la déchirure pour réveiller les façades et dessiner un bébé arc-en-ciel. Elle imagina Ingrid à ses côtés. Elle aurait apprécié l'ambiance. *I'm so in love with this fucking city, Lola.*

Arrivée à Bastille, un puissant bruit de moteur la fit se retourner.

Combinaison noire, casque à visière opaque. Elle se figea, l'épouvante au bord des lèvres. Et fit un effort surhumain pour sortir de sa paralysie.

Elle s'engouffra dans le métro. Une fois sur le quai, elle ne se sentit pas mieux. Ce n'était pas sa première attaque de panique. Elle ne supportait plus les motards et les motos. Elle fouilla dans son sac, avala un cachet. Une Africaine scarifiée en manteau violet la fixait. Son angoisse sautait aux yeux, le regard de cette femme était plus empathique qu'inquisiteur.

Le grincement de la rame. Elle monta à bord. Ses jambes lâchaient, son estomac refusait le ballon de blanc du bistrot. Lola scruta les visages, puis se raisonna. Le motard n'était qu'un type inoffensif parmi des milliers d'autres.

6

Lexomil, molécule magique. Qu'un cobra se matérialise dans son salon, elle lui rirait au nez. Elle abandonna imper et bottes en caoutchouc et fit face au Corcovado. Elle choisit une pièce, compléta une vague, s'installa dans son voltaire et croisa les mains sur son ventre. Dans l'immeuble, quelqu'un passait l'aspirateur.

Elle dressa le bilan.

Mars avait été abattu par un inconnu qui avait bâclé son contrat. Hardy ne voyait pas Gratien dans le rôle du commanditaire mais s'intéressait de près à Sacha. Ingrid avait été épargnée au dernier moment. Les carnets radioactifs de Richard Gratien restaient introuvables. Et cette disparition devait déplaire à une palanquée de hauts fonctionnaires et autres magnats de l'armement.

Mars, vieux briscard, même mort, tu bandes encore.

L'affaire avait été une vendetta entre deux hommes. Mais lorsque, par hasard, le divisionnaire avait récupéré la copie des carnets, il en avait apprécié la capacité de nuisance et s'était laissé pousser une conscience politique. Au cœur de son duel avec l'avocat d'affaires véreux, Arnaud Mars s'était offert le luxe d'envoyer un extrait des carnets au *Canard enchaîné*. Leur publication avait provoqué la mort de Louis Candichard, ex-ministre des Affaires étrangères, qui s'était suicidé l'été dernier à son domicile parisien avec son fusil de chasse.

Mars, dieu du carnage.

Lola se connecta au Net. Sur le site de *Politika*, elle lut un article daté du mois d'août :

Certaines bonnes feuilles des sulfureux carnets de Richard Gratien ont été envoyées anonymement à nos confrères du Canard enchaîné. *Une copie en est parvenue aux magistrats instructeurs dans l'affaire EuroSecurities, du nom de la banque implantée au Liechtenstein, spécialisée dans la sécurisation de transferts internationaux. D'après ce témoignage écrit, les dirigeants d'EuroSecurities ont mené des opérations de blanchiment et permis la circulation de commissions et de rétrocommissions occultes.*

L'affaire plonge ses racines dans les années 1990. Me Gratien était déjà le principal intermédiaire de l'État français pour les ventes d'armes à des pays étrangers. Comme à son habitude, l'avocat avait méticuleusement noté les détails et suites de ces opérations. Notamment les allées et venues d'un employé d'EuroSecurities chargé de délivrer des sommes en liquide au siège du comité Candichard. Lors de la campagne électorale de 1994, ce comité soutenait l'ex-patron du Quai d'Orsay dans sa bataille contre le président sortant, Paul Borel. On évoque l'équivalent de 15 millions d'euros. Le porte-valises d'EuroSecurities est actuellement entendu par le juge…

Gratien, forcé de témoigner par carnets interposés. Mars avait dû être éliminé par un pro mandaté par l'avocat emprisonné. Cela expliquerait-il que le divisionnaire n'ait pas été tué de manière expéditive ? Avant de l'abattre, le tueur avait peut-être voulu savoir où Mars planquait la copie des carnets ?

L'ennui, c'est que les faits et gestes de Sacha Duguin passionnaient Hardy et l'IGS. Plus perturbant encore, il était impossible de dater précisément le décès de Mars.

Une zone assez floue pour exciter un bœuf-carottes.

Sacha avait embarqué fin août et était rentré d'Afrique près de quatre semaines plus tard. Mars avait été abattu en septembre.

Mauvais timing.

La pluie caressait les carreaux comme un balai de jazz des cymbales. Le mieux était de rester chez soi, de finir le Corcovado, d'enchaîner sur une série télé. Ou de faire le ménage. Des minous de poussière roulaient sous la table au moindre déplacement d'air.

Son vieux calepin était coincé entre un plan de Paris et un annuaire papier aussi écorné qu'obsolète. Son outil de travail quand elle dirigeait le commissariat du quartier, habité par une myriade de tontons et contacts utiles.

Armand Bianco.

Il devait forcément être à la retraite lui aussi.

Elle écouta la pluie.

Bianco s'était marié un nombre considérable de fois mais jamais avec elle.

Elle retrouva son numéro personnel, appela, reconnut sa voix profonde. Il aurait pu sans peine faire de la radio.

7

Il avait perdu des cheveux mais gagné des sourcils. Ses yeux gardaient leur bleu magnétique et son sourire vous faisait toujours croire que ce qui allait suivre serait pétillant et agréable.

Elle aurait voulu s'alléger de trente kilos et d'autant d'années.

– J'ai bien cru qu'on ne se reverrait pas vivants, Lola.

Dans la cuisine, où flottait une odeur de viande rôtie, on trouvait Sophie, la dernière épouse en date, une jolie brune d'à peine quarante ans, et un certain nombre de descendants. Par contraste, la rue de l'Échiquier était dépeuplée. Elle le suivit jusqu'à son bureau, lui raconta ce qu'elle avait appris sur la mort de Mars puis parla de Sacha Duguin.

– Une minute, Lola, j'aimerais comprendre.

– Comprendre quoi ?

– Pourquoi tu t'en mêles.

– L'IGS veut se payer Sacha. Je préfère prendre les devants.

– Quel est le problème ? Ton ami n'a qu'une chose à se reprocher : avoir cru à l'honnêteté de Mars, un manipulateur de génie.

– J'ai récupéré des ragots auprès de mes anciens collègues. Hardy, de l'IGS, n'est pas le premier à imaginer Sacha flinguant Mars.

– Si ton commandant est innocent…

– Il l'est.

– Donc, il n'a aucun souci à se faire. Notre système judiciaire n'est pas à l'abri d'une erreur, certes, mais Duguin a un argument-massue pour sa défense.

– Lequel ?

– Jamais un flic n'aurait laissé un corps et une balle derrière lui.

– N'empêche. Je flaire des effluves inquiétants du côté de Hardy. Et si une partie de ma physionomie a du talent, c'est bien mon nez.

– Personnellement, j'ai toujours eu un faible pour tes jambes.

Ils échangèrent un sourire complice. Sacré Armand, il savait encore tourner un compliment.

– Bon, qu'est-ce que tu veux au juste, ma belle ?

– Je veux mieux comprendre le lien entre Gratien et Candichard.

– Je parlerais plutôt de lien entre Gratien et le président Borel. Il faut replonger en 1994.

Journaliste politique au *Point*, Bianco avait couvert l'élection présidentielle. Louis Candichard se présentait contre Paul Borel. Le quinquennat n'était pas encore en vigueur et le pays avait connu sept longues années Borel. Conjoncture économique maussade, chômage à la hausse, population inquiète : les sondages dessinaient le portrait d'un chef de l'État en perte de vitesse. Candichard apparaissait comme favori. Sa jeunesse relative – il était de dix ans le cadet de Borel –, son passé de capitaine d'industrie, son allure énergique, ses réussites en tant qu'ancien patron du Quai d'Orsay étaient perçus comme rassurants et gages de modernité face à un Borel vieilli et ringardisé. Dirigeant de son parti, Candichard avait su se constituer une base électorale solide. Pourtant, et contre toute attente, il s'était désisté avant le premier tour. Borel, qui avait mené une stratégie de refonte complète de son image auprès de l'opinion, avait remporté les élections et entamé un second mandat.

– Certains confrères pensaient que Candichard n'avait pas pu encaisser la bataille électorale.

– Dépression ?

– Je n'y ai jamais cru. Mes contacts m'avaient expliqué que Borel détenait des informations susceptibles de faire plonger Candichard. Et cela grâce à Richard Gratien…

Mister Africa, ambassadeur attitré des contrats d'armement de la France, était proche du pouvoir, et donc du Président.

– Si je comprends bien, l'équipe de Borel n'avait eu qu'à menacer Candichard en lui agitant les carnets de Richard Gratien sous le nez.

– Gratien n'a jamais balancé qui que ce soit à la presse, Lola. On en venait parfois à se demander si ces carnets existaient vraiment.

– Mars nous a permis de savoir que oui.

– Et Candichard, même si ce fut longtemps après son retrait de la vie politique, ne l'a pas supporté.

En fait, dans un cercle restreint, les rumeurs n'avaient jamais vraiment cessé. Et l'été dernier, Mars avait balancé son ogive nucléaire, qui avait transformé la rumeur en certitude : pour sa campagne de 1994, Candichard avait touché un pactole provenant de rétrocommissions issues de plusieurs contrats de ventes d'armes.

– Il a fallu près de vingt ans pour que Mars enlève à Candichard le peu d'honneur qui lui restait, reprit Bianco. Preuve que le passé ne meurt jamais.

– Les Chinois préfèrent dire que « les vieux péchés ont de longues ombres ».

– Joli.

S'il restait des témoins du duel au sommet de 1994, les principaux protagonistes avaient tous les deux tiré leur révérence. Paul Borel avait largement précédé Louis Candichard puisqu'il était mort d'un cancer quelques mois avant la fin de son ultime mandat, en 2001.

– Tu sais ce qui serait logique, Lola ?

– Dis-moi.

– Que Gratien se serve de ses carnets pour sortir de tôle en faisant pression sur les bonnes personnes.

– J'ai cru comprendre qu'on les lui avait confisqués lors de son arrestation.

– Je ne suis plus dans le secret des dieux.

– En résumé, on sait que Mars en avait une copie dont il s'est servi contre Candichard. Mars a été abattu. On peut imaginer que son tueur en avait après les carnets. Si Gratien est le commanditaire, eh bien, il les a récupérés.

– Ça se tient, Lola.

– Gratien libéré, tu y crois vraiment ?

– Difficile mais faisable. Ça dépend encore et toujours de la teneur de ces fameux carnets.

– Un seul extrait a suffi à torpiller Candichard.

– En matière de financement, aucun parti et très peu d'hommes politiques sont au-dessus de tout soupçon. Donc, Gratien a sans doute les moyens de négocier. D'autant qu'on vit une époque très différente de l'ère Borel.

– Pourquoi ?

– Il y avait plus d'insouciance. Un politicien pouvait avoir des casseroles au derrière et ne pas se sentir freiné pour autant. Les infos ne circulaient pas comme des météorites. Le Net n'avait pas envahi nos vies. Les politiciens avaient le temps de mijoter des contre-attaques.

– Ça s'appelle le don de résurrection.

– Oui, on les virait par la porte, ils revenaient par la fenêtre. Ils pouvaient prendre des décisions très discutables en coulisses mais l'essentiel était que la façade reste resplendissante.

– Et c'est fini tout ça ?

– Aujourd'hui, l'homme politique est fragilisé. Il ne suffit plus de passer au confessionnal dans une émission de télé calibrée pour exposer ses déviances, faire pleurer dans les chaumières et gagner l'absolution en une soirée. Qu'un politicien perde pied et on le verra trébucher des milliers de fois sur la Toile.

– La répétition de la même catastrophe amplifie son effet…

– Oui, je trouve.

Bianco alluma une cigarette et expira la fumée avec une volupté manifeste. L'ex-chroniqueur regrettait l'ambiance des salles de rédaction et des officines politiques. Et Lola nourrissait sa nostalgie.

– Incinère sa réputation, et le politicien meurt tel un papillon, murmura-t-il en clignant des yeux dans un nuage de fumée.

– Tu trouves ça touchant.

– Presque.

– Non. Tu trouves ça *vraiment* touchant.

– C'est sans doute parce que je me fais vieux. Tu déjeunes avec nous, Lola ?

Elle avait une faim de loup mais se faisait l'effet d'une intruse dans cette famille soudée à la tendresse.

– Merci, Armand, ce sera pour une autre fois.

– Ne disparais pas vingt ans de plus, entendu ?

8

David Bowie chantait *Life on Mars ?* De retour dans son quartier, Lola peinait à arriver jusqu'à son parking. Elle repéra deux silhouettes familières sur le trottoir. Antoine Léger et Sigmund. Le meilleur psy du faubourg Saint-Denis aimait promener son dalmatien sous la pluie. Elle aurait pu leur faire des appels de phares mais y renonça. Depuis le départ d'Ingrid, elle ne parvenait pas à renouer avec le genre humain.

Elle se gara enfin dans son box, attendit dans l'obscurité la fin de la chanson de Bowie, abandonna sa Twingo, fit un détour par un magasin de surgelés, acheta de quoi tenir une semaine. Elle menait un combat intérieur. Tout oublier et attendre le printemps ou percuter l'œil du cyclone avant que la tempête ne fasse du dégât. Elle n'avait rien de tangible, juste cette sensation qu'un détail clochait.

Une fois chez elle, Lola s'imagina dans la peau de Sophie Bianco. La maison aux volets verts, les effluves du repas dominical, des enfants complices et bien élevés. Non, cette vie n'était pas pour elle, il n'y avait pas de regrets à avoir.

Elle réchauffa un plat au micro-ondes, écouta les messages sur son répondeur. Barthélemy, son ex-adjoint, avait appelé trois fois. « Patronne ? Je m'inquiète un peu. Appelez-moi. » Maxime, le propriétaire des *Belles*, l'invitait à une soirée de dégustation de vins de pays. Et Antoine voulait des retrouvailles.

Passer inaperçue devenait un sport extrême.

Les amis. Elle finirait bien par leur revenir. Il lui fallait encore un peu de temps.

Elle s'allongea sur son lit avec la bio de Winston Churchill. *C'est une belle chose que d'être honnête mais il est important d'avoir raison.* L'Anglais avait fumé des tonnes de cigares, éclusé des hectolitres de whisky, vécu mille vies et démontré deux-trois théorèmes géopolitiques. Elle pensa à Bianco et à son regard sur les politiciens. Des colosses aux pieds d'argile. L'avantage de Churchill, c'est qu'il avait un solide sens de la dérision. Une qualité indispensable pour ne pas s'effriter par les pieds.

*

* *

Sacha avait passé l'après-midi à cuisiner un Japonais qui avait égorgé une serveuse, une caissière et un cuistot versé dans l'art du sushi. Le type parlait un français approximatif et n'admettait pas qu'il était passé à l'acte après avoir été pendant des années un client régulier et paisible du restaurant *Matsuri*.

Ce n'est pas moi. Je ne suis pas cette personne. Ce n'est pas moi.

Les choses s'étaient décantées quand Sacha avait demandé un traducteur. La possibilité de s'exprimer dans sa langue maternelle avait regonflé le Nippon comme un beau ballon et il était passé aux aveux.

Nourriture des mots. Essence de l'enfance.

La traductrice était une beauté aux yeux doux et à la chevelure ample et parfumée. Une fois le procès-verbal rédigé et l'égorgeur au frais, ils s'étaient attardés sur le quai, dos à la Seine. Son français était parfait. Juste une trace d'étrangeté qui rendait sa diction charmante.

– J'ai entendu dire que vous alliez déménager.

– Oui. Fini le 36 quai des Orfèvres. Nous partons vers les Batignolles. Rue du Bastion.

– Vous êtes triste ?

– Non.

– C'est bien. Trop de nostalgie, ce n'est pas bon.

– Vous avez faim ?

Il prenait un risque. La jeune femme avait passé des heures à écouter la litanie d'un type qui avait transformé un agréable restaurant en succursale de l'enfer.

– Oui, plutôt.

Ils avaient mangé des bricoles, bu pas mal de côtes-du-rhône, discuté de leurs métiers, de leurs projets, et atterri rue du Petit-Musc.

Ils étaient en sueur et en rythme, satisfaits l'un de l'autre, et se souriaient entre deux étreintes. Maya avait des seins menus et des idées érotiques étendues comme la Galaxie. Sacha en oublia le fantôme de Mars installé au bord du lit. Il serrait un autre être humain contre lui et sentait la vie le réchauffer. Il avait eu froid en Afrique.

9

Mercredi 16 janvier

Elle avait rêvé que Churchill la demandait en mariage. Ils étaient en uniforme militaire, engagés dans le théâtre des armées comme Jean Gabin et Marlene Dietrich. Cette fois, il s'agissait de divertir le contingent français au Mali. Elle se cantonnait aux claquettes, mais Winston avait mis au point un numéro audacieux. Il réussissait à raser les moustaches d'Hitler en un seul mouvement et en chantant. Les spectateurs avaient tous le visage d'Arnaud Mars.

Lola s'était endormie avec ses lunettes sur le nez et la bio de Churchill sur la poitrine. Une fenêtre claquait quelque part dans l'appartement. Le vent mugissait dans les tuyauteries de l'immeuble.

Elle aurait voulu avoir une souplesse de zéphyr pour se glisser dans les interstices et voir ce que fricotaient les gens. Hardy, que mijotait-il ? Et les gars de la balistique ? Avaient-ils les résultats pour la balle d'Abidjan ? Et Gratien, à quoi pensait-il au fond du trou ? Et Sacha, pourquoi était-il allé faire le zouave en Afrique ? Et que fichait Ingrid dans une ville en carton-pâte ?

Elle se leva. Une fenêtre du salon était grande ouverte. Avait-elle aéré puis oublié de refermer en allant se coucher ? Aucun souvenir. La pluie avait humecté son puzzle, elle l'essuya avec un torchon. Quelques dizaines de pièces de plus et le Corcovado serait reconstitué. Elle compléta une coque de voilier et se pencha à la fenêtre. Il faisait encore nuit mais des passants arpentaient la rue du Faubourg-Saint-Denis. Le métro fonctionnait déjà.

De vieilles biscottes, une pomme fripée, un café, et elle s'installa dans son voltaire. Ce qui la tracassait la veille ne s'était pas dissipé. Le détail insaisissable. Elle pensa à une technique d'interrogation des prévenus. Elle leur demandait de raconter à nouveau leur histoire mais à l'envers cette fois. Un moyen simple pour repérer les failles de scénario.

Elle ferma les yeux, se remémora sa journée de la veille en sens inverse. Elle quittait son parking en marche arrière, apprenait que Candichard s'était fait éliminer du jeu politique par Borel avec l'aide de Gratien, sonnait chez Bianco…

Non, trop rapide. Elle ralentit le film, tâcha de se souvenir plus en détail. Les mots, les circonstances, l'effet du vent et de la pluie sur sa peau, les bruits de la ville, les pensées incontrôlées et fugitives. Elle était sur le quai de Montebello à présent.

Elle rebroussa chemin, retraversa le pont Saint-Michel, entra au 36, gravit le vieil escalier couvert de linoléum noir, retrouva Sacha dans son bureau. Il avait pour habitude de fixer les photos de ses affaires en cours sur un panneau de liège. *On a beaucoup de travail et c'est exactement ce qu'il me faut.*

Le dossier cartonné était posé sur le bureau. Il ne l'avait ouvert que lorsqu'elle lui avait demandé s'il pouvait lui montrer des photos de la scène de crime d'Abidjan. Il y avait un contraste entre le panneau de liège débordant et le dossier, fermé, comprimé par un ruban de tissu. Elle le revit desserrer lentement le lien, ouvrir le classeur, étaler les photos.

La mort sur un toit. Abidjan après la mousson. Le naufrage d'une vie.

Elle arrêta le temps sur le visage de Sacha. Ce n'était pas de la tristesse qu'elle y avait lu.

C'était plus que cela.

Quand elle avait évoqué son obstination, il avait tourné la tête puis s'était avancé vers la fenêtre ouverte. *C'est toi qui le connaissais le mieux, Sacha, et pourtant, malgré tes infos et ton obstination, tu n'as pas réussi à retrouver Mars.*

Elle avait pensé à de la pudeur, il ne souhaitait pas qu'elle voie sa peine, mais elle en doutait maintenant. Et s'il n'avait pas voulu qu'elle lût son visage ? Elle réussit enfin à isoler le détail qui la chiffonnait. Ce moment à la légèreté de plume. Un geste. Un geste d'évitement.

Une fuite.

Il était 5 h 40. Vite, elle s'habilla. En discutant avec Sacha chez lui plutôt qu'à la Crim', elle aurait plus de chances d'obtenir des réponses.

*

*   *

Il écoutait la respiration de Maya. Douce et régulière. Et Maya, était-elle douce ? Ne pas confondre les manières avec la femme. Il avait cerné son âpreté. Cette fille avait un programme. Elle se marierait avec un Français, un type équipé d'un beau savoir-vivre et d'un solide patrimoine, et n'aurait pas d'enfant. Car elle avait une vocation. Pas question de finir sa vie en tant qu'interprète, elle voulait écrire, et son talent littéraire ne se gâcherait pas dans les aléas du quotidien. Elle lui avait fait quelques confidences (pas grave, il n'avait pas le statut social requis), il avait deviné le reste.

Il se redressa sur un coude et la regarda dormir. Jolie mais elle réfléchissait déjà à la manière d'un vieux businessman.

Il se rallongea, guetta la ville. Le vent s'était calmé, le trafic était lâche. Au jugé, il devait être six heures. Il pensa aux matins où il s'était réveillé à côté d'Ingrid. Elle, la vraie douceur, de la peau jusqu'aux yeux. Son besoin de donner, ses fautes de français. Cette façon invraisemblable de s'habiller. Et cette façon encore plus invraisemblable de se déshabiller à Pigalle, devant ses fans en délire. Elle lui manquait quand il était seul. Elle lui manquait plus encore quand il ne l'était pas.

Il sursauta. La sonnette de l'entrée à n'en plus finir. Il enfila son jean.

– C'EST L'IGS, OUVRE !

Il obéit. Un jeune barbu, un quadra massif au nez de travers le plaquèrent au sol. On lui passa les menottes. Une paire de mocassins se planta sous son nez.

– Fouillez-moi la baraque.

La voix de Hardy. On l'agrippa pour le relever.

– On joue à quoi ?

– Ta gueule.

Maya venait de faire son apparition, rhabillée. Le géant au pif débordant interrompit sa fouille pour la détailler. Elle ne perdit pas son sang-froid.

– Qu'est-ce qu'il a fait ?

– Vous êtes qui ? demanda Hardy.

– Maya Murata. Interprète de japonais. Vous êtes la police ?

– Il me semble, oui.

– Mais lui aussi.

– On est la police des polices, répliqua Gros-Pif. Donc, on domine la situation.

– Je n'ai rien fait de répréhensible et mes papiers sont en règle, monsieur l'inspecteur. Je connais à peine ce monsieur. Nous avons juste passé la nuit ensemble.

– Je vous crois, dit Hardy. Vous dégagez maintenant.

Maya quitta les lieux après un regard furtif vers Sacha. Il lui avait souri, elle était restée de marbre. Il entendit la porte claquer dans son dos. Fin d'une grande histoire d'amour.

– Patron, je l'ai trouvé, dit le barbu.

Il agitait un sac en plastique.

Et il contient mon Smith & Wesson, constata Sacha. Il se tourna vers Hardy. Le triomphe lui dégoulinait des yeux.

– Souviens-toi du petit cul qui vient de sortir de chez toi, ricana Gros-Pif. Parce que t'es pas près de t'en taper un de sitôt.

*

* *

Lola écoutait son autoradio en attendant une heure décente. Marc Bolan et l'impeccable *Hot Love*.

Ingrid avait fait un show démentiel sur cette musique. À Pigalle, les clients du *Calypso* reprenaient le refrain comme un seul homme, à pleins poumons.

Elle vit quatre hommes quitter l'immeuble.

Sacha. Hardy. Sacha avait les mains dans le dos.

Elle sortit de voiture.

– Capitaine…

– Madame Jost. Qu'est-ce que vous faites là ?

Elle jugea habile de la jouer relax comme Sacha qui avait l'air de prendre sur lui.

– Rien de spécial. Le commandant Duguin est un ami.

– Je me pointe rarement chez mes potes à l'aube, ricana un grand moche au tarin passé dans un gaufrier.

Lola agrippa la manche de Hardy.

– J'ai droit à une explication. Vous m'avez interrogée pendant des heures, j'ai joué franc-jeu…

Hardy fit signe à ses hommes d'embarquer Sacha, ils montèrent en voiture.

– Il n'est pas l'homme que vous croyez, madame Jost. Il a manipulé son entourage. Vous y compris. Il a retrouvé Mars en Afrique.

– Il jure que non. Et je le crois.

– La balle qui a tué Mars a été tirée avec le revolver de service de Sacha Duguin.

Impossible, Hardy agitait des cartes bidon, il n'avait rien.

Il l'entraîna jusqu'à un banc public, la fit asseoir.

– Vous voulez de l'eau ?

Non mais il allait la lâcher avec la flotte ? Elle le dévisagea. Il s'offrait une intense petite fête personnelle. Quant à elle, c'est un pavé de vérité qu'elle se prit en pleine figure. Taillé en silex.

– Vous saviez pour la balistique, Hardy.

– Pardon ?

– Quand vous m'avez interrogée, vous aviez déjà les résultats.

Elle se souvenait de sa conversation avec Thomas Franklin à l'IML. « Bizarre que les résultats ne soient pas encore arrivés. » En réalité, Hardy les avait récupérés au labo de la gendarmerie avant de passer chez elle. Il savait que l'arme était celle de Sacha. Et voulait alimenter son dossier le plus vite possible.

Pour que Sacha n'ait pas le temps de me demander de l'aide, comprit-elle. *Parce qu'il n'a plus que moi.*

Ses collègues ne se seraient jamais mouillés pour lui, pas avec ces rumeurs sur son compte. Maintenant, mon témoignage est consigné noir sur blanc dans un P-V de l'IGS. Impossible de rien bricoler pour le sortir de là.

– Bravo, vous êtes au niveau de votre réputation, madame. Mais ça ne sert à rien cette agitation. Surtout pour un type qui n'en vaut pas la peine.

Un pare-brise fumé. Elle ne voyait pas Sacha. Elle ne voyait plus rien.

Mars, tu nous fais danser dans un cyclone.

– Ne vous mêlez plus de rien. C'est clair ?

Il l'abandonna sur son banc. La voiture banalisée disparut au bout de la rue.

Elle retrouva sa Twingo, mit le contact sans réfléchir. L'autoradio se déclencha, elle coupa le moteur d'une main tremblante. Elle ne savait plus où aller.

Hardy, un sale type aux méthodes sournoises, mais qui ne pouvait pas réinventer la réalité.

Le revolver était bien celui de Sacha.

Elle pensa à sa colère rentrée avant qu'il parte en Afrique. Mortifié, l'honneur irradié.

La femme de Gratien, en garde à vue sous sa responsabilité, était morte. Mars était responsable mais c'était Sacha qui avait récupéré le blâme. Un blâme silencieux. Ses collègues pensaient qu'il avait travaillé des mois sous les ordres d'un fou dangereux sans rien voir venir. Erreur impardonnable pour un commandant de la Criminelle.

Elle s'en voulait d'abonder dans le sens de Hardy. Mais être flic, c'était comme le vélo, ça ne s'oubliait pas. Tout collait. La présence possible de Sacha au moment du crime. Son arme. Sa motivation. Celle qui nourrissait son talent. Celle qui le poussait sur le toboggan à catastrophes.

Et cette rage. Je ne te course pas pour te tirer dans le dos. Bien au contraire, on est face à face, toi au sol, moi qui te domine et savoure ta terreur. Peu importent les carnets, c'est toi que je veux.

Les yeux dans les yeux.

Sacha, l'un des flics les plus doués qu'elle ait connus. L'un des plus imprévisibles.

Qu'est-ce que tu as fait, mon ami…

Des larmes dégringolaient, elle les essuya du revers de la manche.

Ingrid va rester en Amérique. Et on vient de me prendre Sacha.

Un cliquetis sur la carrosserie de la voiture. De la grêle. L'affaire se gâta dans un grondement de fin du monde.

De la pluie à la grêle. Le ciel lui donnait une idée. Quand tout va mal, on a deux solutions. Arrêter les frais ou monter en puissance.

Son téléphone était posé sur le siège passager. Une personne l'appréciait au point de faire ce qu'elle demanderait sans conditions. Elle appela le capitaine Jérôme Barthélemy.

10

Jeudi 17 janvier

Il était cinq heures du matin. Mauvais rêves, sa nuit avait été fiévreuse. La boîte de paracétamol était vide, son corps lui criait une menace qu'elle ne comprenait pas. Elle appela le même numéro pour la quatrième fois.

Il décrocha enfin. Sa voix, un murmure.

– Allô ? Lola ?

– Tu me dois une explication, Sacha.

Le silence, puis sa respiration. Qu'est-ce qu'il attendait ? Il ne disposait que d'un très court laps de temps…

– J'ai menti.

Lola serra le poing.

– En fait, j'ai retrouvé Mars à Abidjan. Il comptait se servir des carnets de Gratien.

– Contre qui ?

– Il n'a pas voulu me le dire.

– Ça n'a pas de sens…

– Si. Pour me protéger. Je ne l'ai pas tué, Lola. Mon Smith & Wesson, je l'avais laissé à Paris.

– La porte de ton appartement a été forcée ?

– Non.

– Tu as été suivi jusqu'en Afrique…

– Il faut croire.

Si quelqu'un avait une chance de le retrouver, c'était bien toi, Sacha. Lola entendit des voix. Son cœur lui dégringola dans les genoux.

– Joseph Berlin, Lola, il faut que vous…

La communication fut coupée. Lola enfouit sa tête entre ses mains. Elle resta un moment dans cette position puis se força à retrouver son calme. Un échange trop court mais c'était mieux que rien. Barthélemy avait fait du beau boulot. Il avait réussi à s'infiltrer à l'IGS pour lui passer un portable.

Son mobile sonna. Barthélemy.

– Allô, patronne ? Vous l'avez eu ?

– Sacha jure que ce n'est pas lui.

– Je n'en ai jamais douté. Vous choisissez bien vos amis.

– Il pense qu'il a été suivi. Mars voulait une fois de plus se servir des carnets de Gratien.

– C'est pour ça qu'on l'a descendu ?

– Possible. Comment était Sacha ?

– Fatigué, combattif. Mais je l'ai vu deux secondes avant de filer. Il compte sur vous pour le tirer d'affaire.

Lourde responsabilité. Elle entendait Franklin le légiste ricaner dans son costume de dépeceur. *Tu es amusante. Tu vas t'opposer à l'IGS toute seule comme une grande…*

– Mais je le trouve égoïste, patronne.

– Allons bon.

– Les mecs qui ont buté Mars sont des rats, mais des rats efficaces. Et vous, vous avez l'âge que vous avez. Pardon mais c'est la vérité.

– Je n'ai pas l'intention de rejoindre Mars au paradis de la flicaille dans l'immédiat, Jérôme. Je ne sortirai plus sans mon arme.

– Vaudrait mieux ne plus sortir du tout.

– Vieille ne veut pas dire obsolète, tu me suis ?

– Pas faux mais bon…

– Joseph Berlin, ça te dit quelque chose ?

– Non…

– Tu peux chercher le lien éventuel avec Mars ?

– Je vais me renseigner.

– Merci.

– Vous ruez dans les brancards mais, dans le fond, vous ne savez pas quoi faire, hein, patronne ?

– J'avoue… À part lui trouver un bon avocat…

Cette histoire d'arme puait sévèrement. Sacha jurait que son Smith & Wesson n'avait pas quitté Paris mais Mars avait bien été abattu avec ce revolver. Sacha avait retrouvé Mars en Afrique. En continuant à mentir sur ce point à l'IGS, il risquait de s'enliser. Hardy pouvait dénicher des témoins et prouver le parjure.

– J'ai besoin de réfléchir, Jérôme. On reste en contact.

– Si vous avez un coup de blues, je suis là.

Il avait pris un méchant risque pour elle. Barthélemy avait sa carrière devant lui, il ne fallait pas que les problèmes de Sacha le tirent vers le gouffre lui aussi.

Elle raccrocha et se fit un café fort. Sacha en était arrivé aux mêmes conclusions qu'elle. Quelqu'un essayait de lui mettre l'assassinat de Mars sur le dos, avec maestria jusqu'à présent. Il était seul. Au point de n'avoir plus qu'une ex-flic cabossée sur qui compter. *Vous avez l'âge que vous avez, patronne.*

Ah oui, elle avait vraiment besoin de réfléchir.

Joseph Berlin.

Elle pouvait attendre le retour de Barthélemy. Oui mais non. L'attente était contre-productive. Surtout, ne pas casser le rythme.

Sur le Net, elle trouva mille informations sur un nommé Josef Berling, un footballeur d'origine suédoise, dragué par les meilleurs clubs de la planète. Elle passa en revue les collègues de Sacha susceptibles de la renseigner. Il n'y avait guère que Clémenti. Un commissaire de la Crim', efficace, discret. Et qui avait été un ami d'Arnaud Mars. Mais pouvait-elle lui faire confiance ?

11

Le téléphone sonna alors qu'elle sortait de chez elle. Elle hésita à faire demi-tour. Des trésors de diplomatie avaient été nécessaires pour convaincre la secrétaire du 36 de prévenir Serge Clémenti. « Passez tôt, il acceptera peut-être de vous voir avant son départ sur le terrain. »

Elle décrocha. Armand Bianco.

– Ton ordinateur est allumé, Lola ?

– Non.

– Consulte tes mails. Maintenant.

Il lui avait adressé une vidéo. Deux journalistes, des célébrités des années quatre-vingt-dix, interviewaient le président Borel. Souriant, à la fois relax et intense, il expliquait qu'il aimait autant Jean-Sébastien Bach que la jeune chanson française.

– Et alors ?

– Dans le public, au premier rang, le petit bonhomme ébouriffé, affublé d'une écharpe verte de la taille d'un drapeau. Ses lunettes rondes lui font des yeux de hibou.

– C'est qui ?

– Gildas Sénéchal. Il ressemble à une serpillière, mais c'est un génie.

– Méconnu, le génie.

– Sénéchal ne s'est jamais épanoui que dans les coulisses du pouvoir. La réélection de Borel, c'est lui.

– Je croyais que c'étaient Gratien et ses carnets.

– Gratien a été la dernière balle pour flinguer Candichard, certes. Mais même sans ça, Borel aurait fait un malheur. Regarde ce film jusqu'au bout.

Elle écouta le président charmer les deux stars télégéniques et quelques millions d'électeurs.

– Tu vois ce qui se passe, Lola ?

– Non.

– Il n'est pas beau, Borel ? Sa prestation n'est pas remarquable ?

– Bianco, je t'adore mais j'ai rendez-vous…

– Sénéchal, c'était le roi du lifting. Paul Borel s'était ringardisé au cours de son premier septennat, fossilisé pour cause de prudence, voire d'immobilisme. Sénéchal en a fait un vieux sage patient, rigoureux, à la fois impérial et à l'écoute de la jeunesse de son pays. Borel aimait secrètement le peuple, Sénéchal le lui a fait dire. Borel passait pour un inculte, Sénéchal l'a fait sortir de sa réserve naturelle et révélé son impressionnante culture musicale et théâtrale. J'avoue que j'ai toujours admiré le petit bonhomme. Avant lui, les journalistes demandaient des interviews au chef de l'État. Avec lui, la donne a changé. Le Président convoquait et choisissait le lieu, ses interlocuteurs et jusqu'à l'ambiance pour faire passer au mieux son message. Sénéchal employait un chef éclairagiste de cinéma pour sculpter la tête présidentielle et la rendre majestueuse. Il pensait, à juste titre – pour l'époque – que la télévision était la voie unique et il avait même créé un studio ultramoderne à l'Élysée. Rien n'était laissé au hasard…

Bianco ajouta que le supercommunicant dépensait une fortune en sondages. Et donnait de sa personne en regardant défiler des groupes-tests derrière un écran de contrôle pendant qu'on les interrogeait scientifiquement.

– Il prenait le pouls de la France en continu. Et ne conseillait le Président que quand il avait des arguments chiffrés. Méticuleux, le Sénéchal.

Lola aurait aimé que Bianco en vienne au fait. Clémenti ne patienterait pas.

– Tout ça pour dire…

– Sénéchal était ami avec Mars.

– Ami ou relation ?

– Ami. Je me suis souvenu les avoir croisés dans les cantines préférées des politiciens. Bonne bouffe, excellents vins, des conversations qui avaient l'air de les enchanter mutuellement. Ce qui n'était pas une mince affaire car Gildas Sénéchal n'est pas du genre à perdre son temps. Je ne sais pas si c'est une info utile.

– Ouais, moi non plus.

– Désolé, c'est tout ce que j'ai pour le moment.

Elle le remerçia, raccrocha, enfila des mocassins qui tassaient la silhouette mais permettaient de mettre le turbo. Le quai du métro était bondé et la rame parfumée au stress matinal. Elle pensa à la relation entre le communicant du président et le divisionnaire. Mars avait effectué une partie de sa carrière dans les ambassades, son lien avec le monde politique était naturel. Il avait la réputation de posséder un faramineux carnet d'adresses.

La rame resta bloquée de longues minutes « pour cause d'incident voyageur ». Elle se maudit d'avoir pris l'appel de Bianco.

Dix minutes de retard. Elle tenta un sprint, sentit son cœur et ses jambes renâcler.

Le quai des Orfèvres léché par la Seine énervée. Le sas de sécurité du 36. Le planton apathique. Elle présenta ses papiers en rongeant son frein, remonta le couloir, gravit l'auguste escalier couvert de son vieux lino décati et déboula en nage à la Crim'. Un jeunot lui annonça que le commissaire et ses hommes venaient de descendre au parking. Elle ravala un juron, dévala l'escalier, se précipita au parking ; ses poumons étaient deux éléphants de mer arthritiques.

Clémenti était penché au-dessus d'une carte routière étalée sur la carrosserie d'une Renault banalisée. Il releva la tête et lui adressa un sourire chaleureux. Ils s'éloignèrent de quelques pas. Visiblement, il préférait que ses adjoints ne captassent pas leur conversation.

– Serge, j'ai besoin de renseignements. Pour aider Sacha. Alors, dites-moi si je fais fausse route en vous parlant.

Léger trouble dans les yeux gris, elle l'avait vexé.

– Parce que vous m'imaginez prévenant l'IGS ?

– A priori, non.

– Il a pu descendre Mars. C'est son revolver. Mais ma position est aussi simple que le Code civil. Un homme est considéré innocent jusqu'à preuve du contraire.

– À la bonne heure.

Elle lui révéla ce que Sacha lui avait appris.

– Il affirme que son arme est restée à Paris. Quelqu'un l'a utilisée à sa place.

À son air, il ne croyait pas deux secondes à une machination ; elle ne se laissa pas démonter.

– Sacha jure ne pas avoir tué Mars. Je le crois. J'aimerais savoir où il rangeait son arme quand il ne l'avait pas sur lui. Dans son bureau de la Crim' ?

– Il laissait souvent son revolver dans son tiroir, jusqu'au jour où un prévenu l'a fracturé. Ça a failli tourner au massacre. Depuis, il le portait dans son holster ou le gardait chez lui quand il n'avait pas besoin d'être armé.

– Donc, avant de partir en Afrique, il a laissé son revolver dans son appartement, rue du Petit-Musc.

– En principe. N'empêche, c'est bien son arme qui a servi à abattre Mars.

– Quelqu'un a pu faire voyager le Smith & Wesson jusqu'en Afrique.

– Possible mais je n'ai jamais entendu parler d'une effraction au domicile de Sacha. D'autre part, l'IGS a retrouvé son revolver chez lui lors de la perquisition qui a suivi son arrestation.

Lola cachait mal sa frustration. Elle avait envisagé l'arme de service restée dans le bureau de Sacha, à la Crim', facilement « empruntable » pour qui voudrait s'en donner les moyens. Clémenti venait de laminer cette possibilité.

– Vous savez comment il s'est rendu en Afrique ?

– Le plus discret aurait été le bateau mais il a pris l'avion.

– Il vous l'a dit ?

– Non, j'ai surpris une conversation houleuse avec le nouveau divisionnaire. Notre hiérarchie n'a toujours pas avalé que Sacha plante ses affaires en cours pour se catapulter en Afrique, même sur ses congés d'été. Je me suis souvenu après coup d'avoir vu un reçu sur son bureau, avant son départ, un e-ticket. Pour Kinshasa. Je l'observais. L'affaire Mars l'avait mis à cran. J'avais peur qu'il commette une erreur irréparable.

Elle l'entendit penser : *une erreur comme celle qu'il a peut-être commise*.

– Vous avez parlé du e-ticket à Hardy ?

– Oui. Il n'y avait aucune raison que je fasse de la rétention. À son retour, Sacha n'a jamais caché qu'il s'était mis en chasse de Mars.

Elle le questionna au sujet de Joseph Berlin.

– C'était aussi un fidèle de Mars.

– Était ?

– La dernière fois que je l'ai vu, il n'était pas tendre avec le divisionnaire.

– Un policier ?

– Non, un retraité de la DCRI. Plutôt un gratte-papiers.

La Direction centrale du renseignement intérieur. Il ne manquait plus qu'un barbouze dans le décor.

– Sacha a mentionné son nom. C'était important.

– Je ne sais rien de plus, Lola.

– Vous pouvez me mettre en contact avec Berlin ?

– Non. Désolé.

– Pourquoi ?

– Ce type finira paranoïaque, si ce n'est déjà fait. Je ne veux rien avoir à faire avec lui.

Il se tourna vers ses hommes. Les deux officiers montraient des signes d'impatience.

– Sincèrement, vous devriez faire confiance à la justice, Lola.

– Vous connaissez Hardy.

– Hardy n'est qu'un maillon du système. La justice, elle, est indépendante. Ne désespérez pas.

Elle le regarda s'éloigner. Un officier expérimenté et droit mais qui, malgré ses qualités, pariait sur la culpabilité de Sacha.

Elle quitta le 36, marcha jusqu'au Châtelet, entra dans le premier café, commanda un ballon de blanc. L'heure était indécente, tant pis, la retraite était plus dangereuse pour la santé que le vin. Paradoxalement, l'attitude de Clémenti la stimulait. Il était clair que Sacha avait vraiment besoin d'elle. Ses soutiens dans la Grande Maison étaient rachitiques, voire inexistants.

Son portable. Barthélemy.

– Allô, patronne ?

– Du nouveau ?

– Joseph Berlin, DCRI.

– Je sais, j'ai vu Clémenti.

– Vous courez partout. Attention à la surchauffe.

– Mon cœur est en pleine forme.

– J'ai l'adresse de Berlin. Et un téléphone.

Elle nota les infos. L'ami de Mars habitait le 15e.

– Il a travaillé un temps sous les ordres d'une légende.

– Qui ça ?

– Un mec qui avait des intuitions brillantes, paraît-il. Et qui allait jusqu'au bout de ses idées. Quelqu'un dans votre genre…

– Tu m'astiqueras les mocassins une autre fois, mon garçon. Condense, tu veux bien ?

– Le patron de Berlin s'appelait Yann Rainier. Rainier comme l'ex-prince de Monaco, du temps de Grace Kelly, hein, facile à retenir…

Les explications de Barthélemy ne manquaient jamais de sel mais il fallait avoir la vie devant soi. Elle prit son mal en patience.

– … Ce Rainier était spécialisé dans le terrorisme islamique et notamment les groupuscules de la zone africaine. Alors, du coup, je me suis dit que ce barbouze avait peut-être un rapport avec Mars puisque le divisionnaire avait été chef de la sécurité dans certaines ambassades en Afrique.

– Intéressant rapprochement. Et alors ?

– Manque de bol, Yann Rainier n'est plus en activité.

– Retraité lui aussi, je suppose ?

– Non, depuis un accident cardiaque il est hors circuit. Un légume, m'a dit mon contact. Ça remonte à une dizaine d'années, au bas mot.

– Bon, merci, ce sera tout pour le moment sur Berlin et son légume légendaire. Dis-moi, tu as tes entrées à Roissy Charles-de-Gaulle ?

– Je connais vaguement un lieutenant qui travaille sous les ordres du commissaire de l'aéroport.

– Tu peux me rendre un service ?

– Pas besoin de poser la question, patronne.

12

Au-dessus de la Seine, une trouée lumineuse qui rendait optimiste. Elle appela Joseph Berlin, expliqua être une amie de Sacha Duguin et rechercher des informations au sujet de l'affaire Mars.

– À quel titre, madame ?

Une belle voix, calme.

– Rencontrons-nous pour en parler. J'imagine que vous avez un peu de temps. Vous êtes retraité, n'est-ce pas ? Moi aussi. De la police.

– Vous en savez des choses.

Lola craignit qu'il ne lui raccrochât au nez.

– Allô ? Monsieur Berlin ?

– Je suis toujours là. Si vous avez mon numéro de téléphone, vous avez sans doute mon adresse.

– C'est ça.

– Chez moi, dans une heure.

Il lui donna le code de l'immeuble et interrompit brutalement la communication.

Fantasque, le monsieur. Lola but une nouvelle gorgée de blanc en souriant. C'était comme au bon vieux temps quand une affaire colorait la banalité du quotidien. Son mobile l'interrompit, elle répondit sans vérifier d'où provenait l'appel. La voix bien connue la fit sourire jusqu'aux oreilles.

– *What the fuck!* Pourquoi tu ne m'as pas prévenue ?

– Oui, c'est ça, bien le bonjour, Ingrid. Il fait beau à Las Vegas ?

– C'est la nuit, Lola.

– Ah, oui, c'est possible.

– Sacha a été arrêté et c'est tout ce que tu trouves à parler ?

Ingrid et son français. Une histoire d'amour puissante mais contrariée.

– Et c'est tout ce que je trouve à te dire, oui. Qui t'a prévenue ?

– Barthélemy. Il s'inquiète pour toi. Tu t'attaques seule aux flics des flics. *It's totally crazy*.

– Pour l'instant, je ne m'attaque à personne, je réfléchis.

– C'est pareil, Lola. Raconte.

– Je croyais que Barthélemy avait cafté…

– Tes mots sont plus compréhensifs que les siens.

Lola se lança dans un récit détaillé. Il fut ponctué à intervalles réguliers par des exclamations ordurières, en anglais dans le texte. Ingrid, son énergie, son visage d'ange et son vocabulaire de charretier shakespearien.

On entendait de la musique en arrière-fond, des conversations. Un type discourait dans un micro. L'amie américaine téléphonait-elle entre deux séances de french cancan à la mode Vegas ?

– C'est de l'erreur juridique !

– Judiciaire, ma grande.

– Lola, tu ne peux pas t'occuper de ça seule.

– Vous êtes plusieurs à me le rabâcher mais ça ne change rien.

– Il n'y a pas toi d'un côté et une pyramide d'idiots de l'autre.

– Tu t'inquiètes pour moi mais il n'y a pas de raison.

– Va voir le commissaire Clémenti. Il te fera une anti-enquête très bien.

– Serge Clémenti ne fera pas de contre-enquête. Il a un job prenant, je te le rappelle. Et il n'est même pas persuadé de l'innocence de Sacha.

– *Really ?*

– Oui. Vraiment.

– *I see…*

Ingrid connaissait le sérieux de Clémenti aussi bien qu'elle et commençait à mesurer l'étendue du problème.

– Je dois raccrocher, Lola, le show va démarrer. Mais promets-moi…

– Quoi donc ?

– Ne fais rien de dangereux en te précipitant.

– Je n'en suis pas encore à sucrer les fraises.

– *What ?* Quelles fraises ?

– Non, rien. Oublie.

– Vous n'avez pas la *Death Penalty* chez vous.

– Qu'est-ce que tu me racontes avec la peine de mort ?

– Je veux dire que Sacha ne risque pas d'être exterminé par ta République française. Tu as le temps de prouver qu'il est irresponsable.

– Innocent, tu veux dire ?

– Tu sais très bien ce que je veux dire.

– Tu n'y es pas. Dans une enquête, il y a une question de rythme. Exactement comme dans tes numéros de danse.

– Tu es sûre que tu vas bien, Lola ?

– Je vais mieux que quand je me morfonds chez moi en robe de chambre. Et avant que tu ne m'interrompes, je te parlais du rythme. Il y a quelque chose qui vient, je le sens. Pas le moment de mollir.

– *Lola, come on !*

– Chacune fait ce qui lui plaît de chaque côté de l'Atlantique. Je ne me mêle pas de ta vie avec tes copines les girafes.

– Quelles girafes ?

– Embrasse Las Vegas pour moi.

Il était temps d'étouffer la dernière protestation d'Ingrid en raccrochant. Déception. Les gens changeaient, et pas pour le meilleur. Il fut un temps, l'amie américaine aurait soulevé des montagnes pour Sacha et l'amour de la vérité.

Lola réalisa qu'elle avait oublié de lui parler de la vidéo et de Saint-Michel. Elle lui enverrait un mail, le moment venu. Elle but la dernière gorgée de blanc puis étudia son plan de métro.

13

Rue du Commerce, l'immeuble abritait un garage en rez-de-chaussée et un parking sur plusieurs étages. Joseph Berlin vivait au troisième, appartement 34. L'ascenseur était en panne. Elle joua au buffle asthmatique dans une cage d'escalier parfumée aux gaz d'échappement.

Quelques coups de sonnette inutiles. Elle vérifia l'heure, composa le numéro sur son mobile, entendit la sonnerie résonner à travers la porte, écouta le message laconique d'un répondeur. « Berlin, je vous écoute. »

Le petit blanc du Châtelet lui avait confectionné une humeur planante, elle patienta sans désagrément en attendant l'arrivée de l'ex-espion. Et d'ailleurs, la notion d'ex-espion avait-elle un sens ? Elle était une ex-commissaire qui ne parvenait pas à raccrocher. Elle était donc toujours flic. On se fichait pas mal des papiers officiels, du bureau, des trombones, de la photocopieuse et des pots de bienvenue et d'adieu. Restait la sensation. La puissance intacte de cette sensation. Ses réflexions furent interrompues à intervalles réguliers par les rugissements lointains d'un marteau-piqueur. Paris, une ville qui gigotait sans arrêt.

Une demi-heure plus tard, elle constata l'évidence. Joseph Berlin était un homme empêché par un contretemps. Ou un foutu malotru. Elle rédigea une note sur son calepin demandant de la joindre, la glissa sous la porte, et s'aperçut qu'elle n'était pas fermée. Elle pénétra dans un studio couleur moutarde, meublé simplement, bien rangé. Et méticuleusement entretenu. La lumière était allumée, les stores tirés, le bureau supportait une pile de journaux et un ordinateur ouvert. Sur la chaîne hi-fi, quatre CD. Beethoven. Elle glissa le premier dans le lecteur. L'*Appassionata*, interprétée par Schnabel.

La fièvre revenait à l'assaut. De l'aspirine dans l'armoire à pharmacie, une bouteille de sauvignon entamée dans le réfrigérateur, elle se servit un verre et avala deux comprimés. Elle goûta la mélancolie virile de Beethoven puis décida de fouiller les lieux.

La récolte fut maigre. Aucun papier ne mentionnait Mars, Sacha ou une quelconque activité professionnelle, à la DCRI ou ailleurs. Elle apprit que Berlin était un maniaque qui ne se contentait pas de poser des lapins mais repassait ses caleçons et ses chaussettes. Et nettoyait son réfrigérateur au vinaigre.

La fête avait assez duré, elle quitta les lieux en claquant la porte.

Son mobile sonna dans l'escalier. Barthélemy, mécontent. En résumé, le collègue de l'aéroport n'avait pas accepté de le renseigner. Il souhaitait que Lola se déplaçât en personne.

– Désolée, patronne.

En sortant de l'immeuble, les passants, nez en l'air, contents comme des gamins : il neigeait sur Paris. De gros flocons, un beau débit.

Elle eut trop chaud dans le métro, le sauvignon s'amusa à un jeu idiot avec son estomac. Elle pensa à

Yann Rainier, au nom de prince mais terrassé par un AVC. Il était peut-être temps de consulter un cardiologue ?

Le monde avait changé. Les marches de sa station de métro, les rues étaient recouvertes d'une couche épaisse. Sous le voile neigeux, la porte Saint-Denis n'était plus qu'une esquisse.

Sa serrure avait été fracturée.

La panique, corolle vénéneuse toujours prête à s'ouvrir. Elle la ravala en même temps que sa salive. Son appartement avait été fouillé. Elle pensa à son vieux Manurhin dans le tiroir de la commode, pénétra lentement dans le salon. Vide, glacial. La fenêtre grande ouverte. Elle se précipita, fouilla le tiroir.

– C'est ça que tu cherches ?

Cette voix dans son dos. Immanquable. Elle se retourna, put voir à quoi il ressemblait. Trogne burinée, regard de husky, cheveux gris-blond et ras qui mettaient en évidence une oreille droite décollée. Il portait un loden bleu marine fermé jusqu'au cou. Et la braquait avec son Manurhin.

Joseph Berlin, un phrasé élégant pour un physique de tueur.

Ils s'observèrent, deux chiens de faïence dans un salon frigo. Elle tourna la tête vers une forme claire qui n'aurait pas dû être là. Un ordi portable posé sur la béance du Corcovado.

– Mon troisième œil, précisa-t-il.

De la vapeur s'était échappée de sa bouche. Le vent maltraitait les battants de la fenêtre. Il tourna l'écran vers elle, appuya sur quelques touches. Lola se vit fouillant le studio de la rue du Commerce.

– Pour savoir à qui vous avez affaire ?

– Tu ne te comportes pas comme une retraitée.

– Je vous retourne le compliment.

Elle regrettait d'avoir claqué la porte. Elle aurait dû laisser son studio ouvert aux cambrioleurs potentiels.

Il prit place dans le voltaire, croisa les jambes. Regard neutre, corps relâché mais flingue bien ajusté. A priori, il visait son crâne. « Ce type finira paranoïaque, si ce n'est déjà fait. Je n'ai aucune confiance en lui. » Serge Clémenti avait vu juste. Ses intestins protestaient. Une attaque du sauvignon ou les manières de son visiteur ?

– Qu'est-ce que vous voulez savoir ?

– Pour commencer, la nature de tes liens avec Sacha Duguin.

– Pas la peine de me braquer pour ça.

– Je veux les faits, pas tes commentaires.

Elle raconta, dans le désordre. Mais tout y était, à peu près. Pourtant, il l'observait comme si son récit n'avait aucun sens. Il l'interrompit alors qu'elle évoquait l'arrestation de Sacha par Hardy. Il avait posé son index sur ses lèvres. Elle entendit la sécurité du Manurhin se débloquer. *Finalement, je rejoins le paradis de la flicaille, mon Barthélemy.*

– Écoutez, Berlin, je n'ai rien contre vous…

– J'avais dit : « Silence. »

Détonation. Lola avait poussé un cri. Et le triste sire tiré dans la commode. Elle pensa au motard qui avait épargné Ingrid au dernier moment. Ces deux salauds n'en faisaient-ils qu'un ?

– C'EST UNE IDÉE DE L'IGS ? DIS-MOI !

– De quoi vous parlez ?

– Tu m'espionnes pour leur compte.

– Je n'ai aucun lien avec l'IGS. J'étais commissaire de mon quartier.

– À d'autres. En infiltration, ils sont balaises.

– Je ne travaillerai jamais pour Hardy. Même pour une fortune.

– Tu veux me faire croire que tu délaisses tes charentaises pour ce petit con de Duguin ?

– Oui, et j'en ai assez que ça étonne.

– Il a descendu mon pote.

– Ça reste à prouver.

– Et tu t'imaginais que j'allais t'aider ?

– Plus maintenant.

Il sourit avec un seul côté de la bouche, vida le barillet du revolver qu'il laissa sur la table. Il regarda la neige tomber deux secondes puis rangea son ordinateur dans son attaché-case. Elle pensa lui arracher pour l'assommer. Impossible, ses bras et ses jambes étaient hors service. Elle le regarda s'éloigner.

– Entre la commode et le téléviseur, j'ai pris l'option commode, et pourtant une téloche qui implose ça a toujours son charme. Bref, ingurgite tes séries télé et ton pinard. Pour le reste, ne rôde plus par chez moi.

Ses pas dans l'escalier, la fermeture du porche. Une bourrasque. Les battants de la fenêtre contre le mur. Ses dents claquaient. La neige tourbillonnait au-dessus du Corcovado.

Mais pourquoi diable m'as-tu envoyé chez ce timbré, Sacha ?

Quelques minutes plus tard, un coup de sonnette.

– J'ai entendu une détonation. Vous allez bien, madame Jost ? demanda son voisin du dessus.

Elle annonça qu'elle avait été cambriolée, bricola une histoire de Cocotte-Minute mal fermée, récupéra un regard dubitatif. Elle le calma en téléphonant sous ses yeux à un serrurier pour une intervention en urgence.

La facture allait être salée. Elle se toucha le front. La fièvre gagnait du terrain.

14

Les jours qui suivirent durèrent des années. Le diagnostic : gastro-entérite.

Plus de médicament. Elle n'avait pas la force de sortir. L'appartement avait été mis à sac et sentait l'ours décomposé, il était hors de question d'appeler à l'aide. Attila Berlin avait versé du kérosène sur ses vieilles colères et frustrations. L'incendie se maria à la fièvre et fit rage. Mauvais rêves entrecoupés d'éclairs de lucidité. Sacha torturé par Hardy et Gratien réunis, Ingrid couverte de plumes rouge sang qui dansait en foulant aux pieds l'amitié et les bons moments. Pendant les phases de lucidité, Lola tentait d'envisager une stratégie pour la sortie de son marasme. Ses cauchemars avaient plus de potentiel de développement que la réalité.

La neige tombait avec enthousiasme. Depuis son lit, elle observait la couche immaculée gonfler sur la balustrade. Elle ne se souvenait pas d'un pareil climat dans la capitale, ou alors vaguement, dans sa jeunesse.

Dans le fond, vous ne savez pas quoi faire, hein, patronne ?

Barthélemy, sa voix lancinante parmi d'autres voix. La sonnerie du téléphone racontait sa vie elle aussi, le voisin du dessus faisait ronronner son aspirateur et Joseph Berlin souriait du coin de la bouche. *Ne rôde plus par chez moi.* Paranoïaque ou pas, ce salaud ne perdait rien pour attendre.

15

Mardi 22 janvier

La neige avait tenu bon mais le virus remballait sa toile de cirque. Le téléphone s'énerva. Ensuite, ce fut la sonnette. Puis quelqu'un tambourina à la porte. Quelqu'un qui avait le code de l'immeuble. Barthélemy ? Un ami du quartier ? Elle se traîna jusqu'à l'entrée.

– *LOLA, OPEN THE FUCKING DOOR !*

Elle ne parvint pas à masquer sa joie. Attifée glorieusement comme l'as de pique, sur son palier, Ingrid. La Diesel, sa blondeur en courtes langues de chat, les joues roses parce qu'elle était énervée ou avait froid, une valise aux pieds. La Diesel, intacte, voire plus resplendissante que par le passé malgré ses sourcils froncés et son accoutrement de Martienne. Le ressentiment fondit tel un glaçon au micro-ondes.

L'amie américaine voulut des explications, aéra les lieux, fila à la supérette, à la pharmacie, réchauffa du bouillon de légumes et fit un peu de ménage. Entre deux séances de rangement, elle expliqua qu'elle avait extirpé des vacances à son employeur.

– Sacha et toi avez besoin de moi.

– Oui, c'est possible.

Ingrid se lança dans un massage vigoureux. C'était un mélange nippo-thaïlando-californien irrésistible qui vous ressuscitait carcasse et cervelle en profondeur. On geignait comme une otarie, on ronronnait en grosse lionne, on perdait pied, on rebondissait à la surface. Cela faisait des siècles que Lola ne s'était pas sentie aussi bien.

– Tu n'as pas perdu la main, sacré nom d'une pipe !

– Toi non plus. Ce talent incroyable pour plonger dans les ennuis.

– Peut-être, et je n'ai plus trop idée de ce que je peux faire d'intelligent.

– Prendre une douche, déjà, j'ai connu des chacaux qui sentaient meilleur que toi.

– Des chacals. S'il te plaît.

Ingrid leva les yeux au ciel. Lola partit chantonner sous la douche. Une fois décrassée, elle trouva son amie penchée au-dessus du Corcovado. Harmonie. Avec son pantalon cigarette chatoyant, sa veste verte en cuir frangé et ses santiags rouges, la longue Américaine avait l'air de débarquer du carnaval de Rio.

– Difficile ?

– Je suis ceinture noire de puzzle. Je l'aurai.

– Dans l'avion, j'ai réfléchi.

Elle la vit exhiber une clé. C'était celle de l'appartement de Sacha qu'Ingrid avait oublié de lui rendre.

– On va prendre ta voiture. C'est moi qui conduis. Tu as des pneus à crampons ?

– Non, pas de pneus à clous. Les avalanches sont rares à Paris.

En route pour la rue du Petit-Musc. Ingrid se souvenait d'avoir reçu des reporters chez Sacha. Elle l'attendait comme une femme de marin pendant qu'il faisait le crétin en Afrique. L'un des soi-disant reporters avait pu se fabriquer une fausse carte de presse.

– Tu me parles d'un souvenir précis ? demanda Lola.

– Non, j'ai reçu pas mal de types qui posaient des questions intelligentes. Ils venaient souvent à deux. Journaliste et photographe. L'un d'entre eux a pu emprunter le Smith & Wesson pendant que j'avais le dos tourné.

– Tu es en train de me dire que son revolver était chez Sacha pendant qu'il traquait Mars en Afrique ?

– J'ai un peu fouillé ses affaires. Parce que je voulais savoir où il était…

– Ne t'excuse pas. J'aurais fait la même chose. Dis-moi si tu as vu son arme.

– Oui, dans une boîte en bois rangée dans le tiroir de son bureau.

– C'était bien le Smith & Wesson ? Tu en es certaine ?

– Oui, je n'aurais pas confondu ce revolver avec un autre. Sacha m'avait dit que c'était l'arme qu'il préférait, contrairement à la plupart de ses collègues qui aiment les modèles moins massifs.

– Et ensuite ?

– Ensuite, rien. Je ne m'en suis plus préoccupée. Je peux témoigner devant un juge, si tu veux.

– Économise ton énergie. Personne ne nous croira. On fait partie du Sacha Fan Club.

Ingrid se gara en souplesse, observa l'immeuble. Dans le square, des gamins avaient construit un bonhomme de neige et leur joie était belle à voir.

– Paris ressemble à Montréal, Lola.

– Oui, possible. Au fait, c'est chouette Las Vegas ?

– Le soleil brille presque toute l'année. Et le désert de Mojave est l'un des plus secs des USA. En ce moment, il y a du vent, beaucoup de vent.

– Épatant.

– Tu devrais venir.

– J'ai peur de l'avion. Et du désert.

– Et du vent ?

La serrure n'avait pas été forcée mais Hardy et ses sbires avaient laissé un bazar extraordinaire. Ingrid déambula dans l'appartement puis plaqua son front sur la baie vitrée. La vue n'était pas détestable.

– Si c'est lui, autant me jeter par la fenêtre, parce que ça voudra dire que je n'ai rien compris aux gens. Jamais.

Elle dirigea la télécommande vers la chaîne hi-fi et appuya sur *play*. Un CD était resté dans le lecteur : avant de se faire coffrer par Hardy, Sacha avait écouté Aretha Franklin. Elle esquissa un pas de danse, fila vers la chambre, s'y attarda un moment. Ensuite, elles échangèrent un sourire.

Lola écouta le répondeur. Le dernier message datait du mardi 15. Un syndicaliste de la police retournait l'appel de Sacha et lui demandait de le rappeler à son tour pour parler de ses ennuis et trouver des solutions.

– Va interroger les voisins, suggéra-t-elle. Si un faux journaliste est venu en ton absence avec la clé, quelqu'un l'a peut-être croisé dans l'immeuble.

Ingrid partit sur-le-champ. Lola admira une fois de plus son énergie et sa détermination. Elle en récupérait quelques grammes en respirant le même air. Vite, le tour de l'appartement. Sur le lit défait, deux oreillers froissés. Elle huma le premier. L'eau de toilette de Sacha. Elle huma le second. Un parfum qui évoquait une balade dans une forêt de bambous humides. Sacha ne vivait pas une vie de moine.

Plus d'ordinateur, les boys de Hardy l'avaient embarqué. Les tiroirs du bureau avaient été fracturés. Elle trouva des munitions, du 9 mm parabellum. Et une boîte en carton qu'elle ouvrit. Elle contenait des photos. Les parents de Sacha sans doute. Et une languette de photomatons. Sacha et Ingrid. Beaux, sérieux puis lancés dans un concours de grimaces. Craquants. Gâchis, rien que du gâchis. Elle soupira et entreprit de faire du rangement.

Quand Ingrid revint, l'appartement avait opéré un retour à la civilisation.

– Les voisins n'ont rien remarqué, Lola. À part l'arrestation de Sacha par l'IGS.

Elles s'installèrent côte à côte sur le canapé. Ingrid posa ses longues jambes brillantes terminées par ses bottes rutilantes sur la table de verre. Et regarda les photomatons en souriant avant de les empocher.

– Quelqu'un a pu piquer les clés passage du Désir, Lola.

Une théorie qui tenait la route. Jusqu'à l'été dernier, Ingrid vivait à deux pas du canal Saint-Martin, dans un ancien atelier rénové au rez-de-chaussée. Il faisait office de salon de massage puisque la belle était masseuse le jour et effeuilleuse certaines nuits, au *Calypso*, un cabaret de Pigalle. Les amateurs de massages patientaient dans le salon. Une salle d'attente ouverte au premier venu.

– Tu te souviens d'un client en particulier ?

– Non. Et si la clé a été empruntée, ça s'est fait en finesse.

– Bon. Direction l'aéroport.

– On part en Afrique ? Je gagne très bien ma vie à Vegas. Je paie les billets.

Lola écarquilla les yeux. Qu'est-ce que la girafe du Nevada voulait faire en Afrique ?

– Si tu as fouillé Paris, on n'a plus qu'à fouiller Abidjan, insista Ingrid. On peut retrouver la femme de Mars.

– De deux choses l'une, Ingrid. Soit Karen Mars est morte. Soit elle se planque.

– On retrouvera un témoin. Quelqu'un qui nous dira qui fréquentait Mars à Abidjan.

– Personne ne devait le fréquenter puisqu'il se cachait.

– Il a forcément eu des contacts.

– Ces contacts n'ont pas intérêt à révéler qu'ils aidaient un fuyard recherché par la police française.

– Le capitaine Hardy ne t'a peut-être pas tout dit. Et il vaut mieux chercher l'info à la source. C'est toi qui me l'as appris.

– Franchement, je n'ai pas envie de me traîner en Afrique.

– *Well, anyway,* si on ne va pas en Afrique, pourquoi aller à l'aéroport ?

16

Très coopératif, le commissaire Kernec. Lola constatait que son amabilité devenait onctueuse. La présence hautement séduisante et exotique d'Ingrid y était-elle pour quelque chose ? Cela n'aurait pas été la première fois. Jusqu'à présent, le déplacement à Roissy Charles-de-Gaulle valait le coup. Kernec affirmait que Sacha Duguin n'avait pas pu embarquer son arme avec lui sur le vol pour Kinshasa. Parce que si cela avait été le cas, le revolver aurait été repéré. Même démonté et disposé dans une valise en soute.

– Chaque bagage est passé aux rayons X, et plutôt deux fois qu'une depuis les attentats du 11 Septembre. Croyez-moi, un canon de revolver, c'est d'une grande évidence sur une caméra de sécurité.

– Même emballé dans du papier alu ou un quelconque matériau opaque ? demanda Ingrid.

– Évidemment, mademoiselle. Il est exclu de passer une arme sans se faire repérer. Pour voyager armé, il faut les autorisations de la hiérarchie et ça ne s'obtient pas en cinq minutes. Et si j'ai bien compris, Duguin n'était pas en mission officielle.

– Reste la valise diplomatique, dit Lola.

– Alors là, c'est une autre histoire. On passe n'importe quoi dans une valise diplomatique, c'est vrai. Mais le commandant Duguin est policier et pas diplomate. On est d'accord ?

– Et les avions privés ?

– Vous touchez du doigt un domaine particulier. Il est évident que les contrôles ne sont pas aussi assidus au Bourget ou à Nice que dans les grands aéroports pour les avions de ligne.

En quittant le bureau du commissaire Kernec, Lola ne fut guère étonnée. Costume sombre, cravate jaune comme foie de coyote, mallette noire, Hardy, flanqué de son jeune sbire barbu. Trop coopératif pour être honnête, l'onctueux commissaire Kernec avait prévenu l'IGS.

– Vous n'aimez pas suivre les conseils qu'on vous donne, madame Jost.

– C'est l'âge. Souvenirs, conseils, tout s'évapore.

– Mademoiselle Diesel, je suppose ?

– Correcte supposition.

– Je peux savoir ce que vous faites en France ?

– Tourisme et amitié.

Hardy déclara qu'il les raccompagnait à Paris.

– Merci, mais j'ai ma voiture.

– Mon jeune collaborateur conduira votre Twingo. Vous montez avec moi, j'ai prévu un détour intéressant.

Lola hésita à l'envoyer paître. La dernière fois qu'il l'avait embarquée, l'affaire s'était soldée par de l'info de première qualité.

Il fit asseoir Lola à l'avant, mit sa sirène sur le toit, prit la direction de Paris. Sur le périphérique, malgré la neige, il slaloma dans la densité du trafic. Leur trio mijota un moment en silence. Hardy trouva le regard d'Ingrid dans le rétro.

– Après la vidéo, je ne comprends pas que vous soyez à Paris.

– Quelle vidéo ?

– Je vous croyais plus prudente, madame Jost. Surtout avec la vie de votre amie.

– Je n'ai pas eu le temps de lui parler de cette fichue vidéo. Et Ingrid n'est pas du genre à prévenir de son arrivée.

– Arrêtez de parler de moi à la troisième personne, protesta Ingrid.

Hardy lui donna les détails. Lola et lui convergeaient au moins sur un point : quai de Montebello, le tueur avait changé d'avis au dernier moment. Conclusion, le contrat tenait peut-être toujours. Restait au commanditaire à changer d'exécuteur. Lola observa son amie. Elle ne semblait pas plus remuée que ça.

– Bref, vous n'êtes pas en sécurité ici, mademoiselle Diesel. Reprenez le premier avion.

– Conseil bien noté.

Lola pensait que cet enquiquineur avait raison pour une fois. Ingrid devait rentrer aux États-Unis. La convaincre ne serait pas une mince affaire.

La neige s'intensifiait. Hardy leva le pied et fut doublé par une moto. Le pilote avait tourné la tête dans leur direction. Un homme solidement bâti. Une moto compacte et puissante. Comme celle de Saint-Michel. La crise d'angoisse frétilla, Lola avala un comprimé. Le motard était déjà un point noir, il se dilua dans le blanc.

À Paris, Hardy oublia le siège de l'IGS pour bifurquer vers la rive gauche. Il ne rouvrit la bouche que devant la prison de la Santé lorsqu'il leur demanda de le suivre. Il appela le planton gardant le sas de sécurité par son prénom.

Il entra entre deux gardiens, menotté, et Ingrid faillit ne pas le reconnaître. Elle ne l'avait jamais rencontré en chair et en os mais il avait souvent fait la une de la presse. En quelques mois, dix kilos de moins, vingt ans de plus. Visage tuméfié, bras droit en écharpe, regard d'animal traqué.

Richard Gratien. L'homme qui avait commandité sa mort. Et très probablement celle du divisionnaire Mars. Elle s'étonna de ne pas ressentir de haine à son égard.

– Changez-moi de prison, capitaine. Je me suis encore fait tabasser. Ils vont avoir ma peau.

– Vous exigez mais ne donnez rien en échange, Gratien.

Hardy posa son magnéto sur la table. Ingrid nota que le prisonnier remarquait enfin sa présence et celle de Lola.

– Des collaboratrices de l'IGS, reprit Hardy. Ne vous occupez pas de ça.

– Je vous répète que ce n'est pas moi pour Mars. Vous me voyez engager quelqu'un ? Tout le monde m'a lâché et vous savez bien pourquoi.

– Parce que vous n'avez plus vos carnets ? C'est ça ? J'ai toujours autant de mal à y croire.

– Si je les avais, je ne serais plus ici, Hardy. Vos collègues ou je ne sais qui les ont embarqués. Mettez-moi en quartier de haute sécurité ou ailleurs, mais faites quelque chose.

– Ce n'est pas vous pour Mars. Ce n'est pas vous pour Saint-Michel. Vous maintenez vraiment vos déclarations ?

– La guerre, c'était entre Mars et moi. Personne d'autre. Il a fini par crever mais je n'ai rien à y voir. Et pour Saint-Michel, quel aurait été mon intérêt de faire tuer un policier ? Je suis avocat, Hardy, je connais la chanson. Quelqu'un a mes carnets et continue de se payer votre tête en toute impunité.

Son visage était couvert de sueur. Si l'ex-émissaire de la Françafrique n'était pas terrorisé, c'est qu'il était prêt pour l'Oscar du meilleur acteur. L'échange se poursuivit encore une dizaine de minutes, Gratien maintint ses déclarations. Avant de disparaître entre deux plantons, il supplia une dernière fois Hardy de le changer de prison. La France entière connaissait ses traits. Même la France incarcérée.

Ingrid ne doutait pas du plaisir que des petits caïds pouvaient prendre à rosser un type qui avait fréquenté les puissants et s'était enrichi en éliminant ses opposants. Notamment des journalistes. Un vieux chacal livré aux jeunes lions. Son appel au secours était authentique.

– Je voulais que vous jugiez par vous-même, mesdames, reprit Hardy. Il dit la vérité quand il nie être le commanditaire. Il est hors jeu, vous me suivez ?

Gratien n'avait pas idée de qui elles étaient. C'était l'évidence. En admettant qu'il ait financé le contrat sur sa tête, il aurait dû logiquement réagir en l'apercevant aux côtés de Hardy. Ingrid devinait que Lola tirait les mêmes conclusions. Gratien n'était pas le commanditaire. Pour autant, fière et fidèle à ses principes, l'ex-commissaire se gardait bien d'abonder dans le sens du prétentieux capitaine.

– Regardez la réalité en face, madame Jost. Mars a été abattu de manière brouillonne et passionnée avec le revolver de Duguin. Lequel Duguin, de par sa proximité avec Mars, avait tous les éléments pour le retrouver…

– Sacha abandonnant le corps et une balle derrière lui, ça n'a aucun sens.

– C'est ce que Duguin avait envie qu'on pense.

– Dans ce cas-là, tout est possible et surtout n'importe quoi…

– Qui vous dit qu'il n'a pas été pris de court ? Il n'a pas pu choisir l'angle de tir avant de buter son ex-boss, il n'a pas eu le temps de planquer le corps…

– Votre cher ami, le commissaire de Roissy, assure que Sacha n'a pas pu embarquer une arme à bord.

– Il a pu payer quelqu'un pour transporter le Smith & Wesson à sa place, en avion privé ou par bateau.

– Bonjour la discrétion.

– Mars connaissait nombre de diplomates, madame Jost. Il a pu permettre à Duguin de les rencontrer. Et s'il avait bénéficié de ces contacts pour utiliser la valise diplomatique ?

– Un contact de Mars aidant Sacha à descendre Mars ? Vous avez une imagination débordante.

– Pas tant que ça. Et je vais même vous donner un élément que je devrais garder pour moi : Duguin affirme avoir acheté un Sig Sauer en Afrique.

– Écrivez des scénarios. Ça paie plus que flic.

– L'ironie vous sert à quelque chose ?

– Réfléchissez cinq minutes. Si Sacha avait voulu buter Mars, il aurait utilisé une autre arme que son revolver de service. Un Sig Sauer, par exemple, et dont il ne vous aurait pas parlé. C'est aussi simple que ça.

– C'est trop simple. Et vous tombez dans le panneau. Duguin l'a acheté en Afrique et soi-disant laissé là-bas. Il est possible que ce Sig Sauer n'ait jamais existé. J'ai interrogé une ex-collègue de Duguin,

Emmanuelle Carle. Elle a travaillé longtemps avec lui. Sous ses ordres.

– Emmanuelle Carle déteste Sacha. Mars l'avait promu à sa place.

– Ça n'empêche pas la lucidité. D'autant qu'elle vient d'être nommée commandant et n'a plus rien à envier à Duguin. Elle sait juger les hommes. Pour elle, Duguin est aussi intelligent que manipulateur. Bref, c'est un sociopathe qui a trouvé à qui parler. Je vais donc être clair : ne tentez plus rien. Je suis sûre que c'est vous qui avez fait passer un portable à votre ami Duguin. C'est la dernière fois que vous jouez à ce jeu. Rentrez chacune chez vous et tenez-vous tranquilles.

Hardy remballa ses affaires dans sa mallette et demanda à un planton de les raccompagner jusqu'à la sortie.

Je ne suis pas près de rentrer aux USA, pensa Ingrid.

Elles courbaient la tête dans le tourbillon blanc, Lola claquait des dents.

– Je connais Sacha. Il n'a pas pu tuer Mars et ensuite te mentir. Le cachotage, ce n'est pas son genre. Il ne faut pas lâcher.

– Les cachotteries, Ingrid.

– Oui, bon, tu m'as comprise.

– Je n'ai aucune intention de faiblir. Je sais que si Hardy a pris la peine de me faire rencontrer Gratien, c'est pour me… désactiver.

– Quoi ?

– Pour lui, je suis un virus potentiel. Cette enquête, c'est…

– L'affaire de sa vie ?

– C'est ça.

– Le virus a une stratégie ?

– J'en aurai une.

Elles s'engouffrèrent dans le métro, encaissèrent ses courants d'air glacés, montèrent dans une rame, voyagèrent un moment en silence.

– Hardy a raison quand il dit que tu n'es pas en sécurité. Et on est presque sûres à présent que ce n'est pas Gratien qui a mis un contrat sur toi.

– Rien ne dit que tu n'es pas toi aussi sur la liste d'un *hit man*. Dans ces conditions, je reste.

– J'ai été flic pendant des siècles, souviens-toi.

– Je reste jusqu'à ce qu'on y voie plus clair. *End of story.*

– Et ton job au casino ?

– Je m'entends bien avec mon boss. Il comprendra.

– J'ai vu cent cinquante films américains où des gars perdent leur boulot du jour au lendemain et partent la queue entre les jambes et une boîte en carton dans les bras.

– Quelle queue ? Je ne suis pas un marsupilami.

– Oublie. Tais-toi. J'ai besoin de réfléchir.

– *You're fucking kidding me ?* Tu n'es pas la seule équipée d'un cerveau.

– OK ! OK ! Taisons-nous et réfléchissons.

À Strasbourg-Saint-Denis, la neige était toujours de la partie. Elles hâtèrent le pas jusqu'à la rue de l'Échiquier.

– Tu serais mieux à Las Vegas, grogna Lola en s'ébrouant dans l'escalier.

– Le climat est plus chaud, c'est vrai. Et on a même une tour Eiffel.

– Tu vois !

– Tu ne vas pas recommencer !

– Mon intuition me répète que cette histoire n'ira pas en s'arrangeant…

– Un ami va arriver de Vegas. Il nous aidera.

– Tu en parles comme du père Noël et ça devrait me rassurer ?

– Jake est athlétique. Il était dans l'équipe de football de son université à New York. Une nuit, un type a voulu nous voler. Jake lui a cassé la figure. Il a d'excellents réflexes, du sang-froid. En plus, c'est un bon tireur.

– Ah oui, et il sait arrêter les balles avec ses dents ?

– Lola, tu n'as pas changé d'une Toyota.

– Toi non plus. Et on dit « changer d'un iota ». Laisse les Japonais tranquilles, tu veux ?

Une fois dans l'appartement, Ingrid chercha le mot « iota » dans le dictionnaire, sourit d'un air philosophe et prépara du thé. Lola la regarda faire en repensant à son bref échange avec Sacha. Il lui avait dit de contacter Berlin. Elle avait échoué mais cela ne signifiait pas qu'il fallait lâcher prise. Elle appela Clémenti, lui raconta sa mésaventure avec l'ex-espion.

– Je vous avais prévenue, Lola. Vous voulez porter plainte ?

– Inutile. J'aimerais comprendre pourquoi Berlin a réagi de cette façon…

– Je crois qu'il n'y a rien à comprendre. Sa bizarrerie a noyé sa carrière, du coup, il a viré plus bizarre encore. Un cercle vicieux.

– Ce type sait quelque chose.

– Je ne sais pas quoi vous dire. Ou à la rigueur…

– Oui ?

– J'ai croisé Berlin et Mars à plusieurs reprises avec un certain Sénéchal. Mars me les avait d'ailleurs présentés comme ses deux meilleurs amis.

Sénéchal ? Le type aux yeux de hibou dans la vidéo de Bianco. Le supercommunicant qui avait déringardisé le président Borel.

– Une sommité dans son genre, continua Clémenti. C'est comme ça que Mars me l'avait dépeint. C'est un spécialiste de la communication politique. Un ancien publicitaire.

– Rien ne prouve qu'il aura envie de « communiquer » avec moi au sujet de Berlin ou de Mars.

– Tentez le coup. Vous le saurez assez vite.

Lola le remercia et raccrocha. Berlin et Sénéchal, les meilleurs amis de Mars. Si le second était aussi coopératif que le premier, il n'y avait rien à espérer. Elle appela tout de même Armand Bianco. Il lui confirma qu'il connaissait personnellement Gildas Sénéchal. Le vieux gourou avait plus de soixante-dix ans aujourd'hui. Et vivait retiré des affaires, dans son bel appartement parisien.

– Il a donc du temps libre, en principe. Je peux le contacter et tenter de t'obtenir un rendez-vous. Qu'en dis-tu ?

Elle hésita. En quoi un baratineur professionnel pouvait-il lui être utile ? Mais on ne croulait pas sous les pistes. Elle accepta.

– Je m'en occupe immédiatement, Lola.

– Que ferais-je sans toi ?

Elle raccrocha puis se tourna vers Ingrid qui avait un drôle d'air.

– Qu'est-ce qui se passe ?

– Je t'ai parlé de Jake…

– L'homme qui arrête les balles avec les dents. Et alors ?

– En fait, c'est plus qu'un ami. Jake est journaliste. Il faisait une enquête sur les show girls pour le *New*

Yorker. On s'est rencontrés comme ça. Je tiens vraiment à lui.

Elle souriait avec les yeux. Et pensait donc ce qu'elle disait.

– Jake est un homme sur qui je peux compter.

Lola resta silencieuse un moment tout en complétant le Corcovado.

Ingrid écrasa un bâillement.

– *Well*, il faut que je me trouve un hôtel dans le quartier.

– Pas question. Mon canapé se transforme en lit quand je lui en donne l'ordre.

– Bonne idée. Je dormirai ici jusqu'à l'arrivée de Jake. Comme ça, il choisira l'hôtel. Il est un peu sévère dans ce domaine.

– Exigeant, tu veux dire ?

– Je ne sais plus ce que je veux dire. L'écartement horaire a réussi à m'abattre.

Lola se demanda comment elle avait pu subsister aussi longtemps sans le français revisité à la sauce Diesel.

17

Jeudi 24 janvier

L'intervention de Bianco s'était soldée par un succès, Lola avait obtenu son rendez-vous. La grisaille du ciel fondait, la neige aussi, Ingrid avait échangé son accoutrement brésilien contre une tenue « sobre » : bonnet tyrolien rose, veste en fausse fourrure, pantalon kaki moulant, Doc Martens montantes.

Le cador de la communication politique vivait rue d'Artois. Marbre pâle et tapis rouge dans la cage d'escalier, un appartement par étage, la grande classe. Un type vêtu de noir jusqu'à son tablier de majordome leur ouvrit, auréolé d'un fumet de girolles. La cinquantaine musculeuse, courte chevelure grise, mâchoire carrée. Une bouche presque aussi fatiguée que ses yeux délavés, sans doute habités par de mauvais souvenirs.

– Mondo.

– Pardon ?

– Mondo, c'est mon nom. Je suis l'assistant de Gildas Sénéchal. Veuillez me suivre.

Elles traversaient l'appartement dans son sillage. Mondo avait de larges épaules et probablement un problème de sciatique car il traînait un tantinet la jambe et se malaxait les reins de sa main libre. Les lieux témoignaient d'un goût exigeant. Des tapis moelleux, un mobilier contemporain, rare mais parfaitement choisi, des toiles abstraites. Et un vaste salon carré, des bûches qui crépitaient dans une cheminée où aurait pu rôtir un veau. Un gros chat gris, d'autant plus volumineux qu'il s'agissait d'un persan, dormait à distance intelligente de l'âtre.

Un petit personnage aux traits fripés s'extirpa d'un canapé couleur sable mouillé. Lola eut du mal à reconnaître l'homme de la vidéo. Sénéchal avait perdu du poids et gagné quelques siècles. Les grosses lunettes, le regard vif et profond avaient subsisté, ils lui donnaient l'air d'une Marguerite Duras au masculin.

La poignée de main était décidée, le verbe généreux et châtié, et plus on l'écoutait moins on le trouvait petit. Il demanda son avis à Ingrid quant à son talentueux président, l'écouta comme si elle était une analyste de la CIA et se lança dans un portrait nuancé de Barack Obama. Lola avait déjà croisé des personnages charismatiques, mais celui-ci était l'un des plus réussis. Pendant ce temps, Mondo servait du champagne sans s'oublier dans la distribution. Son patron proposa de porter un toast à l'amitié.

– Celle qui vous liait à Arnaud Mars, Lola, si vous permettez que je vous appelle par votre prénom.

Elle l'écouta raconter sa relation avec le divisionnaire. Ils étaient devenus inséparables au lycée. Un lien qui « perdurait au-delà de la mort et des choix catastrophiques de l'ami disparu ».

– Mars était un commis de l'État, comme moi, mais il a choisi la politique de la terre brûlée. J'ai lu tant d'horreurs sur son compte. Je n'approuve pas ses crimes, bien sûr, mais, dans le fond, j'ai toujours admiré son panache. Une qualité qui a viré à la folie, malheureusement. Arnaud aurait pu faire un excellent politicien alors qu'il prétendait les détester. Je l'aurais bien vu rayonner dans la lumière, moi qui ai passé ma vie dans l'ombre du pouvoir…

– Il est justement temps de passer à table, dit Mondo.

– En effet. Chères amies, ne vous fiez pas au physique de parachutiste de Mondo, il cuisine à merveille.

Le para faisait la cuisine, le service et déjeunait à la table de son boss sans quitter son long tablier noir. Dès l'entrée, de sympathiques huîtres sauce Mornay accompagnées d'un sancerre, Sénéchal expliqua à Lola que la communication politique n'était ni une science exacte, ni une nouveauté, mais l'art subliminal par excellence. Il lui apprit que pour convaincre les Russes de manger de la pomme de terre, Pierre le Grand avait consacré au tubercule un potager impérial, puis fait proclamer qu'il s'agissait là d'une nourriture réservée aux nobles. Les gardes chargés de la surveillance avaient ordre de « bâcler » leur travail afin de faciliter le vol des plants.

– Les paysans se sont mis à la cultiver, le peuple l'a adoptée.

Il s'adressa à Ingrid pour lui expliquer qu'aux États-Unis, pendant la Seconde Guerre mondiale, l'État devait gérer un surplus d'abats dont les Américains ne voulaient pas.

– Le gouvernement a alors lancé une campagne de pub anonyme qui laissait entendre que manger des abats était excellent pour la santé. Le message est passé en douceur. Eh bien, en politique, ce n'est pas différent. Il faut savoir utiliser le désir. Si vous voulez que le peuple adhère, il faut le faire rêver. Une belle tranche de réalité est une fiction très travaillée.

– C'est en misant sur le désir que vous avez permis à Paul Borel de remporter les élections ?

– En partie, Lola. Paul Borel avait un talent naturel considérable. Je ne l'ai aidé qu'à le faire émerger. Le servir a été un honneur.

On en était au rôti de veau aux fameuses girolles accompagné d'un admirable chasse-spleen. Sénéchal parlait plus qu'il ne mangeait et buvait. Lola finit son assiette et son verre avant de gâcher l'ambiance.

– Plutôt que le désir, j'aurais misé sur les carnets de Gratien.

La réplique fut accueillie par une suspension de fourchettes, un silence de plusieurs secondes et deux sourires. Large côté Mondo, plus étroit et élégant côté Sénéchal.

– Je me doutais bien que j'avais affaire à quelqu'un de renseigné. Je vous avoue que c'est un plaisir. N'est-ce pas, Mondo ?

L'homme à tout faire resservit du vin.

– Tu reçois souvent des gens bien plus rasoir, Gildas, c'est certain.

– Les carnets ont joué. Vous avez raison, Lola. À cette époque, Gratien jurait allégeance à Paul Borel. C'était son habitude de changer d'alliances au gré de ses intérêts. On a su plus tard que Candichard avait de belles casseroles au derrière. Si à cette époque le président Borel avait livré des informations à la presse sur Candichard, le scandale aurait été énorme.

– Mais il n'a pas eu à le faire car Candichard a préféré retirer sa candidature.

– C'est cela. Et je peux même vous confier que j'ai été celui qui a géré les négociations. Le travail de l'ombre, comme je vous le disais. Quand j'y pense, j'ai défié les statistiques.

– Pourquoi ?

– Les politiciens à la carrière avortée, c'est très rare en France. Même ceux qui connaissent une traversée du désert reviennent dans l'arène, un jour ou l'autre. Pour Candichard, ça s'est stoppé net.

– Vous êtes un couple dans la vie ? demanda Mondo à Ingrid.

– Et vous deux ? répliqua-t-elle sans temps mort.

– Non, Gildas est mon employeur. Depuis… depuis aussi longtemps que je m'en souvienne.

– Lola est ma meilleure amie. C'est tout.

– Et c'est déjà énorme.

Mondo annonça qu'il allait chercher le fromage. La longue Américaine se leva en déclarant qu'elle allait lui prêter main solide.

– Main-forte, vous voulez dire ?

– C'est ça.

Lola évoqua Sacha Duguin puis sa confrontation avec Joseph Berlin.

– Je vois encore Joseph de temps à autre, mais nos liens n'ont jamais été aussi forts que ceux que j'entretenais avec Arnaud Mars. Désolé qu'il se soit comporté ainsi avec vous. Mais je crois qu'il a des circonstances atténuantes.

– C'est-à-dire ?

– C'est compliqué…

– Si vous avez le temps, moi aussi.

– Sachez qu'Arnaud et Joseph se sont connus en Afrique. C'était l'une des zones d'intervention de Joseph puisqu'il était un spécialiste du terrorisme islamique. Baroudeur dans l'âme, il adorait travailler sur le terrain. Sa femme, qui lui reprochait ses absences, est morte dans un accident de voiture alors qu'il était en mission. Leur fille était adolescente à l'époque. Il a culpabilisé. Il est resté à la DCRI, mais a sollicité un poste basé à Paris, dans l'administration, pour être avec sa fille. Arabophone, il a rejoint le pôle des traducteurs et interprètes. Il s'est rétrogradé lui-même, en fait. À partir de là, il a passé ses journées assis sur une chaise, à espionner des gens mis sur écoute. C'était aussi raisonnable que courageux mais cela a généré de la frustration, et son humeur s'en est ressentie.

– Je m'en suis aperçue.

– Ceci étant dit, admettons que Sacha Duguin ait contacté Berlin pour obtenir des informations. Si Joseph a effectivement accepté de lui en donner, il doit le regretter. Surtout depuis l'arrestation de votre ami. Hardy pourrait l'inculper pour complicité.

– Il n'y a pas complicité puisque Sacha n'a pas tué Mars.

– Duguin est venu me voir, Lola. Juste après la fuite de Mars. Et, croyez-moi, il était très remonté. J'ai pensé qu'il voulait se venger. Sincèrement, son arrestation ne m'a pas étonné outre mesure. Arnaud et moi avions déjeuné une paire de fois avec lui. Le jeune Duguin a pensé que cela lui donnait le droit de me questionner. Je l'ai mis à la porte. Même si Arnaud a commis des crimes odieux, il était mon ami.

– Pourquoi Sacha vous a-t-il contacté ?

– Il pensait que j'avais fourni des faux passeports à la famille Mars. Ce n'était pas une mauvaise supposition. Si Arnaud me l'avait demandé, je l'aurais fait. Bien sûr, je n'aurais jamais imaginé que c'était pour assurer sa sortie après avoir massacré les proches de Gratien. Ce qui nous ramène à Joseph. Il y a de fortes chances que ce soit lui le fournisseur de faux passeports. D'où sa panique et ses réactions pour le moins outrées.

Il jouait franc-jeu.

– Mars avait-il un contact à Abidjan ?

– Je n'en ai aucune idée. Arnaud avait une passion pour l'Afrique, pas moi. Sachez que le capitaine Hardy m'a posé la même question. MONDO ?

– OUI, GILDAS ?

– QUE SE PASSE-T-IL AVEC LE FROMAGE ?

Lola avait trop bu et bien trop mangé. Ingrid avait résisté aux attraits de l'excellente cave de Sénéchal et était en pleine forme. Une fois dans la rue, elle annonça qu'elle avait libéré Mondo de sa sciatique.

– Dans la cuisine, je l'ai massé jusqu'à ce qu'il pense que j'étais la meilleure chose qui lui soit arrivée depuis des années. Il m'a avoué que je lui rappelais sa sœur. Je devrais breveter mon massage nippo-thaïlando-californien.

– Vous avez parlé de Sacha ?

– *Of course*. Mondo confirme qu'il est venu voir Sénéchal. D'après lui, il était nerveux et très en colère. J'ai réfléchi, Lola, il faut aller en Afrique.

Effectivement, c'était en allant à la source que l'on agripperait la vérité. Ou du moins une partie. Et la source, c'était ce moment où Sacha avait retrouvé celui qui, ayant suscité son admiration, avait été la grande déception de sa vie.

– D'accord pour l'Afrique, Ingrid.

– *Great*. On part demain.

– Quoi ?

– J'ai déjà réservé les e-tickets. Je savais que tu finirais par accepter.

– Tu ne manques pas d'air.

– Tu le dis toi-même, j'ai un job à Vegas. Alors autant ne pas perdre de temps.

– Incroyable. Sous tes airs de paisible girafe du Nevada, tu es rusée comme un singe.

Ingrid exécuta quelques pas de danse en fredonnant. Malgré sa digestion difficile, Lola se sentit une légèreté de plume. Si l'espoir se nichait quelque part, c'était à Abidjan.

18

Vendredi 25 janvier

Lola avait à peine dormi. Elles venaient d'enregistrer. Ingrid était partie acheter des magazines, elle patientait dans le hall des départs. Son portable vibra dans sa poche.

– Allô ?

– Je vous attends dans la chapelle de l'aéroport.

Estomaquée, elle ne trouva pas la réplique adaptée.

– Dans cinq minutes, je décampe. Alors, si vous voulez un tuyau avant le plongeon africain, activez-vous.

Il avait raccroché. Lola lutta deux secondes contre une impression d'irréalité. Contre l'idée que Joseph Berlin n'était que le produit de son imagination. Puis elle ravala sa fierté, se repéra sur un plan, courut comme une dératée, poussa la porte de la chapelle quatre minutes et trente-cinq secondes plus tard. Deux femmes en prière, dans la travée de droite. Et lui, l'ignoble individu, au premier rang, face au crucifix et vêtu de son manteau boutonné jusqu'au cou.

– N'ayez crainte, murmura-t-il. Je suis croyant. Aucun risque que je vous braque dans un lieu saint.

– Vous êtes surtout gravement atteint.

Berlin la vouvoyait de nouveau. Était-ce bon signe ou le début d'une entourloupe ?

– J'ai changé d'avis.

Il devait être bipolaire. Le mal du siècle.

– Et qu'est-ce qui me vaut ce revirement ?

– Je vous suis depuis un moment.

– De quel droit ?

– Vous fouillez mon studio de fond en comble et vous me parlez de droit ?

– Bon, reprenons.

– Vous ne ménagez pas vos efforts, Lola. J'aime ça. Et je pense que vous voulez vraiment aider votre ami Sacha. J'aime ça aussi. Ça devient rare.

Elle le fixa en silence. S'il lisait les pensées, il devait en prendre pour son grade.

– En vous voyant enregistrer vos bagages pour Abidjan, je me suis dit que Hardy avait trouvé à qui parler. Et je paierai pour la réparation de la commode.

– Impossible, c'est une antiquité.

– On fait des merveilles de nos jours.

– Ça m'étonnerait.

– Écoutez, mettez-vous à ma place. Vous débarquez de nulle part, au moment où l'IGS mène l'enquête. Et en fouillant chez vous, je trouve un Manurhin…

– L'arme de service que j'ai évité de rendre le jour où j'ai démissionné de la police. Et l'IGS n'engage pas de croulants, que je sache.

– Vous ne faites pas votre âge. On est quitte, Lola ?

– Dites-moi ce que vous savez, on verra ensuite pour l'extrême-onction.

– Faites-moi d'abord une promesse solennelle.

– Le lieu s'y prête, je suppose.

– Ne dites jamais à l'IGS que je vous ai renseignée.

– Marché conclu. Alors ?

– C'est moi qui ai fourni ses faux papiers à Mars. Sans demander ce qu'il voulait en faire. Jamais de questions. La fidélité.

– Émouvant. Vous allez enfin me dire où vous voulez en venir, Berlin ?

– Je regrette de ne pas avoir questionné Mars au sujet des passeports. L'IGS peut me faire tomber.

– Sacha est venu vous trouver et vous l'avez renseigné, c'est ça ?

– Je me suis senti trahi par Mars. Alors, quand Duguin m'a dit qu'il comptait le retrouver pour obtenir des explications et peut-être bien lui casser un peu la gueule, je l'ai aidé.

– Vous m'avez déclaré que Sacha avait probablement tué Mars. C'est toujours ce que vous pensez ?

– Vous pouviez être de l'IGS. Je vous ai dit ce que Hardy avait envie d'entendre pour qu'il m'oublie. En fait, je penche plutôt pour l'innocence de Duguin.

– Développez un peu.

– Duguin était persuadé que Mars avait laissé des traces à son intention. En réalité, celui qui voulait une explication entre hommes, c'était Arnaud. Il a fait d'énormes conneries mais c'était quelqu'un de compliqué. Il a menti à votre ami ; malgré cela, il y a toujours eu du respect entre eux. Et peut-être bien de l'amitié malgré la différence d'âge.

– Comment avez-vous guidé Sacha vers Mars ?

– C'est un bien grand mot, il avait déjà pas mal d'informations.

– Mais à part ça ? J'ai un avion à prendre, Berlin.

– Il y a très longtemps, Mars m'avait confié qu'il avait un frère de sang en Afrique. Un type à qui il avait sauvé la vie. Depuis, c'était à charge de revanche.

– Vous avez un nom ?

– Koumba.

– Un prénom ?

– Kaspar, je crois.

– Vous croyez ou vous en êtes sûr ?

– C'était il y a longtemps. Comme vous, je n'ai plus vingt ans.

– Une adresse ?

– Non, ni ses mensurations.

Il avait souri. Ça ressemblait à une grimace.

– Vous avez un avantage sur Duguin, Lola. Vous savez qu'il y a de grandes chances pour que Koumba vive à Abidjan. C'est énorme.

– C'est grand, Abidjan.

– Vous avez surtout un avantage sur Hardy.

– Comment ça ?

– Hardy s'est pris la lenteur, voulue ou non, de la police ivoirienne en pleine poire. Il cherche toujours l'endroit où Mars se planquait à Abidjan.

Il se tourna vers le crucifix, se signa et annonça qu'il avait prié pour elle.

– Soyez très prudente. Si ce n'est pas Gratien qui a fait descendre Mars, c'est pire.

– Comment savez-vous pour Gratien ?

– J'ai eu Hardy sur le dos moi aussi. Il m'a fait entendre l'enregistrement d'un interrogatoire de Gratien. Ça sentait la vérité à plein nez.

La touche finale qui rendait l'ensemble plausible. C'était bien le genre de Hardy, cet enregistrement passé à Berlin. Elle le regarda quitter la chapelle. Une démarche de vieux schnock, des manières de timbré mais des tuyaux en or.

Les deux femmes n'avaient pas bougé, à croire qu'elles étaient du même bois que le Christ. Lola réfléchit à ce qui venait de se passer. Hardy ne se gênerait pas pour mettre Berlin au trou s'il apprenait qu'il était le fournisseur des faux passeports. Du coup, Berlin misait sur elle. Si elle réussissait à identifier le meurtrier de Mars, le bœuf-carottes serait ridiculisé, voire dépossédé du dossier et lâcherait la grappe à l'ex-barbouze. Bien vu.

Vous voulez vraiment aider votre ami, j'aime ça aussi, ça devient rare. Baratineur, tu ne penses qu'à sauver ta peau, Berlin.

Son téléphone vibra. Ingrid, inquiète. Elles se retrouvèrent dans le hall d'embarquement. L'amie américaine passa le temps restant sur son smartphone. Elle utilisa diverses orthographes, sonda les annuaires disponibles.

Il n'y avait pas un seul Kaspar Koumba dans toute la Côte d'Ivoire. Du moins, dans la réalité électronique.

19

Le voyage vira au cauchemar une cinquantaine de minutes après le décollage. Les hôtesses avaient servi du jus d'orange, des bébés braillaient en stéréo, l'avion encaissait une série de trous d'air. Et Lola avait aperçu un passager dont la carrure lui rappelait celle du motard maléfique dans la vidéo de Hardy. De Saint-Michel à Abidjan, un trait de sang ? Deux rangs en arrière, une femme se plaignit d'étouffer avant de vomir. La cabine se remplit d'une odeur pestilentielle. Lola sentit l'angoisse lui mordre le plexus. Elle dérangea Ingrid, réveilla un jeune homme pour fouiller frénétiquement le compartiment à bagages. Impossible de trouver ses anxiolytiques.

Encore un trou d'air, plus sévère celui-là, Lola abandonna l'idée de retrouver son médicament et décida de respirer par la bouche. Ingrid lui conseilla d'utiliser une lingette humide en guise de filtre à air.

Deux stewards nettoyaient tant bien que mal les dégâts. Lola pressait son masque improvisé sur son nez en suant à grosses gouttes et broyait l'accoudoir de sa main libre. Ingrid la calma en lui massant les épaules et les tempes. Elle se souvint. La tablette de Lexomil était dans la poche de sa robe chasuble, elle en avala un comme si sa vie en dépendait, prétendit qu'il s'agissait de pastilles pour la toux.

– Dans ce cas, j'en veux aussi.

– Bon, d'accord, j'ai menti. C'est un anxiolytique.

Il fallut raconter. La peur au ventre, contrecoup des événements de Saint-Michel. Les nuits à imaginer ce qu'aurait été sa vie si le motard ne l'avait pas épargnée. Ingrid alla chercher deux mignonnettes de whisky, et elles utilisèrent les magazines de la compagnie pour s'éventer.

Jean-Jacques Goldman se mit à chanter dans l'air vicié. Lola poussa un grognement de bête à l'agonie.

– Lola, qu'est-ce que tu as ?

– Je ne peux pas entendre cette musique, c'est physique. Au point que je me demande s'il ne faudrait pas consulter.

– Un psy ?

– Évidemment. Pas un plombier.

Sur le tarmac, la chaleur avait la douceur d'un plaquage de rugby mais Lola goûta le changement d'atmosphère et le silence relatif avec volupté.

Elles arrivèrent en taxi chez un certain Léontin, un ami de Timothy Harlen, le patron du *Calypso* de Pigalle. La cinquantaine paisible, élégante et bien renseignée, il écoutait de la musique africaine à bon volume tout en regardant un match de foot à la télé. Après s'être changée, Lola se sentit ragaillardie lorsqu'il leur donna l'adresse du lotissement où Mars avait été retrouvé. Connaissait-il un certain Kaspar Koumba ?

– Jamais entendu parler, les filles, dit-il en leur tendant les clés de sa Vespa.

Ce n'était guère encourageant. Léontin dirigeait le *Kingo*, un night-club dans le quartier de Treichville, et personne ne connaissait mieux que lui l'Abidjan nocturne. Kaspar Koumba n'était donc pas un oiseau de nuit.

– Soyez très prudentes. Le conflit entre les partisans de l'ancien président, Laurent Gbagbo, et du nouveau leader, Alassane Ouattara, est à peine cicatrisé. La politique, dans mon pays, ça réagit comme de la nitroglycérine. Un mot de trop et le paquet t'arrache le visage. Les Français se sont beaucoup mêlés de nos affaires intérieures, certains n'apprécient pas…

– Lola se taira, intervint Ingrid. On ne saura pas qu'elle est une colonisatrice française et ça nous fera des vacances.

– Amusant, lâcha Lola. Mais je ne suis pas persuadée que les Yankees soient plus appréciés. Surtout les grandes choses voyantes avec des shorts format timbre poste. En revanche, les moustiques vont aimer.

Ingrid étudia la tenue de l'ex-commissaire – un T-shirt manches longues ras du cou et un gigantesque pantalon resserré à la taille par un élastique – et partit échanger son short offensif contre un pantalon battledress. Elle prit les commandes de la Vespa et elles traversèrent la ville dans une chaleur suffocante, s'accordant une halte dans une épicerie pour acheter de l'eau et de l'aspirine.

Le chantier, enfin. Lola, migraineuse, ankylosée, dégoulinait. Ingrid suait autant mais gardait un visage radieux comme si elle avait toujours vécu sous les tropiques. Des gamins qui jouaient au foot pieds nus, des ouvriers en casque orange, des chiens errants, des engins couverts d'une belle boue rouge. Les travaux n'étaient pas terminés, seule une partie du lotissement semblait habitée. Ingrid rencontra un peintre qui la brancha sur un électricien qui l'amena à un maçon. Visage triste, dos voûté, l'homme était encombré d'une aura négative. Ses collègues lui parlaient avec déférence puis s'éloignaient rapidement en semblant craindre une contamination quelconque. Lola obtint de l'infortuné qu'il les menât à l'endroit où on avait découvert Mars.

L'ocre jaune qui tranche sur la végétation. La maison en forme de cube, Lola la reconnut. Sur les photos de l'Identité judiciaire, elle paraissait plus vaste. Le maçon neurasthénique les devança dans l'escalier, et elle s'imagina dans la peau de Mars traqué par son meurtrier.

Depuis le toit plat en béton, la vue sur la forêt était magnifique. Mille oiseaux, autant de macaques et une armée de criquets faisaient du raffut. Le maçon montra l'emplacement où se trouvait le squelette.

– C'est vous qui l'avez découvert ?

Il hocha la tête, l'air encore plus dévasté, et se mit à parler à toute allure. Il avait prévenu son chef de chantier, qui était allé trouver la police. Il leur communiqua l'adresse du commissariat.

– Vous veniez travailler dans la maison quand vous l'avez trouvé ?

– Non, la maison, elle était déjà terminée. Il ne manquait que le crépi. Je m'étais disputé avec mon père…

– Et alors ?

– La maison, c'est celle qui est la plus proche de la forêt. Je voulais être seul, pour réfléchir et regarder les oiseaux. Alors je suis monté sur le toit.

– Personne n'avait senti l'odeur du corps en décomposition ?

– La mousson avait dévoré l'homme. Ça ne lui a pas pris beaucoup de temps.

Elle pensa à sa discussion avec Franklin à l'Institut médico-légal. « Après la découverte du corps, il a fallu l'identifier. Pas de papier, juste une belle montre. Et en plus, un clandestin. Un étranger… »

– Kaspar Koumba, ça vous dit quelque chose ?

Il nia sans hésiter. Elle lui fit une description de Sacha. Il déclara ne l'avoir jamais vu dans les parages.

– Chez nous, on pense qu'un mort patiente parmi les vivants avant de s'en aller pour de bon. Quelquefois, je vois une ombre danser devant ma fenêtre. Ça ira mieux plus tard. Vous ici, c'est un signe.

– Comment ça ?

– Vous êtes la police française ?

– Bien sûr.

– Alors vous allez tuer le mystère. Et ce mort se sentira libéré. Et le promoteur sera content car il pourra de nouveau vendre ses maisons.

– La découverte du corps a freiné les ventes ?

– Oh oui. Et nous, les ouvriers, on se demande si on sera payés normalement. Mes collègues m'en veulent parce que c'est moi qui ai trouvé le squelette. Vous allez arrêter le meurtrier de cet homme, hein ?

– On ne pense qu'à ça, répliqua Ingrid.

– Le chantier était gardé la nuit de l'assassinat ? demanda Lola.

– Non, ça coûte trop cher de payer quelqu'un pour regarder la pluie tomber. Et à ce moment-là, il n'y avait pas encore d'habitants. Les seuls qui ont pu voir quelque chose, ce sont les chiens errants.

– Et avant, vous aviez remarqué quelqu'un ?

– Non, personne n'a rien remarqué.

Elles interrogèrent les rares habitants du lotissement. En vain. Elles se rendirent au commissariat local.

Lola observa la façade et déclara que franchir cette porte représentait un risque. Si la police ivoirienne connaissait Koumba, rien ne prouvait qu'elle leur en ferait profiter. D'autant que Hardy avait sans aucun doute pris contact avec ses confrères africains.

– Interrogeons des gens inoffensifs.

– Les facteurs, proposa Ingrid.

Elles visitèrent les postes d'Abidjan sans en oublier aucune. Aucun employé n'avait de Kaspar Koumba au programme de ses tournées. Elles décidèrent de tenter leur chance sur les marchés et n'obtinrent pas plus de résultat.

20

Mardi 29 janvier

Leur enquête piétinait. En cinq jours, elles avaient sillonné la ville en tous sens, questionné des centaines de personnes, mais Koumba demeurait introuvable. Dans la soirée, elles réintégrèrent une nouvelle fois un appartement vide, Léontin étant déjà au travail. Lola titubait de fatigue. Malgré son extraordinaire vitalité, Ingrid elle aussi accusait le coup.

– Appelons Berlin, proposa Lola. On n'y arrivera jamais autrement.

L'ami de Mars répondit au bout de la deuxième sonnerie. Visiblement, elle l'avait réveillé.

– Je cherche, mais je ne vois pas comment vous aider.

– Cherchez mieux.

– Pour ça, il va falloir que je réfléchisse. Je vous rappelle.

L'amie américaine alla prendre une douche. Lola s'affala sur son lit à moustiquaire et sombra dans le sommeil. Elle fut réveillée par la sonnerie de son mobile.

– Mars m'avait parlé d'enfants.

– C'est tout ?

– Koumba est peut-être pédiatre, clown, enseignant ou pédophile. Qu'est-ce que j'en sais ! Démerdez-vous.

Le gracieux barbouze avait raccroché. Lola plaqua le portable contre sa poitrine puis desserra petit à petit son étreinte. Elle s'était rendormie.

Une femme aux cheveux d'argent et au corps de brume scintillante dansait sous la pluie. Les gouttes s'incorporaient à son corps pour se transformer en lumière. Et cette danseuse pleurait…

Lola se réveilla sans comprendre où elle se trouvait. La moustiquaire, le bruit du trafic, celui des palles du ventilo, elle était chez Léontin, l'ami ivoirien de Timothy Harlen, mais quelqu'un pleurait bel et bien. Elle alluma sa lampe de chevet, vit un moustique zigzaguer, appela Ingrid. Pas de réponse mais toujours des sanglots. Gorge serrée, elle comprit que les pleurs ne pouvaient venir que de l'appartement. On racla un meuble sur le carrelage. Elle avança vers la salle de bains.

Cagoulés, en treillis, deux hommes assis sur le rebord de la baignoire. Ingrid, ficelée, nue, à leurs pieds. C'était elle qui sanglotait. Lola pensa à son Manurhin resté à Paris.

Un mouvement dans son dos. Le monde s'éteignit.

21

Mercredi 30 janvier

Lola aspira une goulée d'air. Une odeur de brûlé. La musique trop forte. Son crâne allait éclater. Elle était ficelée sur une chaise, dans la cuisine. Trois hommes face à elle. Massifs, yeux sombres dans l'échancrure des cagoules. L'un d'eux, armé, affalé sur une chaise, tétait un cigare.

– INGRID !

– Ferme-la. De toutes les manières, ton amie ne sait plus comment elle s'appelle.

Le type au cigare avait une voix rauque, un accent africain et une large bague dorée à la main gauche.

– TU L'AS BLESSÉE, SALOPARD ?

Il claqua des doigts. Un des sbires la gifla. Une lueur lui incinéra la rétine, elle se transforma en pluie d'étincelles. Le chef s'accroupit, lui souffla sa fumée au visage en souriant, puis ordonna qu'on lui maintienne le bras. Elle se débattit dans une odeur de transpiration rance et les rires gras du trio. Il approcha le cigare de son avant-bras et déclara qu'il n'allait pas « gâcher un Romeo y Julieta pour une grosse mère ». Il fit un signe à un type à sa droite qui éteignit sa cigarette sur la chair de Lola. Elle poussa un cri strident.

– Mes hommes vont s'amuser un peu, ensuite ils vous enterreront, toi et la belle blonde, sous le chantier où tu es allée traîner.

– Qu'est-ce que tu veux ?

– Rien que de la distraction.

– J'ai de l'argent…

– Tu n'as plus rien. Ferme ta gueule !

Un nouveau signe et elle encaissa une série de coups. La panique lui enflamma la raison. Sa chaise partit à la renverse. Son crâne heurta le carrelage. Elle glissa dans l'inconscience.

Quelques secondes ou des heures plus tard, Lola revint à elle. Son flanc droit était à vif. Un salopard la fouettait avec un ceinturon. La musique couvrait ses cris et les ahanements du type. Le chef buvait de la bière et reprenait le refrain. *Il s'amusait.*

Les coups redoublèrent, le temps s'élargit, son cerveau implosa.

Un siècle plus tard, la musique violente s'était arrêtée.

Lola ouvrit les yeux dans le grincement des grillons et le rythme à peine audible d'une autre musique, lointaine, la lumière de la rue dessinait les contours de la cuisine, les moustiques s'étaient régalés, son corps n'était qu'une piqûre et qu'une plaie, le carrelage blanc était souillé de sang et de terre. Des empreintes de pas. Les boots militaires.

Elle avait dû dormir, assommée par la peur, la douleur, l'épuisement. Maintenant, sa conscience était réactivée mais l'angoisse volait la place. Son cœur devenait dingue, sa gorge était sèche. Elle se concentra sur sa respiration et avala un comprimé invisible. La sensation de l'apaisement était là, à portée. Elle pouvait la recréer. Elle se persuada qu'elle avait la force de se traîner, même arrimée à une chaise.

La reptation dura une éternité, elle appelait régulièrement son amie. L'aube prit son temps. Quand elle atteignit son but, il faisait grand jour. La salle de bains sentait l'urine. Ingrid, tête penchée, était ficelée au trône des toilettes. Elle se traîna jusqu'à ses jambes, parvint à poser sa joue sur sa cheville. Le corps d'Ingrid était chaud. Elle cria son nom.

– *Lola... Thanks, God... You're alive...*

Sa voix, si faible, mais c'était sa voix.

– Qu'est-ce qu'ils t'ont fait ?

– Rien de grave...

Mentait-elle pour ne pas la désespérer ? Elle en était capable. Parce qu'elle avait entendu les coups et la jugeait plus amochée qu'elle. Aussi généreuse et désintéressée qu'Ingrid, sur cette planète, c'était impossible à trouver...

– Deux types ont voulu me violer mais le chef les a arrêtés. Ils m'ont juste ficelée, giflée et insultée.

– Tu le jures ?

– Parole. Mais ils m'ont pissé dessus aussi. *Shit ! It's fucking disgusting !*

– Personne ne sait qu'on est en Afrique...

– Personne à part Joseph Berlin.

– Tu crois que...

– C'est aussi bête que ça, Lola, mais si on est encore vivantes...

– C'est parce qu'ils voulaient juste nous flanquer la trouille de notre vie ou nous donner une leçon.

– Ou que le message, c'est « Barrez-vous, on ne vous le répétera pas... »

Berlin, ce salopard de barbouze. Oui, ça avait du sens. Elle lui réservait un chien de sa chienne, le retour à Paris serait chaud.

Elles tentèrent l'entraide pour se libérer de leurs liens. Sans succès. Il fallut attendre l'arrivée de Léontin. Lola mit plusieurs minutes à retrouver la sensation dans ses membres engourdis. Son flanc droit avait viré au violet. Son visage était tuméfié, maculé de sang coagulé et elle tenait à peine debout. Léontin voulut l'emmener à l'hôpital. Elle protesta. Ingrid réussit à la convaincre en évoquant un risque d'hémorragie interne.

– D'accord, mais tu reprends l'avion pour Paris. Aujourd'hui.

– *No way.* J'attends qu'on te soigne et on rentre ensemble.

22

Ils emmenèrent Lola au CHU de Treichville en taxi. Ingrid écouta Léontin mentir en évoquant un accident de Vespa puis le médecin annoncer que Lola serait en observation jusqu'au lendemain soir.

Elle s'attarda une petite heure en sa compagnie.

Elle retrouva Léontin à son domicile. Elle couvait une colère atomique mais avait un plan. Kaspar Koumba était peut-être une invention de Berlin. Elle en aurait le cœur net et ne quitterait pas cette ville sans avoir vérifié. Elle demanda à son hôte s'il pouvait lui fournir une arme.

– Tu sais tirer ?

– Oui, mon père m'a appris quand j'avais douze ans.

– Ah, l'Amérique, bien sûr.

– Vous avez bien des enfants-soldats chez vous.

– Ce n'est pas tout à fait la même chose.

– On parlera géopolitique une autre fois, tu as une arme, oui ou non ?

– J'ai celle que je garde au *Kingo*… mais…

– Je n'ai pas l'intention de dégommer tes compatriotes, je veux juste être décourageante.

– Dissuasive ?

– C'est exactement ça. En attendant, il faut que tu m'aides. Accompagne-moi, s'il te plaît, j'ai de quoi te payer.

– Je suis un ami de ton boss…

– Mon ex-boss.

– Mais moi je ne suis pas l'ex-ami de Timothy. Alors oui, je vais t'aider. Et c'est gratuit.

Elle lui donna une accolade et annonça le programme. Un travail de fourmi. Ils allaient rechercher Koumba dans tout Abidjan. Le type avait un lien avec des enfants. C'était simple : visiter chaque école, chaque hôpital, chaque dispensaire, chaque club de sport…

– OK, j'ai compris le principe. Mais on risque d'y passer notre vie. J'ai le temps d'une petite sieste ?

– *No.*

Ils prirent la voiture, une Chrysler blanche qui sentait le neuf et devait l'être. Ils travailleraient rue par rue. L'un à droite, l'autre à gauche.

Il était près de seize heures dans le quartier d'Adjamé, Léontin s'était endormi debout contre la vitrine d'un marchand de tissu non loin de la place du marché. Quelqu'un faisait mijoter de la viande, probablement du poulet, dans du lait de coco et des épices. Ingrid domestiqua sa faim et secoua son compagnon par l'épaule.

– J'ai rencontré une gamine. Elle sait quelque chose mais je lui fais peur.

– Normal, Ingrid, moi aussi tu me fais peur avec ton énergie diabolique.

Il avait le blanc des yeux injecté de sang, elle le tira par la manche. La fillette jouait avec ses amies dans la cour d'une école. Léontin lui fit signe. L'enfant s'approcha de la barrière d'un air hésitant.

– Alors comme ça, tu connais Kaspar Koumba ?

– Il ne s'appelle pas Kaspar, il s'appelle Grand-pa.

– Grand-pa Koumba ?

– Oui, c'est ça.

– C'est ton grand-père ?

– C'est le grand-père de tout le monde.

– Que fait-il dans la vie ?

– Il raconte des histoires qui font rire et qui font peur.

– Dis-moi où le trouver, j'ai un beau cadeau pour lui.

Léontin avait laissé Ingrid conduire. Il était épuisé mais trouva la force de l'orienter dans le trafic. Le trajet ne leur prit que quelques minutes. Sous le plus gros arbre d'une petite place, un vieil homme efflanqué avec, autour de lui, une ribambelle de gamins assis par terre. Ingrid se gara à bonne distance. Son guide sortit une casquette de base-ball de la boîte à gants, la tira sur ses yeux, annonça qu'il s'offrait une sieste et que c'était « non négociable ». Ingrid patienta.

« Les nuages l'ont retenue trop longtemps alors elle savoure sa revanche. Résurrection des champs, promesses de nourriture pour les gens, les moustiques sont déjà fous de gourmandise. Avec ses raies brillantes, lances de guerriers pacifiques, Reine Pluie recolonise le pays.

Écoute. Tu entends sa joie. Elle tombe, elle tombe, elle tombe et elle rigole.

Saison mousson. Chanson de l'eau sur les vieux os.

Eh oui, Reine Pluie ne s'intéresse pas à la terre assoiffée autant qu'avant. Ce qui l'intéresse bien plus, c'est l'étranger. Cet homme qui est venu finir là, sur le toit en béton d'une maison vide, dans ce pays qui n'est pas le sien.

Elle lui laverait bien la peau mais sa chair est partie en poussière, par conséquent, elle lui nettoie la carcasse. Ça l'amuse de décrasser cet abandonné, de résonner dans l'obscurité de ses orbites. C'est du beau rythme, qui fait tanguer les perroquets, danser les babouins.

Les seules richesses du pauvre bonhomme, c'est une montre élégante, une alliance en or et quelques billets de banque. Qui est-il ? Il n'a plus de papiers d'identité. On dit que c'est un Blanc mais qui le sait vraiment ? Il n'est plus qu'un squelette au large sourire et aux grandes chaussures françaises. Ses organes ont fait plaisir à une famille de souris, un escadron de mouches et au peuple des vers de terre.

Celui qui l'a trouvé le premier, c'est un maçon qui bâtit des maisons. Et ce maçon est allé chercher le policier. Et ce policier n'est pas content. Pour une fois qu'une grosse affaire lui tombe dessus, il se doute qu'on va la lui reprendre. Si le mort est bien un étranger blanc, se dit-il, d'autres étrangers de la même couleur viendront chercher sa dépouille et remballer son mystère. Ça ne lui plaît pas, oh non, pas du tout.

Il est un peu idiot ce policier mais, pour une fois, il ne se trompe pas. Des hommes viendront de loin. Et repartiront en silence. La seule qui pourra en savoir plus, ce sera Reine Pluie. Parce qu'elle voyagera, installée dans un nuage voiture. Elle nous apprendra qui était l'étranger. Elle nous dira qui lui a logé une balle dans le crâne.

Mais déjà le vent se lève. La pluie chante plus fort. Écoute. Écoute bien. Son chant n'épargnera personne... »

– C'est tout, Grand-pa ?

– Pour le moment, oui.

– Raconte la suite !

– Oh, oui, s'il te plaît, continue !

– Je vous la raconterai, les enfants. Patience.

– Quand ça ?

– Demain, et chaque soir un peu plus.

Léontin dormait toujours mais le conteur avait bouclé son histoire et les gamins s'étaient dispersés. Le vieil homme disparut dans une buvette. Ingrid le retrouva attablé près de la caisse. Elle se glissa sur la banquette, en face de lui. Il sursauta.

– Je suis venue au sujet de Mars.

– Je ne connais personne de ce nom, mademoiselle.

– Vous êtes Koumba. L'histoire que vous avez racontée aux enfants ne m'est pas étrangère.

– Pardon, mais vous faites erreur.

Il sortit une carte de visite de son portefeuille. *Théodore Moba.* Une adresse à Abidjan. Un numéro de portable.

La serveuse, une fille joviale, apporta une bière.

– Comment vas-tu ce soir grand-pa Koumba ? Toujours la forme, hein, mon ami !

Ingrid s'accorda un sourire triomphal et commanda à son tour une bière. Elle montra son passeport américain, sa carte d'employée du casino de Las Vegas et les photomatons de son concours de grimaces avec Sacha.

– En France, Sacha fait un coupable idéal. Moi, je sais qu'il n'a pas tué Mars.

Elle expliqua qu'elle avait obtenu son nom grâce à Joseph Berlin. L'ex de la DCRI serait discret. Elle aussi.

– Je n'ai rien à voir avec les polices française et ivoirienne, les services secrets, les mercenaires de Gratien, mais je ne vous lâcherai pas. Aidez-moi à le tirer de là.

– J'aurais aimé qu'on m'aime comme ça, dit Koumba avant de boire une gorgée de bière.

– Votre vrai nom, c'est Moba ou Koumba ?

– Moba. Koumba est mon nom de conteur. Mars est l'un de mes personnages maintenant. Je raconte sa mort et la survie de son âme éternelle, je sais qu'il ne m'en voudra pas.

– Alors racontez-moi ce que vous savez.

– Vous avez l'air d'être qui vous prétendez, mais vous avez pu être suivie.

Koumba avait raison. Après l'agression chez Léontin, le pire restait possible. Elle mettait la vie du vieux conteur en danger, mais celle de Sacha était dans la balance. Elle n'avait d'autre choix que le mensonge.

– Il ne s'est rien passé depuis mon arrivée à Abidjan. Et pendant que vous amusiez les gamins, j'ai surveillé le quartier. Rien d'anormal. Ceux qui ont tué Mars ont ce qu'ils voulaient, les carnets. Si Mars était vivant, il voudrait que vous m'aidiez à innocenter Sacha.

– C'est vrai qu'il l'aimait bien ce jeune homme. Il disait qu'il irait loin.

– Vous avez vu Sacha à Abidjan ?

– Non, mais Mars m'a appris qu'il avait retrouvé sa trace. Il avait toujours su qu'il y arriverait. Je crois même qu'il avait laissé des repères à son intention.

– Quels repères ?

– Ça, je ne sais pas.

– C'est vous qui avez fourni une planque à Mars et sa famille ?

– Oui, la maison de ma sœur, décédée l'an dernier.

– Où se trouve-t-elle par rapport au lotissement où Mars a été tué ?

– À deux kilomètres environ.

Le meurtrier n'avait donc guère eu de difficultés pour attirer Mars sur le chantier désert. Ou alors, il l'avait attaqué dans sa planque et sa proie avait fui jusqu'au lotissement, espérant s'y cacher.

– Il y avait des traces de lutte dans la maison de votre sœur ?

– Je ne pense pas, mais je ne me suis pas attardé. En tout cas, j'ai retrouvé son faux passeport. C'est là que je me suis inquiété, Arnaud ne serait jamais parti sans.

– Où se trouve sa femme ?

– À l'abri. Libre mais seule avec sa fille. C'est triste… Il devait les rejoindre, voyager séparés attirerait moins l'attention d'après lui. Ça a été une erreur, leur destin s'est joué à quelques jours…

Karen Mars, toujours vivante. Il fallait qu'elle lui parle.

– Vous avez moyen de la joindre, Koumba ?

Il se mordit les lèvres, la regarda en silence.

– Si Karen a de quoi prouver que Sacha n'a pas tué son mari, j'ai besoin d'elle, insista Ingrid. Laissez-moi lui parler. Je ne chercherai pas à savoir où elle se cache. Parole.

Il l'étudia encore un moment puis s'éloigna vers le bar. Ingrid le vit utiliser son portable. Après une assez longue conversation, il vint se rasseoir et lui tendit le téléphone. Ingrid l'agrippa, entendit un fond de musique. Aretha Franklin ? Comme chez Sacha ?

– Allô, Karen ?

– Koumba vient de m'apprendre pour Sacha, je suis désolée, Ingrid.

– Vous l'avez vu lorsqu'il a retrouvé votre mari ?

– Oui, ç'a été dur mais ils ont fini par faire la paix. Sacha n'est resté que peu de temps. Il est reparti en France avant que je ne quitte Abidjan avec ma fille.

– Et avant que votre mari ne soit assassiné ?

– Oui.

– Vous pouvez donc témoigner que Sacha ne l'a pas tué ?

– Pour ma fille, je ne prendrai jamais ce risque. Nous avons refait notre vie…

– Sacha est victime d'un complot. Aidez-le, Karen.

– Impossible. Arnaud m'avait caché ses projets de vengeance, toute cette violence… Il m'a mise devant le fait accompli. Je n'ai pas eu le choix. Il fallait quitter la France. Arnaud m'avait expliqué que ceux qui voulaient les carnets se retourneraient contre Aurélie et moi.

– Qui sont-ils ?

– Je connais très bien leur pouvoir de nuisance mais je ne sais pas qui ils sont. Vous avez ma parole. J'apprécie beaucoup Sacha mais je ne peux m'offrir le luxe de l'aider. Pardonnez-moi.

Au ton de sa voix, Ingrid sut qu'elle n'avait aucune chance. Elle chercha un autre angle d'attaque.

– Votre mari voulait utiliser les carnets de Gratien contre quelqu'un…

– Arnaud m'en parlait le moins possible. Selon le principe que celui qui ne sait rien n'a rien à avouer. Mais ce qu'il avait découvert le préoccupait.

– Et vous n'avez aucune idée…

– Arnaud portait une copie des carnets autour du cou, en permanence.

– Comment ça ?

– Une clé USB.

Elle se souvint de ce que lui avait appris Lola à propos de la scène de crime. Une montre de marque, une alliance en or, de l'argent. Si Mars ne se séparait jamais de cette clé USB, on aurait dû la retrouver. Le tueur savait ce qu'elle contenait.

– À part Sacha, vous avez eu d'autres contacts ?

– Nous avions fui la France avec une amie de mon mari. Doris Nungesser. Elle était recherchée pour avoir abattu le meurtrier de son enfant. Arnaud avait juré de la sortir de là. C'est à cause d'elle que Sacha nous a trouvés. Il connaissait son visage ; à la Crim', il était le seul à savoir qu'elle était une amie de mon mari. Koumba nous ravitaillait mais Doris n'en pouvait plus de rester cloîtrée. Sacha l'a aperçue sur un marché, et l'a suivie jusqu'à la maison que nous prêtait Koumba.

– Vous êtes en train de me dire que cette femme a pu tuer votre mari ?

– Non, Doris est partie en Afrique du Sud avant l'assassinat d'Arnaud. Elle n'a rien à voir avec ça.

Ingrid était découragée. Les souvenirs de Karen étaient inutiles.

– Il y a bien eu cet homme…

– Dites-moi.

– J'ai été malade. Une forte fièvre. Arnaud s'est inquiété. Koumba a fait venir un médecin.

– Un Africain ?

– Oui.

– Vous pouvez me le décrire ?

– Impossible, j'étais quasi comateuse. Deux jours plus tard, grâce à son traitement, j'étais guérie. C'était un vrai médecin, pas un tueur.

Karen s'impatientait. C'était perceptible à sa voix.

– Si ça devait tourner mal pour Sacha, vous pourriez revenir sur votre décision ?

– Je comprends que vous insistiez, Ingrid, mais… Écoutez, je sais qu'Arnaud avait envisagé de contacter un *jeune juge*. Plus propre…

– Plus propre que qui ?

– Je ne sais pas. Arnaud pensait lui remettre les carnets. Peut-être l'a-t-il fait. Et dans ce cas, la justice prendra le temps mais la vérité finira par émerger…

– Karen, attendez !

– Bonne chance.

Elle avait raccroché. Ingrid lâcha le portable et frappa du poing sur la table.

– *FUCK ! FUCK ! FUCK !*

Karen *appréciait* Sacha mais se dégonflait au moment où il avait le plus besoin d'elle. Avec un peu d'imagination, elle aurait pourtant pu à la fois l'aider et protéger sa fille.

Koumba avait récupéré prudemment son portable et effacé le numéro de téléphone de la mémoire. Il était aussi calme qu'un vieil arbre. Ingrid fit un effort pour se mettre au diapason.

– Mars a contacté un jeune juge français. Vous êtes au courant ?

– Non.

– Vraiment ?

– Mars ne détaillait pas ses problèmes. Ce que je sais, c'est que, le dernier jour où je l'ai vu, il semblait apaisé.

– Karen a été malade, vous vous en souvenez ?

– Arnaud m'a demandé mon aide. Je suis allé à l'ONG la plus proche pour dire d'envoyer quelqu'un, j'ai payé d'avance. On s'était entendus pour donner un faux nom.

– Ce médecin, vous l'avez vu ?

– Aucune raison, Karen était guérie. Elle est partie avec sa fille, Mars est resté. Il ne m'a jamais reparlé de ce médecin.

– Qu'est-ce qui s'est passé ensuite ?

– Un matin, je suis arrivé avec les provisions, la maison était vide. Pas de message, rien. Partir ainsi, ce n'était pas son genre. J'ai compris qu'il avait eu un problème. Je l'ai cherché partout. Et puis… après les pluies, un maçon a trouvé son corps… abandonné.

Léontin dormait toujours dans la voiture. Ingrid le secoua et lui présenta Koumba. On partait interroger les employés d'une ONG. Pour voir un médecin.

– Je rêvais que Beyoncé se produisait dans mon club, dit Léontin en s'étirant. Tu es malade, Ingrid ?

– Non, en pleine forme.

– Je me disais aussi.

23

Koumba reconnut le réceptionniste et l'interrogea. L'homme le dévisagea puis étudia son registre. Ingrid sentit sa nuque la chatouiller en mode alerte et fit un signe à Léontin qui se contenta de bâiller. Le réceptionniste téléphona à un certain docteur N'diop de venir en urgence puis fit signe à un garde et un infirmier. En un instant, les trois visiteurs furent maîtrisés. Le vieux conteur protesta. Il ne souhaitait que parler au médecin blanc ayant soigné son amie Karen.

– Tu rigoles, grand-papa. N'diop est plus noir que toi, c'est un Africain né à Dakar. Et il a été agressé.

Le docteur N'diop apparut, aussi en colère qu'on pouvait l'être dans sa position.

– On m'a volé ma mallette avec tous mes instruments. Maintenant que je te tiens, tu me rembourses, vieux chacal.

Ingrid calma le jeu en lui donnant cinq cents dollars puis elle demanda des précisions.

– Quand je suis arrivé à l'adresse indiquée, il faisait nuit. On m'a assommé. À mon réveil, j'étais détroussé et largué en pleine campagne.

– Vous avez vu votre assaillant ?

– Non, il connaissait bien son affaire et m'a drogué. Il n'a eu qu'à se servir dans ma mallette.

– Vous avez prévenu la police ?

Le médecin partit d'un grand rire.

– Je suis du Sénégal et la police ivoirienne aime taxer les étrangers. Aussi, j'ai pris l'habitude de régler mes problèmes sans eux. Je suis retourné à l'adresse avec des collègues de l'ONG. Personne n'a répondu. J'en ai conclu que j'avais été attiré là parce que c'est une maison isolée, voire abandonnée, un coin idéal pour détrousser un toubib. Tu me jures que tu n'as rien à voir là-dedans, Koumba ?

– Tu as ma parole.

– Ton nom me dit quelque chose…

– Je suis conteur. Les enfants me connaissent.

– Ah, ça me revient, mon fils m'a parlé de toi. Il adore tes histoires. J'espère que ce n'est pas un conte que tu viens de m'offrir ?

– Ça pourra le devenir. Tu ferais un beau personnage. Celui du docteur détroussé et qui a du caractère.

– En attendant, on peut en savoir un peu plus sur cette embrouille ?

– Quand ce sera tassé, je reviendrai, N'diop, et je te raconterai. Parole. De toutes les façons, tu sais qui je suis et tu peux me retrouver facilement.

– Admettons. Partez maintenant, des patients m'attendent. Des vrais, ceux-là.

Léontin devait retourner travailler. Le restaurant du *Kingo* était déjà ouvert.

Une fois arrivée à Treichville, Ingrid demanda à Koumba de l'attendre dans la Chrysler.

Tes mains qui me cherchent partout / Quand le matin je dors encore debout…

Salif Keita, *Tu vas me manquer*. Elle aimait cette chanson. Il y avait déjà trois couples enlacés sur la piste. Elle fit quelques pas de danse dans le sillage de Léontin et lui rappela sa promesse de lui prêter son arme. Il se frotta le visage des deux mains.

– Timothy rêve de te réembaucher au *Calypso*, Ingrid. Ta place, c'est sur une scène à enchanter le public pas à sillonner une ville dangereuse. Les types qui vous ont agressées sont des mercenaires, pas des Village People.

– Je sais…

– Si tu comptes sur le vieux Koumba pour te protéger, c'est mal parti. Et d'ailleurs, où vas-tu ce soir ?

– Dans la maison où se planquait Mars.

– À quoi ça va te servir ?

– J'ai de l'avance sur la police française. Alors j'en profite.

– Et si ton ami était coupable ? Tu y as pensé ?

– Sacha ne l'est pas.

– Celui qui a dit que l'amour rendait aveugle était très observateur.

– Ça n'a rien à voir avec l'amour. On n'est plus ensemble.

– Si tu devais te servir de mon arme, ça serait facile de remonter jusqu'à moi et je perdrais mon business. J'ai mis vingt ans à y arriver. Pas question de sacrifier ça…

– …pour une fille comme moi ?

Elle pensa téléphoner à Timothy Harlen. Peut-être saurait-il convaincre son ami africain ? À vrai dire, non. Faux espoir. Léontin n'était pas du genre malléable. *J'ai mis vingt ans à y arriver.* Léontin, Karen, ils ne pensaient tous qu'à eux…

– Tu es une fille bien mais tu fais n'importe quoi. Rentre en France avec ton amie. Ça vaut mieux, crois-moi.

À force de se chercher partout
On risque de se perdre malgré tout...

Elle ravala un juron et quitta les lieux. Adossé à la voiture, Koumba regardait les étoiles. Elle n'avait plus que ce vieux bonhomme pour l'aider.

– Où se trouve la planque ?

– À Attécoubé, près de la forêt du Banco.

Il la guida dans les quartiers nord, au-delà du lotissement en construction et jusqu'aux limites de la ville, là où commençait le parc national.

La maison dominait une colline. Elle avait dû avoir un jardin, la nature l'avait récupéré. Ingrid engagea la Chrysler dans un sentier cabossé. Quand il disparut au profit de la végétation, ils laissèrent la voiture et marchèrent sur une trentaine de mètres. Le chant puissant des grillons les engloba.

La lampe de poche d'Ingrid éclaira une pioche, des pelles et une tondeuse mécanique rouillées. Koumba portait sa clé à la ceinture, il ouvrit, remit le courant. À l'étage, les lits étaient faits, nul désordre. Dans la chambre de Mars, un sac de toile contenait des vêtements masculins et un guide Lonely Planet sur le Québec.

– Pas de passeport ?

– Je l'ai brûlé pour que la police ne le retrouve pas.

– Il y avait un visa ?

Koumba hésita puis admit qu'il comportait un visa canadien.

L'ancien divisionnaire avait donc décidé de refaire sa vie au Québec avec sa famille sous une fausse identité. Ça s'était joué à quelques jours. Karen y était probablement réfugiée mais ça n'avait plus d'importance. Elle avait été formelle, elle n'aiderait pas Sacha. Ingrid fouilla les chambres sans rien découvrir d'intéressant, redescendit au rez-de-chaussée, repéra une bouteille de whisky sur le plan de travail et deux verres propres dans l'égouttoir.

– Mars et vous ?

– Non, je ne bois jamais d'alcool fort.

Elle réutilisa sa lampe pour scruter la cuisine. Le sol carrelé était trop propre. Mars était mort à la saison des pluies. Pour accéder à la maison, son visiteur n'avait pas eu d'autre choix que d'emprunter le sentier. Elle finit par repérer une minuscule trace brunâtre au pied du réfrigérateur et quelques autres au bas de la porte.

– Du sang ?

– C'est probable, dit Koumba.

– Votre ami allait partir, son bagage était prêt, la maison était rangée. Il comptait sans doute vous faire ses adieux dans la matinée. Mais la veille, quelqu'un est venu. Quelqu'un à qui il a ouvert sa porte et offert un whisky. Quelqu'un en qui il avait confiance. Une personne solide puisque Mars l'était et qu'ils se sont battus.

– Le faux médecin ?

– Pourquoi pas.

– Mais cet homme a pourtant soigné Karen.

– Mars a pu lui ouvrir. Comment ne pas avoir confiance en l'homme qui a sauvé votre femme ?

Le sol avait été lavé mais pas aussi bien qu'il l'aurait fallu. Et si le sang était celui de l'agresseur ? L'ADN était analysable. Elle gratta les résidus avec un canif et les glissa dans l'enveloppe que lui tendit Koumba.

Ils s'assirent de chaque côté de la table et Ingrid l'écouta raconter son histoire.

– Sous l'ère Mobutu, j'étais employé à la banque centrale de Kinshasa. Des officiels du régime détournaient souvent de grosses sommes d'argent. Un collègue et moi, nous avons surpris des conversations que nous n'aurions jamais dû entendre. Par la suite, mon camarade est mort dans des circonstances étranges. Mars était chef de la sécurité à l'ambassade de France, où ma femme travaillait. Elle lui a demandé son aide et il n'a pas hésité à nous accompagner, avec nos quatre enfants, jusqu'en Côte d'Ivoire où on a rejoint ma sœur qui avait épousé un Ivoirien.

Là, son beau-frère lui avait dégotté un job de chauffeur. L'Africain avait assuré le Français de sa reconnaissance éternelle et de son aide en cas de souci. La promesse ne s'était concrétisée que bien plus tard, lorsque Koumba, devenu veuf, avait reçu un appel de Paris. Mars lui demandait de lui trouver un hébergement sûr et clandestin pour une durée indéterminée.

– Vous allez retrouver son meurtrier, mademoiselle. Je le sens.

– J'aimerais être aussi optimiste que vous.

– Quand vous saurez, vous m'appellerez ?

– Pourquoi pas.

– Vous avez ma carte, avec mon numéro. Je veux connaître la fin de l'histoire. C'est très important pour moi. Vous comprenez ?

– Vous avez ma parole.

– Son assassin n'a pas réussi à le tuer, mademoiselle. J'invite Mars dans mes histoires pour qu'il y vive éternellement. Après moi, un autre conteur prendra le relais. Et les enfants d'Abidjan n'oublieront jamais qu'Arnaud possédait un cœur courageux et fidèle.

Un bruit de pas. Koumba se figea. Dos à la porte, elle se retourna. Un inconnu en treillis militaire, arme au point. Son visage à découvert manifestait clairement son intention de les éliminer. Ingrid lut la peur, puis la résignation dans les yeux de son vieux compagnon et regretta de l'avoir entraîné dans ce cauchemar.

L'homme gifla Koumba et l'envoya au sol avant de l'insulter dans son dialecte.

– Il n'a rien fait, laissez-le !

– Un Africain qui aide des étrangers est un traître. Et toi, tu ne comprends pas vite.

Elle avait reconnu la voix du fumeur de cigares. Celui qui lui avait pissé dessus le premier. Elle s'imagina lui arrachant le nez avec ses dents. Il pointa son arme. Elle se vit mourir.

Volcan de sang. Le haut de son crâne avait explosé.

Ingrid et Koumba se jetèrent au sol. Du verre brisé. Ingrid lui hurla de rester couché et rampa vers la sortie. La porte était grande ouverte, le jardin, un rectangle dans la lumière lunaire. Le métal des outils du jardinier brillait.

Une silhouette. Un faisceau lumineux l'effaça et aveugla Ingrid.

Elle agrippa la pioche, fonça en hurlant.

– Ingrid, arrête, c'est moi !

La sueur lui coulait dans les yeux, elle tremblait. Elle plaqua son dos contre le mur, se laissa glisser, bénit sa bonne étoile et la bravoure de Léontin, qui fourrait son arme dans la ceinture de son jean.

– Foutue Yankee ! Je savais que tu n'en ferais qu'à ta tête. Je vous ai suivis en taxi. Et je me suis planqué juste à temps quand le mercenaire est arrivé.

– Tu gagnes à être connu, Léontin.

Koumba était recroquevillé dans un coin. L'homme en treillis gisait sur le carrelage, auréolé de sang. Léontin le fouilla, trouva ses papiers.

– Hector Gassa. Tu le connais, Koumba ?

– Il parlait le bété.

– Le bété ? demanda Ingrid.

– La langue de la boucle du cacao, le centre-ouest du pays. Celle de l'ethnie de Laurent Gbagbo.

Léontin désigna la bague dorée que le mort portait à l'annulaire gauche.

– C'est le sigle du Cecos, le Centre de commandement des opérations de sécurité. Du temps de l'ancien président, ils ont commis des atrocités. Viols, enlèvements de civils, tirs à l'arme lourde et à l'aveugle contre les manifestants pro-Ouattara. Et ils ont été parmi les derniers à se rendre. Gassa a dû virer mercenaire au moment de la débandade. Il faut bien vivre.

– C'était de la légitime défense pure, soutint Ingrid. Et un bel enfoiré. Mais la fois où il nous a maltraitées, Lola et moi, il avait deux types sous ses ordres. Il ne faut pas s'éterniser ici…

– Oublie la légitime défense, Ingrid, répliqua Léontin. J'ai été un partisan de Ouattara. Je me suis battu arme au poing. La police n'hésitera pas à parler de vengeance politique. Si vous ne voulez pas me tenir compagnie en tôle, il faut se débarrasser du corps et effacer nos traces. Si l'un de vous a un problème avec ça, qu'il le dise tout de suite.

Ingrid et Koumba secouèrent la tête. Léontin ordonna au vieux conteur de nettoyer le sang et à l'amie américaine de l'aider à emballer le mort dans la toile cirée. Il ramassa la douille, réussit à extraire la balle fichée dans le mur puis récupéra les pelles dans le couloir. On mit le corps dans la Jeep garée quelques centaines de mètres plus bas ; la clé de contact était dans une des poches du mort. Ingrid et Koumba prirent la Chrysler, Léontin la Jeep. Ils roulèrent en marche arrière jusqu'à une piste qui plongeait dans la forêt.

Ingrid aida à creuser la fosse tandis que Koumba faisait le guet. Puis on repartit vers le sud. Léontin s'en alla égarer la Jeep dans la multitude de vieilles voitures d'une casse auto.

Koumba habitait le quartier de Vidri, ils le déposèrent chez lui et regagnèrent le club.

– Lola et toi, vous prendrez le premier avion.

– Léontin…

– Pas d'histoires. Tu as remarqué qu'on ne croulait pas sous les touristes. Il n'y a pas si longtemps, c'était la revanche, ici. L'armée républicaine et ses partisans contre les gens qui avaient soutenu Gbagbo. Ça a été très moche. Pire que ce que tu pourras jamais imaginer. Avant ça, malgré mon âge, j'avais des illusions. Plus maintenant.

– Écoute…

– La politique est un puits de merde dont je ne veux plus entendre parler. Alors ne te crée plus d'ennuis et ne m'en crée plus non plus. D'accord ?

– OK, Léontin.

– Ne sors plus d'ici. Et danse. Je veux qu'il y ait des témoins pour dire que nous avons passé la nuit au *Kingo*, toi et moi. Pas d'objection ?

– Aucune.

– Il était temps.

Elle dansa. Ce n'était pas difficile. Avec un peu de chance, le visage de Gassa se dissoudrait, l'odeur de sang et de merde se dissiperait. Elle voyait Léontin se forcer à rire avec ses amis. De temps à autre, il venait l'enlacer pour une biguine. Dans ses bras rassurants, elle pensa au choix de Mars. Il était venu se réfugier dans un monde de tumultes, une ville qui portait encore l'odeur de la mort et de la guerre. Parce qu'il savait que, dans ce chaos, le risque était moindre de se faire repérer. Et Sacha l'avait suivi jusqu'ici. Ils avaient fait la paix, Sacha était reparti le cœur plus léger, il n'avait pas pressenti ce qui allait suivre. Comme une malédiction.

Elle se souvint du maçon, du chantier. *Parfois je vois une ombre danser devant ma fenêtre, les morts restent un peu avant de partir pour de bon.* Est-ce que Mars riait de tout ça ?

Je suis fatiguée.

Elle se força à danser encore. Elle but du rhum pur. Elle dansa, dansa et dansa.

Si fatiguée.

Vers minuit, elle s'enferma dans les toilettes pour pleurer. Elle avait failli mourir. D'abord à Paris. Ensuite à Abidjan. Chaque fois à cause de Sacha. Lola, Koumba et Léontin avaient eux aussi manqué y laisser leur peau.

Tu me portes la poisse. J'irai jusqu'au bout pour te rendre ta vie, mais, après cela, ce sera définitivement terminé.

Elle sortit son portable de son pantalon raide de boue séchée et composa le numéro. Tout irait mieux une fois qu'elle lui aurait dit à quel point il lui manquait.

– Jake ?

24

Jeudi 31 janvier

Lola ronflait légèrement et Ingrid voyait le jour gagner en puissance à travers les lattes du store. Elle était épuisée par sa nuit blanche mais sa conversation avec Jake l'avait rassérénée. D'autant qu'il devait prendre le premier avion pour Paris.

Quand son amie se réveilla, elle lui demanda quel était le diagnostic du médecin.

– Pas d'hémorragie interne, on me relâche demain. Et toi ? Raconte.

– J'ai enfin réussi à le retrouver.

– Koumba ?

– *Yes.*

– Sans blague ? C'est qui ?

– Un type dans le genre de Sénéchal. Qui passe sa vie à raconter des histoires. Mais les siennes sont plus poétiques.

Elle conta ses mésaventures. Lola se redressa dans son lit et porta la main à son cœur.

– Plus personne ne me meurt dessus, Lola. Ton cœur va résister. Nos deux cœurs vont résister. Habille-toi vite fait et on part d'ici encore plus vite. *Come on !*

Elles avaient profité d'un afflux de malades à l'accueil pour se faufiler hors de l'hôpital. Léontin les attendait au volant de la Chrysler. Il prit la direction de Port-Bouët et de l'aéroport. Il connaissait un responsable de la compagnie aérienne et leur avait réservé un retour par le premier vol. Lola constata une fois encore qu'il était plein de ressources. Timothy Harlen fréquentait un certain nombre de personnages dans son genre. Des gens qui connaissaient ou avaient connu le monde militaire, la politique, les médias. Elle s'était souvent demandé si le propriétaire du *Calypso* n'était pas un espion, et son cabaret de Pigalle la plus belle couverture qui soit.

Une couverture chauffante et dansante.

Elle se le demandait encore aujourd'hui.

Dans le hall d'enregistrement, des soldats patrouillaient par groupe de deux. Lola évitait de croiser leur regard, tout était possible, et notamment que l'enfer recrachât l'effroyable Hector Gassa.

– Je vous apprécie, les filles, mais c'est un sacré soulagement de vous voir déguerpir parce que rayon dégâts, vous êtes majestueuses. On pourrait vous rebaptiser Ebola et Chikungunya. Mes amitiés à Timothy.

Ingrid étreignit Léontin en lui demandant d'être prudent, Lola lui serra la main en le remerciant.

En salle d'embarquement, l'ex-commissaire surveilla les alentours, s'attendant à être interceptée par des brutes en treillis et jetée dans un cul de basse-fosse. Elle ne se sentit soulagée que lorsque l'Airbus trancha enfin le bleu torride du ciel. Abidjan ne fut bientôt plus qu'un puzzle de cent mille pièces. Elle renversa la tête et se tourna vers Ingrid qui écoutait de la musique aux écouteurs en fixant le vide. L'amie américaine mettrait du temps avant de digérer les humiliations et la violence. Lola lui tapota le bras puis accepta avec joie le plateau-repas pourtant peu engageant que l'hôtesse glissa sur sa tablette.

Ingrid lui avait parlé d'un « jeune juge » auquel Mars envisageait de confier les carnets. Lequel parmi les milliers de magistrats français ? Qui plus est, la jeunesse, surtout dans l'esprit d'un croulant comme Arnaud Mars, était un concept relatif. Bref, on n'avait pas avancé d'une Toyota mais on avait la carrosserie cabossée.

– Qu'est-ce qui t'amuse, Lola ?

– Rien. Ou tout. Je ne sais plus.

25

Paris tremblait sous des trombes d'eau glaciale, Lola regrettait presque Abidjan.

– Je vais prendre une douche, annonça Ingrid.

– Passionnant. Et alors ?

– Tu entres dans la cabine avec tes ennuis, quand tu en ressors, tes inquiétudes ont maigri. Il faut croire aux rituels surtout quand on n'a rien d'autre.

Encore un fascinant concept *made in America*. Lola mit le contenu de sa valise au sale et récupéra son fidèle Manurhin. Chacune son rituel.

Elles se changèrent pour des vêtements chauds, avalèrent un café à réveiller les morts et repartirent affronter la neige. On fit un détour par l'appartement de Sacha pour récupérer sa brosse à dents.

Le bâtiment de briques rouges de l'IML était haché par les stries grises de l'averse. L'ex-commissaire appela Franklin sur son portable.

Sa blouse verte dépassait d'un grand parapluie noir. Il se glissa à l'arrière de la Twingo. Lola capta l'odeur de la pluie, celle des chairs pourries et du désinfectant, et fit coulisser la vitre. Ingrid avait glissé l'enveloppe contenant les résidus de sang et la brosse à dents dans un sac en plastique, elle la confia au légiste.

– Lola ! Bon sang ! Tu es entrée en collision avec un baobab ou quoi ? Cette histoire dérape, je ne suis pas sûr…

– Tu préfères que Sacha finisse au trou et que l'affaire Mars soit définitivement enterrée ? Envoie l'analyse au labo. Et plutôt à un type en qui tu as entière confiance. Je veux une comparaison avec l'ADN de Mars et celui de Sacha. Si ce n'est pas l'un des leurs, tu farfouilles dans les fichiers disponibles. Tu peux faire tout ça à la fois ?

– À part celui des délinquants sexuels, il n'y a pas trente-six fichiers disponibles.

– Je suis certes retraitée, Thomas, mais je sais que ces dernières années, le Fnaeg [1] a été élargi. En gros, à tous les gardés à vue.

– En théorie. Dans la réalité, c'est moins sûr. Ton fichier reste peuplé majoritairement d'obsédés sexuels. Or, cette histoire ne sent pas trop le bounga-bounga si tu veux mon avis… Bref, tu obtiendras au mieux un ADN inconnu. Alors, à quoi ça rime ?

– On procède par élimination. On verra par la suite…

– Merde et super hyper merde ! Comme si je n'avais pas assez de boulot. Si un jour un type invente le trou noir à remonter le temps, j'achète le premier ticket. Le jour où je t'ai rencontrée est à marquer d'une croix rouge.

– Thomas, je t'adore.

– Une croix rouge clignotante !

1. Fichier national automatisé des empreintes génétiques créé en 1998 pour centraliser l'ADN des délinquants sexuels mais étendu à partir de 2001 à d'autres délits, notamment les actes terroristes.

Il sortit de la voiture en bougonnant. Lola fit remarquer que l'affection de Thomas Franklin prenait souvent des détours compliqués.

– En parlant d'affection, direction le 15e arrondissement, Ingrid.

– C'est quoi le bounga-bounga, Lola ?

– Une féerie italienne, ne t'occupe pas de ça.

– Je chercherai dans le dictionnaire, soupira Ingrid.

– Oui, oui, bonne idée.

Elles trouvèrent à se garer rue du Commerce. Quelques passants se retournèrent sur leur duo. Ingrid portait un blouson d'aviateur, une jupe de la taille d'un mouchoir, un collant blanc à rayures noires horizontales et ses fidèles Doc Martens. Quant à son amie, ses hématomes avaient viré au jaune caramel et son expression oscillait entre la concentration maximale et la détermination du chasseur au gros.

Elles n'allumèrent pas la lumière et s'assirent de chaque côté de la porte de Berlin. Le séjour africain avait magnifié leur patience. Lola eut le temps de jongler avec quelques pensées audacieuses. Berlin était-il vraiment retraité de la DCRI ? Ou toujours en activité mais officiant derrière un écran de fumée ?

Il écouta Beethoven assez longtemps avant de se décider à quitter sa tanière. Le verrou glissa. Ingrid se redressa d'un bond et balança son pied dans la porte. On entendit un cri étouffé. Elles entrèrent, refermèrent derrière elles. Berlin plaquait une main sur son nez en sang. Lola le braqua avec son Manurhin. Ingrid le ligota avec les sangles en plastique qu'elle utilisait pour sécuriser sa valise puis trouva une bouteille de lait dans le réfrigérateur qu'elle lui renversa sur la tête.

– Tu es cinglée ! glapit-il entre ses dents.

– C'est du lait bio. Bon pour la peau, plus distingué que l'urine.

– Et ma nouvelle tête, tu l'aimes ? demanda Lola.

– De quoi tu parles ?

– Du traitement que tes copains nous ont infligé à Abidjan. Et maintenant, explication.

– Je ne comprends rien à ce que tu me racontes.

– On a voulu nous tuer. Tu étais le seul à savoir que nous étions à Abidjan.

Il jura n'avoir rien à voir avec leurs ennuis. Elles ne passaient pas inaperçues, n'importe qui avait pu les suivre. Ensuite, il s'agissait d'avoir de bonnes connexions en Afrique.

– C'est bien ça, reprit Lola. Les bonnes connexions d'un bon barbouze. Qui plus est, spécialiste de l'Afrique. C'est là que tu as connu Mars. Gildas Sénéchal me l'a dit.

– Oui, Arnaud et moi, on s'est connus en Afrique. Et alors ?

Lola avait eu le temps de cogiter depuis Abidjan. Le médecin de l'ONG à qui on dérobe son matériel et son identité. Le type qui ausculte Karen. En réalité, l'inconnu repère les lieux, apprend que les Mars et leur fillette sont seuls dans une maison isolée. Il sent combien Mars est fou d'inquiétude pour Karen terrassée par la fièvre. Mars lui apprend-il que sa femme doit se rétablir au plus vite, elle a un avion à prendre ? Pourquoi pas. Que ne dit-on pas à un médecin ?

– Après le départ de sa famille, Mars a ouvert sa planque à une connaissance, continua Lola. Un ami, par exemple. Avec qui il a pris un verre, parlé du bon vieux temps. De leur bon vieux temps en Afrique.

– Tu m'imagines le traquant à Abidjan pour le descendre ! Je n'ai pas quitté la France depuis des années.

– Prouve-le.

Berlin affirma avoir passé l'été et une partie de l'automne chez sa fille. Avec son mari, elle avait acheté une longère dans un village breton, et il leur avait donné un coup de main pour la retaper. Ingrid trouva le numéro sur le Net. Lola téléphona. Après quelques tergiversations, et l'affolement du gendre qui voulut parler à son beau-père, la question fut réglée. Berlin séjournait bel et bien en Bretagne quand Mars se faisait trucider en Afrique.

– Je vous ai donné le nom de Koumba. Vous l'avez retrouvé ?

Pour obtenir la vérité, Lola lâcha du lest. Elle évoqua l'appartenance de leurs tortionnaires au Cecos, la possibilité que Mars ait tenté de joindre un juge français depuis l'Afrique, mais omit l'échange entre Karen Mars et Ingrid ainsi que le prélèvement d'ADN. L'ancien barbouze sembla découvrir les faits au fil de son récit. Il fallait bien l'admettre, elle lui trouvait l'air sincère. Elle demanda à Ingrid de le libérer de ses sangles mais maintint son Manurhin en position.

Berlin s'épongea avec le torchon que lui tendait Ingrid.

– Tu es une GI entraînée à Guantánamo, ma parole.

– C'est pour rester dans l'ambiance.

– Visiblement quelqu'un veut que vous lâchiez l'affaire et a engagé des mercenaires.

– Brillante déduction, rétorqua Lola, et à part ça ?

– Ce quelqu'un ne peut pas être Gratien. Depuis sa prison, comment monter pareil coup en si peu de temps ? Tu me parles d'anciens du Cecos, leur commanditaire est donc bien introduit dans les milieux politiques internationaux.

– C'est exactement ce que je me suis dit dans l'avion.

– Désolé de te décevoir, mais, encore une fois, je suis hors jeu. Ce que je note…

– Dis-moi.

– C'est que le commanditaire ne s'est pas contenté de louer des chiens féroces. Il a aussi exigé un travail de précision. Ces paramilitaires violent, tuent et réfléchissent après. Or vous êtes toujours en vie.

– Oui, je m'en suis aperçue. Une suggestion ?

– Le clan Candichard. Mais c'est juste une possibilité. Les carnets sont très peuplés.

– Louis Candichard s'est suicidé. La messe est dite.

– Mathilde Candichard n'a jamais accepté la mort de son mari. Idem pour son fils, Guillaume. Leur nom est sali. Dans ce milieu-là, ça s'avale encore plus difficilement qu'ailleurs.

– Pas *accepté*. Ça se concrétise comment ?

– Candichard s'est suicidé chez lui, avec son fusil de chasse. Peu de temps après, Mathilde Candichard entamait la tournée des officiels. Flics, magistrats. Et quelques journalistes.

– Elle ne croyait pas au suicide ?

– On est certain que c'était un suicide. Mais je ne suis pas dans la tête de cette femme. Ce que je sais, c'est qu'elle a fini par se calmer. Mais qui dit calme ne dit pas acceptation…

– Attends une minute. Tu imagines la famille payant quelqu'un pour éliminer Arnaud Mars parce qu'il a poussé Louis Candichard au suicide ?

– Candichard était ministre des Affaires étrangères. La famille a hérité d'un carnet d'adresses long comme le bras.

– Et donc, les Candichard pourraient connaître quelqu'un qui connaît quelqu'un qui connaît une bande de mercenaires disponibles en un rien de temps pour terroriser deux fouines susceptibles de mettre au jour le contrat sur Mars.

– Une supposition pas plus idiote qu'une autre.

– Où vivent les Candichard ? demanda Ingrid.

Il leur communiqua une adresse près des Invalides.

– Une tour d'ivoire où il ne suffira pas de sonner pour avoir le droit d'entrer, Lola.

– Tu as le mot de passe, rigolo ?

– Je n'ai rien. Je ne connais pas Mathilde Candichard personnellement.

– Et tu connais quelqu'un qui connaît quelqu'un…

Il réfléchit un instant.

– Gildas Sénéchal, dit-il. Le gotha politique, c'est son univers.

– Je l'ai rencontré, ça tombe bien.

– Je sais, je vous ai suivies, toi et ta copine GI. Et je sais surtout qu'avec lui vous ne risquez rien. Au moins, Gildas, vous pouvez l'éliminer de la liste des amateurs…

– Des amateurs des carnets de Gratien ?

– L'essentiel de sa carrière, Gildas Sénéchal l'a consacré à Paul Borel, il avait même installé ses bureaux à l'Élysée. Le président Borel est mort il y a une douzaine d'années.

Cancer. Lola s'en souvenait parfaitement. Et pour cause, c'était l'année de l'attentat d'Al-Qaida contre les Twin Towers.

– Sénéchal vit dans ses souvenirs ?

– C'est ça. Et les turpitudes des actifs le distraient, tout au plus. Il a toujours été joueur et cynique. Vu son âge, il peut avoir envie de s'amuser encore un peu avant le dernier acte. Alors oui, je suppose qu'il t'aidera.

Ingrid avait fini d'essuyer le lait avec une serpillière et s'inquiétait de l'existence d'une poubelle spéciale pour la récupération. Berlin confirma. Ingrid y jeta la bouteille vide. L'ex-barbouze observa la jeune Américaine.

– Je ne comprends vraiment pas ce que des filles comme vous font dans une histoire si dangereuse. Deux petits David contre un énorme Goliath. Un Goliath dont personne ne connaît les traits.

– Je croyais que tu pariais pour les Candichard, dit Lola.

– Encore une fois, c'est juste une possibilité parmi d'autres. Et en attendant de débrouiller ce sac de nœuds, vous avez le temps de vous faire descendre.

Ingrid reçut un texto qui la plongea dans une humeur radieuse. Elle y répondit à toute allure. Lola fit redémarrer Beethoven à la télécommande. Berlin lui décocha son sourire cagneux. Elles quittèrent les lieux.

En marchant vers la Twingo, Ingrid fredonnait une chanson inconnue. Lola lui fit part de ses doutes. Gratien avait passé sa vie à nourrir ses carnets. Les figurants constituaient une armée mexicaine. Parmi eux, celui qui avait commandité le meurtre de Mars et impliqué Sacha. Il les avait déjà repérées. A contrario, le concernant, elles n'avaient que des suppositions. Le clan Candichard, par exemple. Mais c'était difficile d'imaginer la famille d'un ancien ministre adoptant les méthodes d'un cartel de la drogue.

– Candichard ou pas, quelqu'un nous a dans le collimateur. La fin tragique d'une touriste américaine et d'une commissaire retraitée n'est rien comparée à celle de Paris Hilton et de notre ministre de la Justice, hein, par exemple ? Qui est-ce que ça pourra émouvoir ?

– Jake.

– Et tu trouves ça marrant ?

Ingrid annonça que son fiancé venait d'atterrir à Paris et « sautait dans un taxi ». Elle fit démarrer la Twingo, mit le cap sur la rue de l'Échiquier et se lança dans une description enthousiaste des qualités de Jake Carnegie. Insouciance troublante de la jeunesse, pensa Lola. Comment limiter les dégâts ? Il fallait convaincre le dénommé Jake de rembarquer fissa sa promise au pays de l'Oncle Sam. Et demander à l'ami Bianco de faire du barouf dans la presse. Pour la sortir de l'anonymat. Après tout, il y avait une histoire à raconter. Celle de la retraitée qui n'acceptait pas l'arrestation du jeune flic ou la mort du vieux flic. Ou les deux. Une fois visible dans les médias, elle ne serait plus une cible impersonnelle.

Illusions. Bianco était hors circuit depuis longtemps. Et qui le portrait d'une vieille enquiquineuse pourrait-il intéresser ? Il y avait une solution plus simple, plus sûre et nettement moins glorieuse. Faire confiance au capitaine Hardy, lui confier les infos glanées à Abidjan, relevés ADN compris, et demander la protection de la police française.

Elle entendit le chant des macaques et des grillons, imagina la tête de Mars. Il s'était resservi un whisky et se tordait de rire sur le toit-terrasse écrasé de soleil. « La protection de la police française, quelle bonne blague, Lola ! »

Des cheveux châtains peignés en arrière, un front haut, des yeux noisette, un visage sculpté et un rien battu par le soleil, une belle bouche sérieuse, Jake Carnegie avait plus un look de play-boy que de journaliste mais il plut à Lola sur-le-champ. Tout son être semblait aussi énergique que sa poignée de main, et il ne mâchait pas ses mots.

– Je n'aurais jamais dû te laisser partir. Ce qui s'est passé en Afrique est inacceptable.

– L'Afrique, on s'en est sorties avec brio, répliqua Ingrid.

– Ta conception du brio est très spéciale.

– Ça nous a permis de progresser, et, maintenant que tu es là, tu vas nous donner un coup de main.

Manifestement heureuse de le retrouver, elle ne se gênait pas pour lui tenir tête avec cette étonnante mauvaise foi qu'elle sortait de temps à autre de son chapeau.

– Absurde. Je ne vois pas pourquoi tu réussirais mieux que la police française. Et ton amie Lola en fait encore un peu partie, si j'ai bien compris. Elle saura trouver des appuis utiles. En tout cas, je ne te lâche plus.

Lola hocha la tête en souriant. Carnegie lui renvoya son sourire avant de croiser fermement les bras et de fixer Ingrid.

– Bon, on parlera de tout ça à l'hôtel, *baby*.

– Tu n'y couperas pas, Ingrid.

Lola les regarda s'éloigner. Jake portait les deux valises : de dos sa carrure était encore plus impressionnante. Si quelqu'un était capable de faire entendre raison à Ingrid, c'était peut-être bien ce jeune homme providentiel.

26

Vendredi 1er février

Lola repéra un scooter et une moto sur le trottoir, selles saupoudrées de neige. Pour une fois, la cage d'escalier était plongée dans le silence. Elle parvint au deuxième en soufflant.

Joseph Berlin squattait son paillasson, un casque noir posé à ses pieds. Il lui souriait mais ça n'avait rien d'encourageant.

– Ah, Lola, enfin…

– Tu as une moto ?

– Un scooter. Faire du surplace dans les embouteillages n'a jamais été mon truc. Tu ne réponds pas sur ton mobile.

– J'avais un rendez-vous.

En réalité, elle était allée au cinéma se vider la tête. Elle ralluma son téléphone, constata qu'elle avait un texto. L'ex-barbouze la fixait d'un air étrange. Ses yeux polaires avaient dû en déstabiliser plus d'un quand il était en service actif. Elle lut le message, il lui demandait de le rappeler d'urgence.

– Qu'est-ce qui t'arrive ?

– Gratien est mort.

Elle resta pétrifiée. Berlin avait appris la nouvelle grâce à son contact à la DCRI. Mister Africa égorgé par un codétenu anonyme, avec une arme de fortune.

Elle se remémora sa rencontre avec Gratien à la Santé. Sa terreur. La façon dont il suppliait le capitaine Hardy de le transférer. Il affirmait ne plus être en possession de ses carnets, mais les noms, les faits, les dates, il les avait en mémoire. Était-ce pour ses souvenirs qu'on l'avait éliminé ?

– C'est le moment de sortir le Manurhin de la commode, Lola, et de l'avoir à portée de main.

Que lisait-elle dans ses yeux ? De la sollicitude ou un mix plus compliqué ?

Il avait déjà ramassé son casque et s'en allait. La minuterie arriva en bout de course, la lumière s'éteignit. Le bruit du porche, les pas de Berlin, le scooter qui démarrait. Lola rentra chez elle.

*

* *

Jake payait le chauffeur. Ingrid descendit du taxi et sentit l'émotion lui serrer la gorge. Elle avait cru ne jamais remettre les pieds à Pigalle.

– Alors, c'est là que sévissait Gabriella Tiger, la reine des nuits parisiennes ?

– Oui. Tu es vraiment sûr de vouloir y aller, Jake ?

– Tout ce qui te concerne m'intéresse, Ingrid.

Elle aimait sa générosité, son ouverture d'esprit. Combien d'hommes auraient accepté son passé de danseuse nue avec autant de classe ? Elle ne lui avait jamais rien caché. Elle avait eu raison.

Enrique le portier lui donna l'accolade. Elle prit une grande inspiration et franchit la porte du *Calypso*. Ils s'installèrent au bar. Jake commanda deux gin-tonics. L'intensité des spots lumineux baissa d'un cran.

AND NOW, LADIES AND GENTLEMEN, ET MAINTENANT MESDAMES ET MESSIEURS, *OUR MASSIVE WEAPON OF DESTRUCTION,* NOTRE BOMBE EN PROVENANCE DIRECTE DE L'ARSENAL RUSSE, LA SUBLIME, *THE WONDERFUL*, L'ATOMIQUE MAIS NÉANMOINS VULNÉRABLE ANOUCHKA !

Le noir. Des bruits de bottes. Un régiment fondait sur le *Calypso* au son du tube de Status Quo.

A vacation in a foreign land / Uncle Sam does the best he can / You're in the army now / Oh, oh, you're in the army now…

Dans un cercle de lumière, un soldat traqué. Des projecteurs révélèrent un rang de paras coiffés de bérets rouges. Le soldat tomba à genoux. Un para lui prit sa mitraillette, le frappa avec la crosse. Les deux ennemis démarrèrent un combat chorégraphié.

Le para arracha son casque au soldat. Et libéra une toison blonde. Le para déchira le treillis de la soldate. Un débardeur moulait des seins en ogive et une taille de guêpe. « ANOUCHKAAAA ! » hurla un fan. La combattante administra des coups de pied au para qui exhibait un torse musclé.

La soldate dégagea le couteau sanglé à sa cheville. Le para riposta, la soldate perdit sa lame et son pantalon. L'assistance découvrit de longues jambes fuselées malgré les rangers sévères, un string et un porte-jarretelles kaki.

Le para fit voler le débardeur, le torse satiné de la soldate ne fut plus protégé que par son soutien-gorge en filet. Corps-à-corps acharné, les dents serrées et les yeux écarquillés de la divine Anouchka ressortaient dramatiquement sous sa peinture de guerre. Le soutien-gorge abdiqua. La soldate pressa ses mains sur ses seins formidables, le para lui arracha son string dévoilant une toison assortie à sa crinière. Volte-face, fessiers offensifs, Anouchka ploya la nuque. Reddition.

La vaincue entama une danse suppliante qui arracha un « COURAGE, ANOUCHKAAAA !!! » enthousiaste. Le duo mima une étreinte sexuelle assez réaliste, puis l'ennemie russe fit mine d'étrangler le para dans l'étau de ses cuisses avant d'accorder sa grâce.

Sifflets, applaudissements, elle quitta la scène portée en triomphe par le rang de parachutistes.

Jake murmura à l'oreille d'Ingrid.

– Pas mal, mais je suis certain que ton show était meilleur.

Elle l'embrassa, s'interrompit en sentant une main sur son épaule.

Timothy Harlen en veste de smoking blanc. Il la prit dans ses bras puis serra la main de Jake.

– Tu n'es pas étonné de me voir, Timothy ?

– Jake avait pris rendez-vous, ma belle.

– Vous vous connaissez ?

En guise de réponse, elle récupéra deux sourires complices.

On suivit le patron du *Calypso* dans son bureau. Un serveur apporta le meilleur champagne de la maison.

– Anouchka est efficace, dit Timothy, mais il lui manque le supplément d'âme.

– Si tu tentes de réembaucher Ingrid, c'est voyant comme approche, plaisanta Jake.

– Tu es reporter, mon gars. Un ordinateur te suffit pour être heureux partout. Surtout à Paris.

– Ingrid, heureuse à Paris ? Peut-être. En sécurité ? C'est une autre affaire.

– Il faut que je vous rappelle que j'ai un job en or à Vegas ? intervint Ingrid. Et expliquez-moi ce que vous mijotez.

– Jake m'a raconté tes déboires à Abidjan, en compagnie de Lola. C'est vrai que je rêve de te réembaucher, mais il a raison. Tu ferais mieux de rentrer vite fait au pays.

– Hors de question. Lola a besoin de moi. Et cacher les ennuis sous le tapis n'est jamais la solution.

Timothy ouvrit son coffre pour en sortir un pistolet au design assez sensationnel. Il récupéra un chargeur et tendit le tout à Jake. Il s'agissait d'un Strike One, une arme stylée et récente. Semi-automatique, dix-sept balles dans le chargeur, un pistolet conçu pour la police et l'armée russes. Ingrid protesta.

– Timothy, tu vis en Europe depuis longtemps. Tu devrais savoir qu'on ne s'y balade pas armé comme chez nous.

– Disons que c'est une arme massive de dissuasion, dit Jake, et n'en parlons plus. Merci, Timothy.

– De rien.

Le portable d'Ingrid sonna. Elle eut une courte conversation, raccrocha, mit quelques secondes à encaisser.

– C'était Lola. Richard Gratien a été tué par un codétenu.

Jake actionna la sécurité du Strike One avant de le coincer dans sa ceinture.

– Tu as peut-être hérité de l'ennemi de ton ennemi, Ingrid. Rentrons à Vegas.

– Si c'est le cas et vu leurs méthodes, Vegas ou Paris, c'est pareil.

Dans le taxi du retour, son profil mécontent. Elle brisa le silence en se blottissant contre lui.

– Jake, avoue-le. Tu es jaloux.

Elle ne lui avait pas plus caché ses nuits à Pigalle que son histoire avec Sacha.

– Il n'y a aucune raison, reprit-elle. Lui et moi, c'est terminé.

– C'est vraiment pour Lola que tu prends ces risques ? Sois franche.

– La fidélité. Même à ceux qu'on n'aime plus mais qu'on a aimés. Tu ferais la même chose, je parie.

– Jake le noble chevalier ? Merci mais non, je passe.

– Tu es un type bien, Jake Carnegie. Que tu le veuilles ou non. Je le sais. Et il n'y a qu'avec toi que je veux être.

– Eh bien, c'est la seule bonne nouvelle de la soirée.

Au-delà du pare-brise, le néon de l'hôtel élargi par la pluie. Elle glissa une main sous sa chemise et le sentit frémir.

– Et je vais t'en donner la preuve.

27

Samedi 2 février

Gildas Sénéchal raccrocha, abandonna son téléphone portable sur la table de la cuisine et se fit couler un bain. Lola Jost était dotée d'une volonté peu commune. Et son sens de la loyauté était remarquable. Dommage qu'elle consacre cette fidélité à des personnes peu enthousiasmantes. Quoi qu'il en soit, il ferait ce qu'elle venait de lui demander et la mettrait en relation avec la veuve de Louis Candichard.

Il brancha son iPod sur les hauts-parleurs de la salle de bains, sélectionna un concerto de Stockhausen et regarda la vaste baignoire se remplir à vive allure.

Lyon, 1950. Pas de machine à laver. Sa mère utilise la baignoire carrée pour faire sa lessive avec une brosse, une planche et un gros cube de savon de Marseille. Il en faut, de l'huile de coude, pour nettoyer les treillis de mécanicien du père. Ils doivent tremper des heures pour que le cambouis se dissolve. Pour prendre un bain, il faut déplacer la planche et mettre le vêtement dans une cuvette.

Grand-père vit avec eux depuis la mort de grand-mère, il se passionne pour les dominos et la vie des fourmis. Le père fume des Gauloises sans filtre, parle peu mais écoute beaucoup la radio, comme tous les Sénéchal. La meilleure amie de maman, c'est la Grande Luce, la voyante et la rebouteuse du quartier. « Les gens, mon petit Gildas, tu les comprends si tu les regardes très fort et que tu les laisses causer tout leur saoul. Ça fatigue la cervelle, mais ça vaut le coup. »

Il renversa la tête en arrière et songea à Geneviève. Ils avaient dix-sept ans quand ils s'étaient rencontrés. Belle, drôle, pleine d'énergie, d'une famille cultivée et aisée, elle n'aurait jamais dû le regarder. Et pourtant, leur couple avait tenu jusqu'à la mort. Elle l'avait aimé quand il n'était qu'un petit vendeur d'assurances. L'avait soutenu quand il s'était fait embaucher au culot dans une grande agence de pub par un type sans préjugés. N'avait jamais protesté quand il s'était mis au service exclusif de Paul Borel et qu'il passait plus de temps avec celui qu'elle appelait « ton grand homme » qu'avec leur famille.

Après son décès, Paul avait fait réaliser, par une de ses amies peintre, le portrait de Geneviève d'après photo. Il avait eu du mal à contrôler son émotion quand il avait reçu le tableau. Paul Borel était unique dans la sphère politique. Certes, il était capable de renier ses meilleurs soutiens s'ils avaient été témoins de ses faiblesses, ou d'attendre des années l'occasion d'écraser un ennemi, mais la vraie souffrance ne le laissait jamais indifférent. Il avait du cœur. Et un amour sincère pour son pays, qu'il n'hésitait pas à sillonner jusqu'à l'épuisement lors de ses campagnes électorales.

Il n'avait rien oublié de leur bataille contre Candichard, l'homme des intrigues et des alliances opportunistes. Paul, lui, avait gagné la confiance des Français en allant la chercher sur le terrain, jour après jour, avec une énergie et une simplicité qui lui faisaient honneur. Il n'était jamais aussi bon que lorsqu'il s'agissait de conquérir le pays.

Et les femmes. Quel contraste avec moi, pensa Sénéchal en souriant. Paul avait un besoin frénétique de courir la gueuse. Toutes ces nuits à se carapater en douce, véhiculé par Mondo, l'agréable compagnon, discret et compréhensif. Lorsque l'affaire débordait du cadre, il fallait rattraper le coup avec les journalistes et déployer des trésors d'imagination.

– Gildas, j'ai un petit problème.

– Je vais arranger cela, monsieur le président…

Une belle époque, plutôt amusante, à essayer d'éponger les travers rabelaisiens d'un homme qui, par moments, étouffait dans son costume officiel et avait besoin de s'égayer comme canasson au pré.

Un bruit de pas sur le parquet. Mondo revenait des courses.

– J'ai acheté des ris de veau pour le déjeuner, Gildas. Sauce madère ?

– Oui, ça m'est égal.

– Tu es de mauvaise humeur ?

– Non, il faudrait que j'appelle Mathilde Candichard. Pour lui demander de recevoir Lola Jost. Et ça m'ennuie prodigieusement. J'ai toujours trouvé Mathilde soporifique. Tu lui téléphones.

– Ça aura plus d'impact si c'est toi.

– Ce n'est pas une suggestion, Mondo. Et ferme la porte. Je n'aime pas les odeurs de cuisine quand je prends mon bain.

28

Lundi 4 février

Le matin. Un soleil pâle, une petite foule joyeuse.

Mondo s'élança, mains dans le dos, traça une large courbe, tourna sur lui-même, accéléra, se transforma en toupie. Il ralentit, s'immobilisa et fit la révérence. Ingrid l'épata avec quelques figures puis le rejoignit près de la balustrade. Derrière eux, la mairie de Paris était un château de cinéma. Il lui dit être né dans les Alpes. Sa sœur, championne dans son adolescence, lui avait appris à patiner.

Il portait son bonnet de laine noire au ras des sourcils. Cheveux ensevelis, ses traits étaient durcis mais elle aimait son regard brillant, sa façon d'alterner gravité et amusement. C'était lui qui avait eu l'idée de cette séance de patinage en plein air juste avant le rendez-vous.

Ils rendirent les patins et montèrent dans la voiture, une confortable Volvo gris métallisé. Mondo souffla dans ses mains avant de mettre le contact, dégagea en douceur dans la rue de Rivoli. Prudence extrême mais fluidité, elle appréciait son style de conduite. En route, il expliqua que Valérie avait connu le stress des grands sportifs. Après les compétitions, les médailles, le quart d'heure de gloire, quand tout s'était terminé et que son partenaire et amant l'avait plaquée pour une patineuse de l'équipe, la frangine avait commencé à décliner.

– Elle était forte et ambitieuse. Alors, ça a été pareil pour la dégringolade. À fond.

– Que fait-elle aujourd'hui ?

– Elle est morte. Overdose.

– Désolée.

– Ne le sois pas. On n'y peut plus rien. Elle me manque. Je retourne deux fois par an au pays pour aller sur sa tombe. Je lui raconte mes joies, mes peines. Ces derniers temps, on a moins de conversations. Je me fais vieux. Mais tu me rajeunis. Tu es une pluie d'énergie, Ingrid. Ça coule autour de toi. Tu as quelqu'un dans ta vie ?

– Oui.

– Un homme heureux.

Le reste du trajet se passa à discuter. C'était facile. Mondo lui confia qu'il aurait pu devenir cuisinier. Une occupation qui l'aurait sans doute satisfait longtemps.

– Mais tu as rencontré Sénéchal…

– Un tournant dans ma vie. C'est un cerveau, et en plus il est constant. Je n'ai jamais eu peur qu'il change d'avis et me jette. En fait, il m'a repêché.

– Raconte.

– Il m'avait engagé pour être le chauffeur du président Paul Borel. J'ai fait de la course sur circuit, j'ai de bons réflexes.

– Oui, j'ai pu le constater. C'était intéressant d'être à son service ?

– Passionnant. Il ne se ménageait pas.

Sa main droite était lésée car les cartilages avaient été traumatisés par des milliers de poignées de main.

Les fans ne connaissaient pas leur force et ne mesuraient pas leur enthousiasme.

– J'étais préposé au seau à glace, ajouta-t-il en souriant. Le président y trempait sa main endolorie entre deux meetings. Il travaillait comme une brute. Et, la nuit, il voyait ses maîtresses.

– Tu étais à sa disposition ?

– À n'importe quelle heure. C'était le revers de la médaille mais tous les deux on a eu de grands moments. C'était tout sauf un bourgeois, il aimait vraiment les gens, toutes origines confondues, et les Français l'aimaient en retour. Cette époque joyeuse a eu une fin. À sa mort, les courtisans m'attendaient au tournant.

– Pourquoi ?

– Les survivants de l'ère Borel m'ont fait payer ma connivence avec leur grand homme. On avait trop rigolé et j'avais été témoin de certains aspects de sa personnalité que certains voulaient oublier pour mieux le statufier. Bref, on m'a foutu à la porte. Gildas a été le seul à me tendre la main. Mais on n'a rien sans rien…

Ingrid saisit le sous-entendu. Mondo vivait dans le luxe mais restait le serviteur. Malgré son intelligence et son passé glorieux, Sénéchal était un vieillard exigeant qui devait avoir ses petites manies.

– Tu as été marié, Mondo ?

– Peu de temps. Je suis un solitaire dans l'âme.

Il fit un détour par un fleuriste, l'odeur des lys embauma la voiture.

Lola, frigorifiée, patientait devant l'immeuble de Mathilde Candichard.

– Lola, qu'est-ce qui vous…

– Je suis tombée de mon voltaire en faisant un puzzle, Mondo. Tout va bien.

Il leur fit ses recommandations. Madame Candichard était très probablement en dépression, elle ne s'était jamais remise du suicide de son époux. Sénéchal avait eu du mal à la convaincre d'accepter la rencontre. Fidèle à sa méthode, il avait inventé une histoire.

– Pour Mathilde, vous préparez un essai sur l'affaire Mars. Jouez le jeu.

Ingrid le regarda partir. Il leva la main à hauteur du rétroviseur et fit un petit signe d'adieu sans se retourner. Elle répondit à son geste.

– Vous êtes devenus les meilleurs amis du monde, constata Lola.

– Je lui rappelle sa sœur.

– Oui, tu me l'as déjà dit. Nous y allons ?

– J'aurais voulu que Jake soit là.

– Difficile de débarquer en bataillon chez la veuve Candichard.

Ingrid revit le regard matinal de Jake. Il avait glissé le Strike One dans son sac et lui avait fait jurer de l'appeler au moindre problème.

Une petite femme rousse, fatiguée et triste. Mathilde Candichard portait une robe élégante mais des chaussettes à doigts, des tongs et des gants de ménage en caoutchouc dont elle se débarrassa comme à regret. Elle n'eut aucune réaction devant le visage tuméfié de Lola et la tenue baroque d'Ingrid. L'appartement était vaste, trop meublé, parfumé au nettoyant pour meubles. Une collection de kimonos anciens, sur des bâtons de bois, pendait aux murs. Une théière en fonte noire au design délicat patientait sur la table basse du salon.

– Le Japon est mon pays de prédilection. J'y ai fait plusieurs voyages. Si j'avais de l'argent, je partirais y finir ma vie.

– Malgré le problème nucléaire, les tsunamis, les tremblements de terre et la récession ? interrogea Lola.

– C'est un rêve, pas une étude de marché.

Elle servit le thé. Lola repéra l'extrémité d'un piano, un aspirateur et un récipient rempli de produits d'entretien dans la pièce voisine. Pas de femme de ménage dans les parages. Elle imagina Mathilde nettoyant son grand appartement du matin au soir pour remplir le vide, se calmer les nerfs ou oublier que son mari s'y était suicidé. Aux dires de Sénéchal, après son retrait de la campagne électorale contre Borel, Candichard avait entamé une traversée du désert, vivoté dans des postes de seconde zone. Un ami fortuné leur avait prêté cet appartement pour que l'ex-ministre puisse maintenir les apparences. Candichard n'était jamais sorti du désert. « C'est très rare en France, les politiciens à la carrière avortée. »

Lola présenta Ingrid comme sa documentaliste, demanda s'il était possible d'enregistrer la conversation. Mathilde accepta à condition d'avoir accès au texte avant parution. L'ex-commissaire fit démarrer le magnéto. Louis Candichard connaissait-il personnellement Arnaud Mars ?

– Non, cet homme nous a détruits sans nous connaître. Après l'article du *Canard enchaîné*, Louis paraissait calme. Je me suis trompée. Je n'ai pas saisi ce qu'il ressentait…

– Vous en voulez à Mars ?

– Même pas. Mars ou un autre…

– Vraiment ?

– Les carnets étaient une épée de Damoclès. Je pensais que Louis avait appris à vivre avec.

– Mars a été assassiné à son tour. Et Gratien vient d'être tué en prison.

Mathilde Candichard déposa la boule à thé sur une soucoupe en porcelaine. Ses mains tremblaient. Son regard papillotait.

– Je ne vois pas quoi ajouter. En fait, je ne peux pas vous être utile. Je vis dans mes souvenirs et dans mes rêves.

– On peut avoir éliminé Arnaud Mars pour plusieurs raisons. La vengeance. Les carnets de Gratien. J'ai appris de source sûre qu'il portait ses carnets sur lui, dans une clé USB qu'on n'a pas retrouvée sur sa dépouille.

– C'est possible.

– Dans les derniers moments de sa vie, Gratien jurait avoir été dépossédé de ses carnets, mais il devait avoir des noms et des faits en tête. C'est peut-être pour cela qu'il est mort en prison.

La veuve releva la tête.

– Nous sommes allées à Abidjan enquêter sur la mort de Mars. Et nous avons failli y passer.

– Vous avez choisi un métier passionnant mais dangereux.

– C'est ce que je me dis tous les jours. Je suis ici parce que j'ai rencontré un homme qui vous voit bien en commanditaire du meurtre de Mars. Par vengeance. Comment réagissez-vous à ce genre d'accusation ?

– Je vais vous demander de partir.

Voix blanche, visage assorti. Levée d'un bond, elle fila vers la porte, ses tongs martelèrent le parquet. Lola s'excusa, elle utilisait la provocation pour obtenir des infos. Une vieille technique de reporter, rude, mais qui avait fait ses preuves. Pouvait-on repartir sur des bases plus apaisées ?

– Dehors.

Elles sortirent. La veuve fit claquer sa porte avec une force étonnante. Pendant qu'elles attendaient l'ascenseur, elle réapparut pour jeter les lys de Mondo à la volée. Pluie odorante. Ingrid en ramassa une tige et suivit son amie dans l'ascenseur, un vieux modèle en fer forgé et verre opaque. Elles virent une silhouette dévaler les escaliers.

Au rez-de-chaussée, un quadra blond, essoufflé, excédé les accueillit.

– Guillaume Candichard. Ma mère est bouleversée. Qu'est-ce que vous voulez au juste ?

– Écrire un livre sur l'affaire Mars. À partir d'informations de première main.

– J'ai entendu la conversation. Vous croyez pouvoir impunément insulter les gens chez eux ?

Lola déclara qu'elle comptait quitter l'ascenseur et l'immeuble de son plein gré. Le fils Candichard les laissa passer.

– Auteurs d'essais merdiques ou journalistes à la petite semaine, vous êtes tous des vautours. Il n'y a plus assez de lecteurs pour acheter vos bouquins et vos torchons, alors vous misez sur le sensationnalisme.

– Pensez ce que vous voulez, jeune homme.

– Essayez de salir mon père et vous aurez affaire à mon avocat.

29

Surprise, Mondo les attendait dans sa Volvo. Ingrid monta à ses côtés, Lola à l'arrière.

– Comment ça s'est passé ?

– Mal, répondit Lola. Elle nous a flanquées dehors. Et le rejeton en a remis une couche. Des émotions contradictoires tiraillaient ses traits. L'humiliation, la colère. Et peut-être bien la peur.

Il se contenta de hocher la tête, puis la déposa rue de l'Échiquier avant de repartir avec Ingrid. À travers le pare-brise, Lola la vit humer son lys.

Dans son appartement, le puzzle prenait la poussière, les carreaux étaient fouettés par la pluie. Elle appela Berlin, lui raconta sa rencontre avec la veuve Candichard et son fils. Que faisait-il dans la vie ?

– Chirurgien.

– Tiens donc.

– Un coup pour rien, Lola. J'ai déjà vérifié. Quand Mars mourait en Afrique, il était à un congrès médical en Allemagne.

– Les congrès, on y entre et on en sort comme dans un moulin ou presque.

– Les Candichard auraient embauché quelqu'un, tu crois ?

– La mère vit aux crochets de leurs relations. Si le fils a payé quelqu'un pour suivre Sacha, emprunter son arme, la faire voyager, exécuter Mars et remettre le Smith & Wesson en place, c'est un budget qui dépasse la simple location d'un tueur.

– Un chirurgien a les moyens…

– Je suppose.

Elle ouvrit son réfrigérateur. Quasi vide, si ce n'était une tranche de jambon racornie et trois yaourts. Elle eut envie de proposer à Berlin de la rejoindre aux *Belles*. Une sorte de complicité semblait se tisser avec le vieux barbouze.

Elle renonça. Gratien était mort en emportant des secrets sans doute vitaux pour innocenter Sacha, qui dépérissait entre quatre murs. Non, elle n'était pas prête à festoyer avec Maxime et les amis du passage Brady.

– Gildas t'a aidée. C'est bien ce que j'avais prévu, ça arrive quand les gens lui plaisent. Il a adoré la vie et veut en boire les dernières gouttes. Mais fais gaffe au larbin.

– Mondo ?

– Oui, un ancien drogué. Je me suis toujours méfié de cette engeance.

*

* *

Mondo se gara devant l'hôtel Renaissance. Ingrid ouvrit la portière. Il lui effleura l'épaule.

– Je t'invite. Où tu voudras.

– Mon fiancé m'attend…

– Tu vas passer le reste de ta vie avec lui. Ça représente dans les… soixante mille repas en sa compagnie. Tu peux m'en accorder un.

– C'est vrai.

– Parfait. Où va-t-on ?

– Aux *Belles de jour comme de nuit*, près du canal Saint-Martin. Ma cantine, quand je vivais à Paris.

Ils s'y rendirent à pied. Les *Belles* faisait le plein mais Maxime leur dénicha une table et deux chaises pliantes et les installa près des cuisines. Sigmund, le dalmatien d'Antoine Léger, l'ami psychanalyste, vint danser dans les jambes d'Ingrid et se fit gratter l'arrière des oreilles avec volupté.

– Tu n'imagines pas ma joie de te revoir, déclara posément Antoine.

– L'émotion est partagée, doc.

– Si tu croises Lola, dis-lui que nous l'attendons de pied ferme.

On leur servit d'office une carafe de vin du patron, à qui elle demanda de choisir leur menu.

– Tu n'es pas inconnue dans les parages, constata Mondo.

– Ce sont mes amis et ils m'ont beaucoup manqué à Vegas.

Ils étaient installés au bar du Renaissance. Mondo avait mal au dos et se tortillait sur son tabouret.

– Étrange, Ingrid. Si on m'avait dit que je rencontrerais quelqu'un avec qui je me sentirais aussi bien qu'avec Valérie. Ma sœur avait reçu des propositions au moment de sa retraite sportive. Une compagnie canadienne voulait l'engager, pour un spectacle de patinage artistique. Une tournée internationale, très bien payée.

– Elle n'a pas accepté ?

– Non. Elle vivait au jour le jour. En fait, elle était déjà accro.

– Quel gâchis.

– Oui, elle aurait été parfaite sur scène. J'étais plus jeune qu'elle, j'admirais tout ce qu'elle faisait. Je me suis défoncé comme elle, avec elle. Quand elle est morte, j'ai continué. Ça ne m'a pas arrêté. Je crois que je voulais la rejoindre sur les glaces éternelles. Et puis, un jour, j'ai su que j'étais tombé très bas.

– Pourquoi ?

– Parce que j'ai sniffé ses cendres.

Elle l'observait en silence.

– J'avais l'urne chez moi, je me suis fait un rail. La même semaine, je rencontrais Gildas à l'occasion d'un meeting de Paul Borel à Annecy. Peu de temps après, j'entamais, à ses frais, une cure de désintoxication en clinique privée. Parce qu'il « voyait mon potentiel ».

– Tu dis ça avec amertume.

– J'ai appris beaucoup grâce à lui. Notamment la cuisine, dans un cours très chic qu'il a voulu me payer. Mais son intelligence est cinglante. Froide.

– Exemple ?

– *S'il y a des forêts, c'est parce que les écureuils sont cons.*

– Ah bon ?

– Ils ont une faible mémoire et oublient où ils ont caché soixante-dix pour cent de leurs réserves de noix, de glands et de noisettes. Résultat, les arbres peuvent se disséminer et pousser. Par extension, d'après Gildas, la connerie est indispensable à la démocratie. Les électeurs sont majoritairement cons mais c'est grâce à eux qu'il y a des hommes politiques. C'est-à-dire des types capables de se faire élire sur la base de promesses mensongères ou invraisemblables. Sans cela, nous serions gouvernés par des technocrates gris mais efficaces, voire des ordinateurs qui nous feraient mener une existence aussi vertueuse que chiante.

– Et le business du supercommunicant n'aurait pas lieu d'être.

– C'est bien ça.

– Et toi, tu considères que les électeurs sont cons ?

– Mon père était employé par une compagnie de remontées mécaniques, ma mère serveuse de café. J'ai rarement croisé gens plus vivants et libres. Ils ne voulaient pas la réussite, ils voulaient vivre dans la beauté de la montagne. Non, le peuple n'est pas con. Un peu trop romantique, peut-être.

– Si tant est que ce soit un défaut.

– Souvent, je me dis que tout ce baratin pour en arriver là, c'est une perte de temps.

– Qu'est-ce que tu veux dire ?

– Gildas a permis à Borel de gagner sa première élection. À la fin du mandat, il a remis ça et l'a soutenu jusqu'à la victoire. Mais, à la mort de son « grand homme », le pays était dans le même état que celui dans lequel il l'avait trouvé. Borel gouvernait en faisant du déficit. Comme ses prédécesseurs. Les réformes impopulaires, ce n'était pas son truc.

– Il voulait que les Français l'aiment.

– Oui. Le pire de l'histoire, c'est qu'il n'avait pas de programme précis avant les élections. Le mantra de Gildas a toujours été : gagnons d'abord, avisons ensuite. Bref, Gildas et Borel étaient des types passionnants mais leur bilan est catastrophique.

Le pianiste interprétait *Human Nature*, de Michael Jackson. Ingrid fredonna, Mondo la regarda en souriant.

– Danseuse *et* chanteuse ?

– Danseuse, définitivement.

– Moi aussi, j'aime cette chanson. Gildas n'écoute que de la musique contemporaine. L'enfer. Il y a des jours où je voudrais être sourd.

Il grimaça. Ingrid alla parlementer avec le concierge. Elle obtint le droit d'utiliser la cabine de l'esthéticienne de l'hôtel.

Mondo se déshabilla, s'allongea, s'abandonna aux mains expertes d'Ingrid. Elle le massa jusqu'à ce qu'elle sente sa tension nerveuse se dissoudre.

– La troisième rencontre importante de ma vie, c'est peut-être toi. Et malgré toi, Ingrid.

– Comment ça *malgré moi ?*

– Tu es un signe du ciel.

– Il te dit quoi, le ciel ?

– Je ne sais pas. Peut-être que ma période avec Gildas est terminée. Qu'il faut que je fasse ma valise. Pour consacrer la dernière partie de ma vie à être autre chose que l'homme à tout faire du génial *spin doctor*.

– *Spin doctor*, c'est un métier qui fait fureur dans mon pays.

– C'est un métier qui fait fureur partout.

*

* *

Elle courut pour répondre, dérapa, se rétablit, décrocha, nue et grelottante.

– J'ai failli attendre, Lola.

– J'étais sous la douche. Tu as les résultats ?

– Ce n'est pas le sang de Mars.

– Épatant ! Et ce n'est pas…

– À ton âge, te bagarrer pour un beau gosse qui pourrait être ton fils, si c'est pas malheureux, ricana Thomas Franklin.

Elle ne put s'empêcher de penser qu'elle avait plus d'affinités avec Sacha qu'avec son propre fils.

– Abrège, par pitié.

– Rassure-toi, ce n'est pas non plus l'ADN de Sacha Duguin.

Elle ne réfréna pas un cri de joie.

– Merci de m'esquinter les oreilles. Pour le reste, c'est bien ce que je disais, l'ADN n'a fait vibrer aucun fichier.

– Thomas, garde ces résultats au chaud.

– Mais bien sûr, ma suzeraine. Toujours à votre service pour le moindre de vos caprices.

Le légiste avait raccroché, elle regarda son téléphone comme s'il s'agissait d'un sympathique ouistiti puis composa le numéro d'Ingrid.

– Hier, on m'a volé ma montre, Lola. Offerte par Jake, gravée à mon nom. Maintenant, ça m'est égal. En fait, je donnerais tous mes bijoux et mes costumes de scène du *Calypso* pour libérer Sacha. Dans le fond, on a tous besoin d'une cause qui nous double.

Une cause qui klaxonne et qui nous dépasse. Oui, pourquoi pas, se dit Lola après avoir raccroché. En attendant comment allait-elle faire parler cet ADN ?

30

Mardi 5 février

Un type intarissable. Il se répétait, commençait à la soûler. Lola parlementait avec un élégant en costume blanc. Sur sa poche gauche, un tag mentionnait « Monsieur le Directeur ». Ingrid ayant réchappé deux fois à la mort, expliquait-il, son quota était épuisé. La prochaine fois serait la bonne, pas de crédit supplémentaire. Les temps étaient implacables, même pour les employés de la Banque du Ciel. Il agita une clochette en cristal sans quitter Lola des yeux.

Elle se réveilla en sursaut. Qui était le vieux schnock en blanc ? Le réveil digital indiquait 01:43.

– Allô ? J'ai voulu vous prévenir tout de suite, patronne. C'est Sacha…

Le Barthélemy des mauvaises nuits.

– Quoi, Sacha ?

Elle plaqua sa main sur sa poitrine. Son cœur venait de faire un double salto arrière. *Sacha tué, comme Gratien ?*

– Il a avoué avoir abattu Mars.

– Qu'est-ce que tu racontes…

– Je n'ai pas les détails, mais Sacha aurait admis que l'achat du Sig Sauer et la scène de crime bâclée, c'était du bidon. Une idée à lui. Pour qu'on ne croie pas qu'un flic expérimenté avait fait le coup.

– Impossible…

Ce n'était pourtant pas l'ADN de Sacha dans la maison de Koumba.

Elle s'était levée pour faire les cent pas mais s'effondra aussitôt dans son voltaire, des étincelles pleuvaient de ses paupières.

– Il a été écroué par le juge, poursuivit Barthélemy, et placé en détention.

Il essaya de la réconforter. Elle laissa faire.

Après avoir raccroché, elle se concentra sur sa respiration. L'objectif, rester en un seul morceau.

Son monde était un univers de sable. Quelques murailles tenaient bon mais le mauvais vent en aurait bientôt fini avec ces pauvres remparts. La voix de Philippe Hardy résonnait. *Duguin est aussi intelligent que manipulateur. Bref, c'est un sociopathe qui a trouvé à qui parler.* Sacha les avait-il menés en bateau ? Tous, sauf Hardy ? Avait-elle été aveuglée par son affection ? Par cette vie à attendre le retour d'Ingrid, à attendre le retour des sensations fortes, à attendre que son fils lui envoie un puzzle pour son anniversaire ? Elle s'agitait pour ne pas croiser la trogne de la réalité.

Et si tout cela ne se résumait qu'à une histoire de vengeance ? Celle de Gratien qui, malgré ses dires, avait commandité l'attentat contre Ingrid. Et celle de Sacha qui avait organisé subtilement la traque et la mort de son ancien patron. S'était-il servi d'elle, de sa stupide fidélité ? Il savait qu'elle n'accepterait pas son arrestation et se démènerait pour l'innocenter. Au point de produire un faux témoignage, si Hardy lui en avait laissé l'occasion.

Hardy a été malin et patient. Sacha a réalisé que sans mon faux témoignage en sa faveur, c'était foutu.

Du bout de l'index, elle redessina le corps du Christ. Un fameux casse-tête, dix mille pièces, des heures de bonheur.

À huit heures, elle appela Ingrid. Celle-ci répondit d'une voix joyeuse. Lola regretta de devoir casser l'ambiance. L'amie américaine poussa un cri étouffé puis resta silencieuse.

– Ingrid ?

– Il faut que je réfléchisse. Je n'y arrive plus pour le moment. Je te rappelle.

Un peu plus tard, Lola anéantit le Corcovado des deux mains et fourra les pièces dans leur boîte.

Fini de jouer.

Ingrid rappela deux heures plus tard.

– Je ne me suis jamais trompée au sujet de mes amants. Les autres, peut-être, mais pas les hommes avec qui j'ai couché. Ce n'est pas Sacha. Il n'a pas ça en lui. *I know*. C'est tout.

Lola répliqua par un soupir épuisé.

– Quelqu'un lui met la pression, Lola. Ces aveux, c'est comme le reste, un coup monté. *Bullshit.* Mais on ne peut pas se contenter de ça. Pas toi, pas moi.

Lola attendit la suite.

– J'ai eu une idée.

– Je t'écoute.

– C'est grâce à un hasard. Une conversation que j'ai eue hier avec Jake. Il n'est pas seulement journaliste mais aussi romancier. Quand il est en panne dans une scène de roman ou de scénario, il travaille sur les contraires.

– Ah.

Elle se demandait où elle voulait en venir.

– Par exemple, il change le sexe d'un personnage, et la scène gagne en force. Ou bien, il inverse le décor. Au lieu d'un bar mal famé, la nuit, ça vire à la tranche de vie ensoleillée.

– Bien, bien.

– En fait, cette idée vient de faire remonter une sensation que j'ai toujours eue sans m'en rendre compte, Lola.

– Ah oui ?

– Les motards de Saint-Michel. Et s'ils avaient été payés pour tuer Ménard, et non pas moi ?

Lola ouvrit la bouche. Impossible d'émettre un son intelligible.

– Ils devaient me tuer dans la foulée, poursuivit Ingrid, parce qu'il fallait lancer le message, désigner Gratien. Et si j'étais le leurre et Ménard la cible ?

– J'admets que ça se tient.

– Je pense qu'ils ont suivi Ménard plusieurs jours de suite pour repérer ses habitudes. Ce jour-là, c'est lui qui a voulu prendre un verre à Saint-Michel.

– Il venait souvent dans ce café ?

– Je ne sais pas, mais il n'était pas loin de midi.

– Tu y étais déjà allée avec lui ?

– C'était la deuxième fois…

Les habitudes de Ménard repérées par le tueur. C'était cohérent. Le jeune lieutenant donne rendez-vous à Ingrid en terrain connu. À peine installé à la terrasse du café, il est abattu. Ce n'est pas une balle perdue mais une balle dans la cible. Casque-Noir est bon tireur, en fait. Il a un message à délivrer pour orienter les soupçons sur Gratien, un suspect idéal, brûlant comme les braises. *Pour Antonia Gratien !* Mais la terrasse est trop peuplée, le message risque de se perdre dans le brouhaha, le bruit du trafic. Pour faire bonne mesure, il est prévu de tuer Ingrid. Pas de quartier, du spectaculaire. Qui relaiera le message ? Un passant, un client des bouquinistes. À cette heure-ci, il y a toujours du passage mais pas trop, l'avertissement sera entendu…

Ah oui, ça se tenait bien.

31

Jeudi 7 février

Elles avaient consacré plusieurs jours à questionner les collègues de Sébastien Ménard. Ils connaissaient Lola et avaient tous accepté de témoigner. Tous sauf Emmanuelle Carle, qui prétextait une surcharge de travail. Au sein du groupe Duguin, elle avait été la partenaire la plus proche du lieutenant. Il fallait absolument l'interroger. Clémenti leur avait appris que le groupe de Carle avait hérité d'un homicide en fin d'après-midi, a priori une histoire de dope, un type égorgé.

Jake gara la Twingo sur le parking de la Cité de la Musique et déclara qu'il surveillait les environs. La nuit était tombée, des projecteurs éclairaient la scène du crime, le corps était emballé dans une housse jaune fluo. Il y avait foule entre les techniciens de l'IJ, l'équipe de la Crim', des îlotiers en uniforme, les représentants du Parquet et les badauds. Les équipes semblaient s'agiter dans le chaos, en réalité elles travaillaient vite et dans la concentration.

J'ai adoré ce job, pensa Lola.

Le commandant Carle discutait avec un grand brun élégant qui devait être le substitut du procureur. Une mouette égarée brailla, le vent ramena la mauvaise haleine du canal, Carle tourna la tête dans leur direction. Ingrid et Lola avancèrent de quelques pas. Elle fit le reste du chemin.

– Madame Jost, vous avez eu un accident ?

– Non, rien de grave.

– Écoutez, je suis très occupée…

Entre Emmanuelle et Sacha, ce n'était pas l'amour fou, mais Lola avait un atout : sa réputation. Elle avait été l'une des premières femmes commissaires, Carle l'admirait. Elle avait souffert, et à juste titre, quand Mars avait confié le poste de chef de groupe à Sacha ; elle avait plus d'ancienneté, des états de service irréprochables, un esprit d'équipe et un sens de la hiérarchie nettement plus développés que son détesté challenger.

– J'ai appris votre promotion. Vous dirigez votre groupe à présent. Bravo Emmanuelle, vous le méritez.

– Merci.

– Votre témoignage est vital. Il faut que je sache sur quelles affaires travaillait Sébastien Ménard.

– Bien trop. Comme nous tous. Duguin s'était tiré en Afrique en nous laissant le boulot sur les bras. Et Sébastien avait tendance à faire cavalier seul.

– Hardy a récupéré tous les documents de Ménard, notamment ses procès-verbaux, ses carnets de notes. Je n'ai rien pu voir…

– Moi non plus. Même avec la meilleure volonté du monde, je ne peux pas vous aider, madame Jost.

– J'ai préparé une liste de noms. Au cas où l'un d'eux vous évoquerait le moindre lien avec Ménard…

Carle se tourna vers sa scène de crime. Le substitut regardait dans leur direction.

– Ça prendra peu de temps, Emmanuelle. S'il vous plaît.

– C'est bien parce que c'est vous.

– Merci. Allons-y. *Joseph Berlin*…

– Berlin, un vieux copain de Mars. Ménard prenait un verre avec lui de temps en temps…

Lola cacha son émotion. Si le vieux barbouze lui cachait quelque chose à propos de la mort du jeune lieutenant, il trouverait à qui parler. Elle poursuivit sa lecture.

– *Grand-pa Koumba, Théodore Moba, Hector Gassa*…

– Jamais entendu parler.

Carle fit signe au substitut qu'elle ne l'oubliait pas. Lola reprit son énumération.

– *Gildas Sénéchal, Mondo*…

– Sénéchal était le meilleur ami de Mars. Ils déjeunaient souvent ensemble.

– Ménard le fréquentait ?

– Sénéchal est un snob qui a connu les ors de la République et ne fréquente pas la piétaille. Sébastien avait pourtant fait Sciences-Po. Il passait beaucoup de temps à lire.

Elle eut un sourire parfumé à la tristesse. Lola connaissait le sentiment. C'était dur de perdre un partenaire. Surtout un gamin qui avait la vie devant lui.

– *Mathilde Candichard, Guillaume Candichard*…

Lola n'avait plus de nom sur sa liste. Elle fit une dernière tentative.

– Comment était Ménard sur la fin ?

– Plus nerveux depuis le départ de Duguin. Et puis je me souviens qu'il voulait une mutation. Duguin nous avait plantés là. Sébastien ne comprenait pas. Moi non plus.

– Une mutation, où ça ?

– Aucune idée. On ne vend pas la peau de l'ours… *Avant de se faire tuer.* Carle était triste. Et encore en colère. Elle en voudrait longtemps à Sacha.

– Vous prenez trop de risques pour quelqu'un qui n'en vaut pas la peine, madame Jost.

Le substitut s'impatientait, elle déclara d'un ton ferme qu'elle devait le rejoindre.

Cette fois, on se contenta de sonner et d'attendre qu'il apparaisse. Il avait un livre dans la main gauche. Lola se retint de lui mettre une claque.

– Maintenant que je te connais, Lola, je devine que tu es mal lunée.

Il les fit entrer.

– Et vous êtes ?

– Jake Carnegie, l'ami d'Ingrid.

– Génial, on va pouvoir faire un poker ou une partie de Monopoly.

Berlin ouvrit le réfrigérateur, tendit la bouteille de lait à Ingrid.

– Si tu aimes les gags récurrents, GI girl, fais-toi plaisir.

– Et le fait que tu aies connu et fréquenté le lieutenant Sébastien Ménard, c'est un gag aussi ? demanda Lola.

– Quel est le problème ? Oui, je connaissais le gamin Ménard. Mars me l'avait présenté.

– Pour quoi faire ?

– Pourquoi pas. Il avait fait Sciences-Po. Les souvenirs d'un vieux con de la DCRI, ça l'intéressait.

– Ce qui est bizarre, c'est que tu l'as revu après la fuite de Mars.

Il se gratta la tête avant de rire franchement.

– Tu deviens plus parano que moi, ma grande. Duguin s'était barré en Afrique. Ménard en avait sa dose de la Crim', du scandale Mars, de l'impétuosité du commandant Duguin. Il m'a demandé si je pouvais le recommander à la DCRI.

Les déclarations de Berlin coïncidaient avec celles de Carle. Lola en fut soulagée. Ingrid but le reste de lait et jeta la bouteille au recyclage.

– Il a rencontré du monde à la DCRI ?

– Pas que je sache. Le pauvre môme est mort avant. Eh, les filles ?

Elles le questionnèrent du regard.

– Je crois que quelqu'un est au courant de vos moindres faits et gestes. Et des miens. Bref, on est dans la même galère. Moralité, joignons nos forces plutôt que de nous chicaner.

Le coup de fil de Carle arriva quelques secondes plus tard.

– Ça m'est revenu, madame Jost. J'ai fait des vérifications auprès de la secrétaire de la Brigade. Vous m'avez donné le nom des Candichard…

Jake s'était garé illégalement devant le porche et attendait dans la voiture.

Dans l'ascenseur opaque, ils se firent l'effet de sardines en boîte mais Lola jugea l'after-shave de Berlin agréable.

Elles restèrent en retrait. Il se plaça devant l'œilleton, sonna, déclina son identité. La veuve lui ouvrit sa porte et regretta son geste. Ils entrèrent en force.

Ingrid fit un tour rapide de l'appartement. Mathilde Candichard était seule.

– Vous n'avez pas le droit…

– Vous avez contacté le lieutenant Ménard, commença Lola. C'est un fait.

– Qui ça ?

– N'essayez pas de vous payer ma tête. Sébastien Ménard travaillait sous les ordres du commandant Duguin à la Criminelle. Il a été abattu par un motard, dans le quartier Saint-Michel, l'été dernier.

– Je l'ignorais.

– Vous mentez.

– J'avais oublié son nom. En fait, c'était le commandant Duguin que je voulais voir. Le lieutenant m'a accueillie à sa place parce que son supérieur n'était pas disponible.

Et pour cause, il était en Afrique.

– Pourquoi vouliez-vous voir Sacha Duguin ?

– Il était l'adjoint de Mars… Je voulais des explications.

– Quelles explications ?

– Comprendre. Qui était le divisionnaire. Et pourquoi il avait fait tant de mal à mon mari…

Un nouveau coup pour rien. La veuve ne leur avait rien appris d'excitant. Ils échangeaient leurs impressions dans la Twingo. Lola avait déjà repéré la peur sous la colère, lors de leur première visite. Cette fois, la peur avait viré à l'angoisse. Celle que l'on éprouve pour ses proches.

– Mathilde Candichard ne dira rien. Elle est terrorisée à l'idée que quelqu'un s'en prenne à son fils.

– Oui, je suis assez d'accord, admit Berlin.

– Nous ne lui avons pas appris la mort de Ménard contrairement à ce qu'elle prétend. Elle était déjà au courant.

– Que fait-on ? demanda Ingrid.

– Moi, je sais ce qu'il faut faire, répondit Berlin. Mais ça ne va pas vous plaire.

32

Vendredi 8 février

Il aurait dû s'offrir une voiture correspondant à son standing mais n'en possédait pas et rentrait chez lui en Vélib'. Lola et Berlin trouvaient l'idée étrange, Ingrid n'y voyait aucun inconvénient. Dans son pays, les milliardaires du Web s'habillaient comme des ados sans le sou, un chirurgien français pouvait donc se déplacer à vélo.

En attendant, pister Candichard junior en Twingo n'était pas aisé. On traversa Paris à une allure de gastéropode et en évitant de se faire repérer pour constater que le chirurgien du prestigieux Hôpital américain de Neuilly habitait un coin pas très glamour du 19e. La silhouette du dragon de la Cité de l'Industrie baignant dans une brume légère enthousiasma Ingrid.

Guillaume Candichard gara son Vélib', remonta le quai de la Gironde, franchit un porche jaune délavé.

– Le demi-tour est encore possible, répéta Berlin. On lui fait courir un risque en se pointant chez lui.

– On t'avait compris dès la première fois.

– S'il est sous surveillance, les craintes de sa mère peuvent se concrétiser, Lola.

– On a pesé le pour et le contre. On ne va pas remettre ça.

– Tu ne viendras pas te plaindre, conclut-il en descendant de voiture.

– Je continue de surveiller les environs, confirma Jake à Ingrid.

L'immeuble était décati, des touffes d'herbe lui chatouillaient la base. Pas d'ascenseur, ils grimpèrent les étages dans une odeur d'urine et un air de tango qui s'amplifia.

– *It's so beautiful*, dit Ingrid en fermant les yeux.

Lola la revit dans un flash. Le numéro au *Calypso* sur une musique de Carlos Gardel. Si seulement elles pouvaient se téléporter dans un avenir meilleur…

La porte s'ouvrit. Guillaume Candichard baignait dans la langueur du tango mais son humeur était massacrante.

– Je vous reconnais, les fouille-merde. Et ce type, c'est qui ?

Berlin répliqua qu'il avait un certain nombre de questions à lui poser et n'accepterait que des réponses courtes et intéressantes.

– Mais vous vous prenez pour qui ?

– Pour un type qui connaît l'essentiel des techniques pour rendre causant. Tu as le choix. Retourner à la case généraliste ou continuer à opérer.

– Quoi ?

– Obéis ou je te pète les doigts, un à un.

Il avait ceinturé Guillaume et lui tordait la main droite. Le chirurgien poussa un cri de douleur, promit de se tenir tranquille, écouta Lola lui détailler ses liens avec Sacha Duguin et Arnaud Mars.

– Il m'a semblé que vous aviez des choses à nous dire lors de notre brève rencontre chez votre mère, continua-t-elle. Eh bien, c'est le moment.

– J'ai du mal à croire que vous agissez pour votre ami Duguin.

– C'est pourtant vrai.

– Bon, passons au jeu des questions, reprit Berlin. Tu as payé quelqu'un pour descendre Mars ?

– Mais vous êtes malade !

– Et Gratien ?

– Bon sang, jamais de la vie ! C'est peut-être dans vos habitudes d'assassiner à tour de bras. Apparemment, on ne vit pas sur la même planète.

– Qui dit Gratien dit carnets. Or ce sont eux qui ont servi à briser la carrière de ton père. Tu sais quelque chose que je ne sais pas. Ta mère aussi. C'est aussi simple que ça.

– Vous êtes à côté de la plaque.

– Explique.

– Les carnets n'ont pas servi à *briser* sa carrière. Quand Sénéchal lui a expliqué que, s'il ne retirait pas sa candidature, les extraits des carnets de Gratien seraient envoyés à la presse, mon père l'a cru, c'est vrai. Il a su que cette présidentielle contre Borel était perdue, mais, dans ce foutu monde de la politique, on peut rebondir. Et c'est bien ce que mon père avait l'intention de faire. Il voulait retourner Richard Gratien. Ce type allait toujours au plus offrant. Si mon père remportait la prochaine présidentielle, il devenait l'homme à choyer. Gratien le savait. Ses allégeances fluctuaient au gré de ses intérêts.

Lola pensa à Talleyrand. *En politique, la trahison n'est qu'une question de date.* Richard Gratien prêt à retourner sa veste ? D'après Armand Bianco, ça n'aurait pas été la première fois.

– Votre père avait ses chances de devenir président ? demanda-t-elle.

– Il avait du talent, du charisme. Et une assise forte parmi les militants que n'avait pas Borel. Mon père connaissait la réalité économique parce qu'il avait dirigé sa propre boîte dans le bâtiment. C'était un ingénieur de formation, il me disait souvent qu'il aurait été de salubrité publique de faire sauter l'ENA, « cette fabrique à sociopathes qui ne se sentent exister qu'en étouffant le talent des autres ». Il se percevait comme l'antithèse du politicien à la française. Il avait vraiment envie de faire la différence. Du moins, au début de sa carrière. Après, j'imagine qu'on apprend le compromis.

– Ça m'a plutôt l'air de suppositions. Rien ne prouve que Gratien…

– Mon père l'avait reçu à plusieurs reprises. Un lien s'était noué entre eux.

– Qu'est-ce qui n'a pas marché ?

– Je ne l'ai jamais vraiment su.

– Un petit effort, dit Berlin. Tu étais bien parti.

– J'ai passé des années à essayer de comprendre dans quoi s'était fourré mon père. Ma mère, qui était sa confidente, n'a jamais voulu me le dire. Mais il y a une chose que je sais. C'est que sa confiance s'est écroulée d'un seul coup. Un jour, il n'a plus été le même. Et c'est à partir de là que sa carrière politique s'est fracassée. De sa propre volonté, je crois. On peut appeler ça du dégoût.

– C'était quand, cette prise de conscience tardive ? reprit Berlin.

– Après un attentat en Syrie. L'affaire Aerolix. La mort de dix-huit employés de cette société.

– Basée à Rennes et spécialisée dans les hélicos de combat. Oui, je connais, dit Berlin. Continue.

– À Damas, un véhicule bourré d'explosifs a percuté l'hôtel où logeaient les Français. J'ai surpris une conversation entre mes parents à ce sujet. Mon père était dévasté.

– C'est après Damas qu'il a abandonné la politique ?

– Oui. Depuis, j'ai fait des vérifications. L'État français avait conclu un contrat de vente d'hélicos de combat avec la Syrie dans les années quatre-vingt-dix, à l'époque où mon père était ministre des Affaires étrangères. L'équivalent de sept cent trente millions d'euros. Le comité électoral de mon père a perçu des sommes provenant de rétrocommissions. C'est un fait.

– Et ces sommes sont liées au contrat Aerolix ? demanda Berlin.

– Il y en a eu d'autres. C'était un montage compliqué, mais le contrat Aerolix a été la source la plus importante des rétrocommissions.

– Vous le savez de source sûre ? intervint Lola.

– Je le tiens d'un vieil ami de mon père. Il dirigeait son comité de soutien. Il est mort depuis.

Berlin et Lola échangèrent un regard. Elle supposait qu'il éprouvait la même émotion que lui. Ce sentiment d'avoir enfin réussi à ouvrir une porte cadenassée. Pendant ce temps, Ingrid n'avait rien trouvé de mieux à faire que de s'évaporer.

Lola et Berlin avaient réintégré la Twingo. Jake voulut partir à la recherche d'Ingrid et se ravisa en l'apercevant.

– J'ai fouillé le baraquement, annonça-t-elle.

– La baraque, plutôt.

– *Anyway*. Guillaume est tout sauf un pourri.

L'appartement était certes spacieux mais ne contenait que le strict nécessaire. Plutôt que d'amonceler des biens, le chirurgien avait cumulé les missions humanitaires, notamment avec Médecins du monde. Depuis une dizaine d'années, il était membre d'une association internationale de chirurgiens sans frontières et opérait gratuitement des enfants atteints de malformations dont les familles étaient démunies.

– Je pense qu'il est sincère quand il dit que la politique n'est pas son monde.

– Moi aussi, admit Lola.

– Un saint ? ironisa Berlin.

– Plutôt un fils qui tente de laver les fautes de son père.

– *« Adiós muchachos, compañeros de mi vida... »*

Ils se tournèrent vers Ingrid qui fredonnait les yeux fermés. Jake lui caressa la joue en souriant puis mit le contact.

33

Attentat sanglant à Damas

AFP, 23 novembre 1998

L'ATTENTAT REVENDIQUÉ PAR LE GROUPUSCULE ISLAMISTE BADA A FAIT UNE TRENTAINE DE MORTS DANS LA CAPITALE SYRIENNE, DONT UNE MAJORITÉ DE FRANÇAIS, ET UNE CENTAINE DE BLESSÉS. PLUSIEURS PERSONNES SONT TOUJOURS PORTÉES DISPARUES.

Ce 22 novembre, il est 19 h 30 dans le quartier des ambassades et des institutions bancaires lorsqu'un kamikaze au volant d'une Toyota Accord force les barrières de sécurité entourant l'hôtel Madison. Son véhicule bourré d'explosifs percute ensuite la façade du bâtiment, provoquant une violente explosion dont l'onde de choc se ressent jusqu'à 4 kilomètres à la ronde. Des salariés de la compagnie Aerolix, en mission d'assistance technique, sont alors en réunion. Sur la centaine de personnes proches de la zone de l'impact, trente vont périr, dont dix-huit cadres et techniciens de l'entreprise française basée à Rennes et spécialisée dans les hélicoptères de combat.

« J'ai d'abord pensé qu'on avait été touché par un missile », raconte un employé de l'hôtel. « Les vitres ont explosé d'un coup. Atteint au crâne par du verre brisé, je

me suis retrouvé couvert de sang. Le bruit de l'explosion avait été énorme, des gens criaient et cherchaient une issue dans la fumée et la poussière. D'autres essayaient de porter secours aux victimes inanimées. L'ambassade américaine n'étant pas loin, ma première idée a été que les États-Unis étaient visés et que le missile avait raté sa cible. D'ailleurs, des soldats et des civils américains sont arrivés très vite pour nous évacuer. »

Une partie de la façade de l'hôtel a été détruite par l'explosion et les salles de réunion du rez-de-chaussée ont été broyées par l'effondrement des étages supérieurs. Les autorités locales ont dépêché plus de deux cents pompiers, policiers et sauveteurs pour déblayer les décombres et retrouver d'éventuels survivants ou de nouvelles victimes. Ce matin, alors que les hélicoptères de l'armée syrienne sillonnaient le ciel de Damas, ces équipes étaient toujours au travail et rejointes par des spécialistes de la médecine légale et des experts en explosifs.

Bada, un groupe islamiste confidentiel, mais lié à Al-Qaida a revendiqué l'attentat quelques minutes après le drame en envoyant une cassette vidéo à l'agence Associated Press de Damas. Un homme cagoulé affirme la volonté de Bada de « porter atteinte aux intérêts du Grand Satan et de ses alliés ». En agissant au moment où les cadres étrangers menaient leurs réunions de travail et où le restaurant et le bar du Madison faisaient le plein, les terroristes ont choisi leur créneau pour, semble-t-il, infliger le maximum de pertes humaines…

Lola finit de lire à haute voix l'article trouvé dans les archives du site de *Politika* puis s'adressa à Berlin et Ingrid.

– Des idées ?

Ingrid haussa les épaules et continua de tracer des spirales invisibles sur la table. Berlin composa un numéro sur son portable, s'entretint avec une certaine Gabrielle, prit des notes et remercia son interlocutrice avant de raccrocher.

– Une amie de la DCRI vient de m'apprendre que l'affaire Aerolix a été instruite dès 1998 par le juge Pierre-Louis Malbourg, lequel a fini par prendre sa retraite. Olivier de Genans, du même pôle antiterroriste, le remplace depuis quelques mois.

– C'est peut-être lui le jeune juge auquel pensait Mars, suggéra Ingrid.

Lola lui décocha un sourire radieux. Décidément, malgré ses airs naïfs, Ingrid utilisait ses neurones à plein.

On déchanta en fin de journée. Berlin avait joint le pôle antiterroriste de la rue Saint-Éloi et essuyé un refus catégorique, puis ameuté tous les contacts qui lui restaient à la DCRI et ailleurs, rien n'y avait fait. Olivier de Genans était trop occupé pour les recevoir dans l'immédiat.

– Et même dans le futur, admit Berlin. Sa greffière vient de me faire comprendre poliment qu'en tant que non-officiels on n'avait pas vraiment nos chances. Rien d'étonnant.

– Pourquoi ? demanda Lola.

– Un juge antiterro nage dans un océan de paperasse parce que dans son domaine plus qu'ailleurs, le nerf de la guerre, c'est l'info, et bien sûr son décryptage et son analyse. En écoute, le terroriste islamique est du genre causant. Al-Qaida, c'est un océan à lui seul, avec des milliers de poissons qui gigotent fébrilement. En prime, Genans a récupéré les dossiers de son prédécesseur. Il doit crouler sous le boulot. Il n'est pas près de nous accorder un entretien.

– Il *faut* qu'on voie ce juge. Je trouverai un moyen.

Elle se replongea dans la lecture des articles de presse, apprit que le kamikaze qui pilotait la Toyota bourrée d'explosifs n'avait jamais pu être identifié malgré les relevés ADN. En revanche, deux suspects, membres de la mouvance Bada, avaient été arrêtés parce qu'on les soupçonnait d'avoir fourni la voiture et les explosifs. Les enquêteurs avaient récupéré une partie du numéro du bloc-moteur de la voiture et identifié le garage qui l'avait vendue aux deux hommes. Après être passés aux aveux, ceux-ci s'étaient rétractés. Pas de preuve irréfutable donc, mais la piste terroriste restait la thèse numéro un. Au fil des années, voyant l'affaire stagner, les familles des victimes étaient montées au créneau pour exprimer leur mécontentement auprès des pouvoirs publics. Leurs critiques avaient été largement relayées par la presse.

Entre-temps, Jake était allé au ravitaillement et revenait avec des pizzas et du bordeaux. Il passa le repas à essayer de convaincre l'ex-espion de lui raconter ses souvenirs pour un portrait dans le *New Yorker*. Ingrid reçut un coup de fil de Las Vegas. Après une brève conversation, elle se tourna vers Lola, l'air accablé.

– Mon boss. Si je ne suis pas de retour la semaine prochaine, je perds mon job.

– C'était à prévoir, répliqua Jake d'une voix impassible.

Les deux Américains rentrèrent à l'hôtel. Lola se retrouva seule avec Berlin et son regard sibérien.

La nouvelle du départ imminent d'Ingrid lui avait sabordé le moral. Elle se faisait l'effet d'un saint-bernard sur le retour. Et en guise de compagnon, elle n'avait plus qu'un vieil husky même pas fichu de lui ouvrir le bureau d'un juge. À quoi bon avoir été bureaucrate à la DCRI une vie durant ?

– La GI girl est ta meilleure amie ?

– Affirmatif.

– Règle cette affaire et pars vivre à Las Vegas.

– Je n'aime pas les jeux d'argent.

Il hocha la tête d'un air narquois puis annonça qu'il ferait la vaisselle, elle reprit ses recherches sur le Net. Il avait les mains dans la mousse lorsqu'il l'entendit pousser un cri de joie.

– Qu'est-ce qui t'arrive ?

– Il y a peut-être une solution.

Après l'avoir écoutée attentivement, il appela cette intrigante Gabrielle avec laquelle il semblait être en parfaite connivence. Il obtint un numéro de téléphone, une adresse à Rennes et remercia chaleureusement son ex-collègue de la DCRI avant de raccrocher. Il tapa un code sur son portable, expliqua à Lola qu'il lui permettait de voiler ses coordonnées. Lola perçut une voix féminine qui répéta « Allô ? » plusieurs fois. Berlin resta silencieux puis raccrocha.

– La cible est au bercail. Je te propose de débarquer sans prévenir.

– Maintenant ?

– Quatre heures de route, Lola. Pas plus. Même avec ta vieille bagnole fatiguée.

34

Le ciel était un gros volatile qui les couvait de sa masse grise. Une mince plume de lumière, au loin, droit devant eux. Berlin ne s'était arrêté qu'une fois pour faire le plein et contrôler la pression des pneus. Maintenant, il tuait le temps en lui racontant sa vie. Pas la phase bureaucratique, l'autre. La partie à la fois sombre et brillante. Sa période glorieuse à traquer des terroristes potentiels ou confirmés.

– C'est un job où tu apprends à te méfier définitivement des apparences. Le type qui ne va jamais aux putes n'est pas le plus dangereux. Intéresse-toi plutôt à celui qui sort en boîte, boit de l'alcool, écoute du rap américain. Si ça se trouve, il donne le change.

De son point de vue, l'Occident avait eu le tort de laisser se développer les camps d'entraînement dans la zone pakistano-afghane.

– Ils ont été la Star Academy du terrorisme. Ensuite, quand Al-Qaida est passé au djihad sur Internet, sa puissance s'est décuplée. Finalement, on est dans la même logique qu'au Moyen Âge quand on embrigadait des combattants pour les croisades. On leur vendait un bon scénario. La libération du tombeau sacré du Christ, la mission en Terre sainte. Et au bout du compte, le salut de l'âme éternelle.

– Le royaume des cieux ressemble au jardin d'Éden de l'islam.

– La science de la communication ne date pas d'hier mais, au XXIe siècle, elle a trouvé son outil ultime.

Il s'animait, lui jetait des coups d'œil perçants. Sous la carapace du vieux grognon perçait l'homme de passion. Le pro qui avait abandonné un job captivant par devoir familial. Lola commençait à admirer l'abnégation du bonhomme.

– Ces années d'immobilité à les écouter n'ont pas été inutiles, Lola. Quand tu es pris dans le feu de l'action, et surtout quand le risque de se faire descendre n'est pas neutre, tu penses utile. Et c'est forcément réducteur. Plus tard, assis dans l'ombre à écouter des gars parler de leurs prochaines prouesses contre le Grand Satan, j'ai enfin compris ce qu'ils ressentaient. Ils sont persuadés d'agir par noblesse. On a réussi à les convaincre qu'ils seraient toujours gagnants. Dans la vie ou dans la mort. Soldats survivants ou martyrs aux portes du paradis, même combat.

Il n'y avait pas de monstres mais des êtres humains. De jeunes hommes souvent embringués alors qu'ils n'étaient que des gamins. Des mômes à qui l'on a fait croire que la loi du talion était la seule solution.

– Tu fermes les yeux, tu te laisses imprégner par leurs voix, tu comprends d'où ils viennent.

– Tu as un smartphone ?

– Non, rien qu'un téléphone crétin, comme toi.

– Dommage, un GPS n'aurait pas été du luxe, Lola.

Rennes, entre chien et loup. Berlin plissait les yeux pour déchiffrer les panneaux. Bien qu'ayant une excellente vue, Lola l'imitait par empathie. Direction le parc du Thabor puis la rue de la Palestine.

Ils observèrent l'immeuble à travers le pare-brise. L'habitante des lieux était le seul espoir de débloquer la situation. Mais son état psychologique serait-il le bon ?

Elle ouvrit sa porte avec vivacité. Brune, l'air décidé et ouvert, moins de trente ans. Lola avait lu son portrait et une interview dans les archives de *Ouest-France*. « L'ado qui rejette la Légion d'honneur pour son papa. » Du haut de ses quatorze ans, Géraldine Jolin était devenue une célébrité locale le 27 novembre 1998, jour où elle avait refusé que son père, un ingénieur en électronique, soit décoré à titre posthume par le président Borel.

Elle n'avait pas plus accepté la manière dont Aerolix avait traité les familles. Sa mère avait appris le drame par la radio, la direction de l'entreprise ayant attendu plusieurs heures avant de dépêcher un messager à leur domicile. Géraldine parlait de volonté de contrôle, voire d'obstruction, critiquant l'omniprésence de psys militaires et de conseillers alloués à chaque famille et « censés apporter un soutien mais opérant en réalité une mission de flicage ». Elle se plaignait du fait qu'Aerolix avait voulu dissuader les familles de porter plainte au pénal. La suggestion de s'adresser à un tribunal plus discret, celui de la Sécurité sociale, en tablant sur le fait que la démarche serait plus efficace pour récupérer des indemnités, l'avait mise hors d'elle. Elle n'était pas une fille vénale, elle voulait la vérité. Du coup, Géraldine Jolin avait ameuté les dix-huit familles concernées et réussi à convaincre douze d'entre elles de se constituer partie civile.

Lola expliqua qu'elle était une amie d'un officier de la Criminelle injustement accusé du meurtre de son supérieur. Et que ce meurtre était sans doute lié, de près ou de loin, à l'affaire Aerolix. Géraldine resta interdite un instant et se ressaisit vite. Elle les pria d'entrer. Lola lui détailla ce qu'elle avait appris. Calme et concentrée, la jeune femme l'écouta sans l'interrompre et prit des notes dans un calepin.

– Juste avant de mourir, Arnaud Mars a utilisé les carnets de Gratien pour révéler que Louis Candichard avait financé sa campagne à partir de rétrocommissions, poursuivit Lola. Ce n'est qu'aujourd'hui que j'ai appris que le contrat de ventes d'hélicos Aerolix à la Syrie était l'une des sources de ce financement. Sans doute la plus importante.

– Qui vous l'a dit ?

– Guillaume Candichard, le fils du ministre qui s'est suicidé. Ce contrat date du début des années quatre-vingt-dix, l'attentat de Damas de novembre 1998. Il a été revendiqué par un groupuscule terroriste. N'empêche. Il y a des zones d'ombre. Et je veux savoir qui a tué Mars et pourquoi mon ami Sacha fait un coupable tout trouvé. Jusqu'à présent, Richard Gratien était assez logique dans le rôle du commanditaire de l'assassinat de Mars. Ce même Gratien qui a été le facilitateur du contrat Aerolix…

– Gratien, c'est cet avocat spécialisé dans les contrats d'armement qui a été assassiné par un codétenu à la Santé ? J'ai entendu ça à la radio…

– Oui, c'est bien lui.

– Mais je n'ai aucun lien avec ce genre de personnage.

– Joseph et moi avons rassemblé un certain nombre de données. Lorsque j'ai lu que vous aviez constitué un collectif des familles des victimes décédées et que vous en étiez le porte-parole, je me suis dit que vous deviez avoir une relation privilégiée avec le juge d'instruction.

– Vous avez vu juste, madame Jost. Je suis l'interlocutrice du juge Genans. Surtout depuis que Pierre-Louis Malbourg a pris sa retraite.

– *Surtout ?*

– Je m'entendais mal avec Malbourg. Il nous prenait de haut et j'ai toujours pensé que ménager les représentants de l'État l'intéressait plus que de découvrir la vérité. Genans est d'un autre bois. Énergique, sans parti pris, il appelle un chat un chat. Au lieu de nous convoquer à Paris, il a pris la peine de se déplacer jusqu'à Rennes pour nous tenir au courant des évolutions de l'instruction.

– Il reprend le dossier à zéro ? demanda Berlin.

– Oui, et il a déjà fait du beau travail. Récemment, il a pu joindre par téléphone les avocats des terroristes présumés. Il aurait aimé se rendre à Damas pour aller plus loin, mais, depuis les événements en Syrie, c'est devenu impossible.

Lola savait que les deux membres du groupe Bada avaient été arrêtés par la police syrienne très vite après l'attentat grâce au numéro du bloc-moteur de la Toyota. Le garagiste qui leur avait vendu la voiture les avait formellement reconnus. De plus, les papiers du véhicule avaient été retrouvés chez l'un d'eux. Arrêté, le duo était passé aux aveux avant sa condamnation à mort. La peine tardait à être exécutée car les prisonniers étaient revenus sur leur déclaration et prétendaient avoir été instrumentalisés. Par qui ? Ils n'étaient pas allés jusqu'à faire des révélations et griller trop vite leurs dernières cartouches.

– J'ai téléphoné au juge Genans, dit Lola, mais il n'a pas pu ou voulu nous recevoir.

– Genans se méfie. Il est sollicité sans cesse par les journalistes. Sans compter les commis de l'État que son enquête chiffonne. Et sa hiérarchie guette le moindre faux pas pour le freiner…

– Intercédez en notre faveur. Après ce que vous venez de nous dire, je suis plus que jamais convaincue que nous avons intérêt à unir nos forces.

Lola récupéra un regard intense. Géraldine Jolin l'aiderait, elle en avait la certitude. Elle les percevait comme deux agents provocateurs très utiles dans son combat personnel.

La jeune femme composa un numéro de téléphone de mémoire, demanda à parler au juge Genans, écouta la réponse, remercia et raccrocha.

– Le juge est en réunion. Sa greffière m'a promis qu'il me rappellerait ce soir. Vous rentrez à Paris ?

Il pleuvait sur Rennes. Furieusement. Berlin proposa à Lola de passer la nuit à l'hôtel et de rentrer tôt le lendemain. Elle accepta.

– Je lui résumerai notre conversation, reprit Géraldine Jolin. Ça devrait le convaincre de vous recevoir. Il a un côté Don Quichotte, qui ne lâche rien et ne craint personne…

– Méfiez-vous du téléphone, lâcha Berlin.

– Un Quichotte d'accord, mais un Quichotte prudent. Il utilise un téléphone sécurisé pour certaines de nos conversations.

– Bien vu.

– Je tâcherai de vous obtenir un rendez-vous au plus vite.

Lola promit à la jeune femme de la tenir au courant du développement de leur enquête.

– Inutile de promettre. Je sais que vous le ferez. À force, je suis devenue une assez bonne évaluatrice des gens.

– C'est une battante, cette môme, Lola. J'aime bien.

– Oui, ça fait plaisir.

– Mais si ça devait mal tourner, je n'aimerais pas que ma fille se batte comme ça pour moi.

– Au détriment de sa propre existence.

– Oui. Manque de chance, je ne peux pas lui raconter nos pépins. Ça l'inquiéterait. Tu vois le dilemme ?

– Bien sûr.

– Tu as des enfants, Lola ?

– Un fils. Le genre homme invisible. Il vit depuis des années à l'étranger. En ce moment, c'est le Brésil. Tu n'as qu'à lui écrire.

– À l'homme invisible ?

– À ta fille. Une lettre à n'ouvrir qu'après ta mort. Et dans laquelle tu exigerais qu'elle vive sa vie.

– Littéraire, le procédé.

– Oui, j'ai été prof de français avant de virer flic.

Il lui décocha un regard surpris, essuya la buée sur le pare-brise et mit le contact.

Pluie et vent se liguèrent contre la Twingo. Berlin se gara devant le premier hôtel venu. On leur donna des chambres mitoyennes. Lola téléphona à Ingrid et lui révéla les détails de sa rencontre avec Géraldine Jolin. L'amie américaine ne cacha pas son enthousiasme.

Ils partagèrent des moules et une bouteille de sancerre. Lola réalisa que c'était le premier repas civilisé qu'elle s'accordait depuis des semaines. Berlin avait tenu à s'installer au fond de la salle à manger pour surveiller les allées et venues. Qui se limitèrent à celles d'une famille néerlandaise et de quelques commerciaux en tournée.

– Je viens de me renseigner sur Olivier de Genans, dit-il en produisant son fameux sourire en coin. Il est mal noté par sa hiérarchie, on l'empêche autant que possible d'effectuer des missions à l'étranger et le nombre d'affaires dont il s'occupe diminue chaque année.

– C'est bon signe ?

– Eh comment !

– Un magistrat du siège est inamovible et impossible à muter contre sa volonté, mais le président du tribunal a d'autres moyens pour essayer de recadrer les jeunes rebelles comme Genans. C'est ça ?

– Bien sûr.

– C'est Gabrielle qui t'a rencardé sur le juge ?

Berlin se contenta de hocher la tête. Quelle était donc la nature exacte de son lien avec cette femme si généreuse en informations ?

Géraldine Jolin appela peu après. Olivier de Genans leur donnait rendez-vous rue Saint-Éloi, au pôle antiterroriste, le lendemain à quatorze heures.

– Le juge travaille même les week-ends, dit Berlin. C'est de bon augure.

– J'admets.

– Il y a un ami fidèle qu'il ne va pas falloir oublier d'emmener dans ton lit, cette nuit.

Elle leva un sourcil intrigué, attendit la suite.

– Ton Manurhin, Lola. Garde-le à portée de main.

35

Samedi 9 février

– Sept heures, debout là-dedans, retour à Paris !

Berlin avait raccroché. Lola se leva en grommelant. Hier soir, le sancerre et les questions en suspens l'avaient maintenue éveillée longtemps. Elle aurait apprécié un moment de répit.

Sur le parking, il auscultait la Twingo dégoulinante de la dernière pluie. Il cherchait un éventuel détonateur.

– Nous sommes devenus deux grosses nuisances.

– J'en suis consciente, Joseph.

– Tant mieux. Lola ?

– Oui ?

– J'ai écrit la lettre, hier soir, dit-il en tapotant sa poche.

– Et qui la donnera à ta fille ?

– Gabrielle.

Il s'arrêta à la première station-service, fit le plein, demanda au garagiste de vérifier l'état du moteur. Un peu plus tard, un mécanicien contrarié annonça que le système de freinage était lésé.

– Si je n'avais pas soulevé votre capot, votre voiture se serait crashée. Et peut-être bien à pleine vitesse sur l'autoroute.

Berlin téléphona à l'hôtel. Le patron n'avait vu personne rôder sur son parking la nuit passée. Le garagiste tenta d'expliquer à Lola qu'il la contacterait une fois le système de freinage remplacé. Devant son manque de réaction, il s'adressa à Berlin. Lola se réfugia aux toilettes, constata qu'elle tremblait, s'éclaboussa le visage à l'eau froide et interpella son reflet dans le miroir.

– Bon sang, mais dans quoi tu t'es fourrée ?

Berlin appelait un taxi. Elle envia son self-control et le rejoignit le plus calmement possible. Elle le remercia de lui avoir sauvé la vie.

– Dès le premier jour, j'ai su que tu allais me porter la poisse.

– C'est réciproque, répliqua-t-elle en copiant son sourire tordu.

Ils prirent le premier TGV pour Paris.

Lola regardait le paysage en pensant à la mystérieuse Gabrielle. Ils étaient partis à Rennes sur un coup de tête. Qui avait pu deviner leur intention d'interroger Géraldine Jolin ?

– Fausse route, Lola. Gabrielle est sûre à cent pour cent.

– Je te trouve bien peu précautionneux pour un spécialiste du renseignement.

– Après la mort de ma femme, on a été ensemble, un moment. Gabrielle est quelqu'un de bien, qui prend des risques pour moi. Elle sait ce qu'il en coûte de divulguer des infos en provenance de la DCRI. Ça peut aller jusqu'à sept ans de tôle.

– Admettons.

– Je réponds d'elle. Mais je n'en dirais pas autant de GI girl et de son Carnegie. En dehors de Gabrielle, ils étaient les seuls à connaître notre destination.

– Ingrid, oublie. C'est du cent pour cent, comme ta Gabrielle.

– Ce n'est pas *ma* Gabrielle, je ne suis plus avec elle.

– J'avais compris.

– Carnegie.

– Quoi, Carnegie ?

– Ce type pose trop de questions.

– Un journaliste qui ne pose pas de questions, c'est un peu comme un boucher manchot.

– Mon portrait dans le *New Yorker*, tu y crois, toi ?

Un taxi les mena jusque chez Lola. Berlin attendit dans la voiture qu'elle se débarrassât de son Manurhin. Puis le taxi les déposa devant le Palais de justice.

Au dernier étage, la galerie Saint-Éloi. Marbre, lambris, lumière de cathédrale. C'était la première fois que Lola mettait les pieds dans le fief de l'antiterrorisme. Ils franchirent le sas de sécurité et un planton armé les guida vers les deux gardes du corps d'Olivier de Genans, qui opérèrent une seconde fouille. Quelques minutes plus tard, une greffière à la voix douce vint les chercher.

Assis derrière des piles de dossiers et un ordinateur, un homme mince, au visage juvénile, présentant une certaine ressemblance avec Montaigne. À défaut de pourpoint, le juge portait une chemise blanche et une cravate bordeaux, desserrée. Au-dessus de sa tête, trois marionnettes balinaises étaient fixées dans une danse immobile.

Une brève poignée de main et il leur fit signe de s'asseoir. Géraldine Jolin lui avait communiqué les détails de leur conversation à Rennes, et, entre-temps, il s'était renseigné sur « leurs biographies respectives ».

– L'instinct de Géraldine a, jusqu'à présent, été excellent, mais je ne vous cacherai pas que je vous trouve singulièrement illégitimes.

Le ton n'annonçait rien de bon. Optant pour l'approche directe, Lola demanda si Mars l'avait contacté.

– Non, madame. Je n'ai jamais eu aucun contact avec le divisionnaire.

– Son épouse nous a confirmé que son mari souhaitait adresser à un « jeune juge » la copie des carnets de Richard Gratien. Ce même Gratien qui fut le facilitateur du contrat Aerolix et que vous ne pourrez plus jamais interroger. Vous reprenez le dossier de votre prédécesseur. Tout remettre à plat est difficile, surtout au moment où il vous est impossible de vous rendre en Syrie et donc de revenir à la source. Eh bien, ces carnets sont probablement un autre moyen d'y accéder.

Genans n'était plus sur la défensive et l'écoutait avec attention.

– Vous êtes en train de me dire que vous détenez ces carnets ?

– Non, mais si quelqu'un est bien placé pour avoir une chance de les récupérer, c'est nous, osa-t-elle en se tournant vers son compagnon.

Visage indéchiffrable, Joseph Husky Berlin gardait les bras croisés.

– En quel honneur, madame ?

– Parce que nous sommes illégitimes, justement. Et du coup, assez libres de nos actions.

Le juge la fixa un instant puis s'adressa à Berlin.

– Qui étaient vos supérieurs à la DCRI ?

Joseph cita quatre noms.

– Mon prédécesseur travaillait avec Yann Rainier, que j'ai essayé d'interroger, reprit Genans. Peine perdue, il est très malade.

– Oui, Yann a fait un AVC, il y a longtemps.

– Vous saviez qu'il suivait l'affaire Aerolix ?

– Yann suivait toutes les affaires liées au terrorisme islamique.

– Mais encore ?

– En 1998, je ne travaillais plus dans son service.

– Oui, vous étiez aux écoutes. Depuis peu.

Un job de responsabilité qu'on abandonne pour ramer en soute ? Bizarre. Lola devinait les pensées de Genans.

– Monsieur le juge, rassurez-vous, répliqua Berlin, je ne suis pas mandaté par la DCRI pour vous piéger ou vous soutirer des infos.

On n'entendit plus que la greffière remuer des papiers.

– Il faudrait donc que je vous accorde ma confiance.

Genans joua avec l'idée quelques secondes puis prit un air gourmand. Lola pensa que dans ce monde de vieux barbouzes et de vieux secrets il apportait une note rafraîchissante.

– Votre patron doutait du scénario officiel, continua-t-il. Quand le ministère de la Défense a enfin déclassifié certains documents, j'ai retrouvé une note adressée par Yann Rainier au juge Malbourg qui remettait en cause la thèse terroriste.

À force de s'esquinter les yeux sur le Net, Lola connaissait par cœur le scénario officiel. Un groupuscule de la nébuleuse Al-Qaida fait sauter un hôtel bourré d'Occidentaux, et notamment d'Américains puisque le Madison se trouvait près de l'ambassade des États-Unis. Trente victimes dont dix-huit Français.

Une centaine de blessés. Et le destin comme grand responsable.

Genans déclara que Rainier se basait sur ses contacts avec un officiel américain. La proximité de l'ambassade des États-Unis expliquait pourquoi cet homme avait pu se trouver sur le lieu de l'attentat très peu de temps après la déflagration.

– Vous connaissez le nom de cet Américain, monsieur le juge ? demanda-t-elle.

– La note ne le mentionnait pas. Soit parce que Rainier l'avait gardé pour lui, soit parce que les documents avaient été expurgés. Qui plus est, les Américains sur place étaient nombreux. Soldats, personnels de l'ambassade, agents de la CIA, que sais-je.

– Justement, rien de nouveau du côté des Américains ? reprit Berlin.

– J'ai eu accès à la note il y a trois mois. Depuis, je suis en contact avec des officiels US. Mais ça n'avance pas plus vite que le reste.

– Pourquoi ? demanda Lola.

– Damas, c'était en 1998. Autant dire, une autre époque. Depuis, il y a eu septembre 2001 et l'attentat contre les Twin Towers. Les moyens alloués par les États-Unis à la lutte contre le terrorisme ont explosé et…

– Leur paranoïa également. C'est ça que vous voulez dire ?

– Disons qu'on ne les interroge pas sur la base de vagues possibilités, madame Jost. Il faut arriver avec des dossiers bétonnés. J'ai tout de même pu contacter directement le responsable du personnel de l'ambassade. Il n'était pas en poste à l'époque et ne voit pas de qui il s'agit. Et en effet, rien ne prouve que le contact de Rainier ait été un officiel basé à Damas.

Lola venait de comprendre le problème. Le nom du contact était enfoui dans les synapses ravagées de Yann Rainier, l'ex-légende de la DCRI terrassée par un AVC.

– Effectivement, c'est un travail de longue haleine, madame. J'espère me rendre un jour à Damas pour échanger de visu avec les avocats, obtenir les scellés des enquêteurs locaux. Par ailleurs, des milliers d'infos dorment dans des téléphones portables, des ordinateurs, des documents de toutes sortes, tels les carnets mythiques de Richard Gratien. Alors oui, pourquoi ne pas accepter votre aide providentielle ? Mais comprenez bien que, pour moi, vous n'êtes qu'une piste parmi des centaines d'autres. Merci pour votre aide et tenez-moi au courant. Maintenant, veuillez m'excuser, j'ai une audition.

La greffière se tenait déjà debout à leurs côtés, prête à les raccompagner. Berlin cachait mal sa frustration. Il sortit de sa transe quand Lola lui tapota le bras.

Arrêt en haut du grand escalier chahuté par un vent glacial. Le ciel cendré, piqueté de minuscules flocons. Elle pensa au cerveau de Yann Rainier. Le vide sidéral ou la survie de quelques étincelles ?

– C'est ce que j'appelle un bide, Lola.

Elle lui proposa de visiter son ancien patron.

– Le pauvre est hors service.

– Tu y es déjà allé ?

– Oui, deux fois après son AVC. C'était… pénible de le voir dans cet état. En tout cas, impossible de communiquer. Et puis, le juge a essayé…

– Tu as une meilleure idée ?

Ils s'accoudèrent au comptoir du café le plus proche. Le portable de Lola brisa leur silence inconfortable. Elle écouta, posa quelques questions, demanda à son interlocuteur de patienter. Elle annonça à Berlin que le garagiste rennais avait trouvé « un bidule bizarre planqué sous la carrosserie de la Twingo ». Il interrogea l'artisan à son tour puis raccrocha, furieux.

– On nous a mis un mouchard. GPS en lien avec un ordinateur.

– On sait comment on a été filés jusqu'à Rennes. C'est au moins ça d'éclairci.

Berlin avait fermé les yeux et respirait profondément par le nez. Une fois calmé, il appela la providentielle Gabrielle. Elle lui communiqua l'adresse d'une maison de retraite médicalisée en région parisienne, au Perreux.

36

– Ingrid. Entre. Qu'est-ce qui me vaut l'honneur ?

– Je repars bientôt aux États-Unis, Mondo. Je suis venue te faire ton dernier massage.

Il la serra dans ses bras, lui murmura que pour elle et ses doigts d'or, il se sentait capable d'aller faire du tourisme à Vegas.

– Ton boss n'est pas là ?

– Il assiste à une conférence au Collège de France. Intellectuellement, Gildas ne débande jamais.

Ils s'installèrent dans sa chambre, une pièce à la sobriété militaire chahutée par un tableau rouge.

– Ne me dis pas que c'est un Rothko…

– Si. Gildas a gagné beaucoup, beaucoup d'argent avec ses histoires.

– Je croyais qu'il n'était qu'un serviteur de l'État.

– C'était la partie qu'il préférait, mais, pour conserver son train de vie, il a pris des clients après Borel.

– Ah oui ?

– Tu as entendu parler du haut fonctionnaire qui avait un compte en banque à l'étranger ?

– C'est illégal ?

– Un peu, surtout quand on bosse au ministère des Finances et qu'on oublie de déclarer ce fameux compte au Trésor public. Le type a servi de pitance aux médias avant d'appeler Gildas à la rescousse. Il ne voulait pas admettre que sa carrière était à la poubelle. Le vieux lui a conseillé de passer au confessionnal. Plateau de télé, journaliste connu et lisse, lumière bleutée et mystique, langage simple, aveux sobres et demande de pardon. Un homme s'adresse directement à ses frères humains. Plus d'entourloupe, de l'humilité. En fait, le prêtre, ce n'est pas le journaliste mais le bon peuple. C'est lui qui accorde ou non l'absolution.

– Ça a marché ?

– Ça aurait marché dans les années quatre-vingt voire quatre-vingt-dix. Depuis, le public a appris, il est devenu méfiant. Les ambiances de confession religieuse ne fonctionnent plus. Gildas et ses méthodes ont vieilli. Il ne jure que par la télé alors qu'aujourd'hui ça se passe sur le Net. Tu as entendu parler du *Fifty cents Party* ?

– Non.

– Une armada de Chinois payés cinquante cents le commentaire sur Internet pour faire les louanges de leur gouvernement ou du parti communiste, orienter les esprits dans le bon sens ou laminer les arguments des opposants politiques ou challengers économiques. La communication politique a muté depuis longtemps, mais Gildas ne s'en est pas aperçu. Bon, bref, ça ne l'empêche pas d'empocher de gros chèques. En fait, il est toujours considéré comme un gourou. Et payé en tant que tel.

Ingrid fit quelques pas. De l'espace, du silence, le temps suspendu, un endroit idéal pour s'entendre penser. Le vrai luxe. Elle effleura la surface du Rothko du bout de l'index. Dans un musée, son geste aurait déclenché une alarme. Mondo souriait.

– Et tu pourrais quitter tout ça ?

– Oui. C'est immoral parce que le vieux décline et n'a jamais eu autant besoin de moi. Mais les infirmiers privés ne manquent pas et je veux retrouver mes montagnes.

– Je comprends.

Elle lui demanda de se déshabiller et de ne garder que son caleçon. Elle trouva une grande serviette-éponge blanche dans la salle de bains et la déploya sur le lit. Elle le fit s'allonger sur le ventre. Elle avait apporté son huile de massage parfumée au jasmin.

– Tu ne m'as même pas encore touché et c'est déjà divin, Ingrid.

– Je sais.

*

* *

« *Elle parle. Oh, parle encore, ange lumineux, car tu es aussi resplendissante, au-dessus de moi dans la nuit, que l'aile d'un messager du paradis quand il paraît aux yeux blancs de surprise des mortels, qui renversent la tête pour mieux le voir enfourcher les nuages, paresseuses dérives, et voguer sur les eaux calmes du ciel…* »

Une troupe théâtrale divertissait les pensionnaires. Berlin et Lola s'étaient glissés dans le public. Il lui désigna un homme corpulent en fauteuil roulant qui somnolait, et ils l'abordèrent après la représentation. L'infirmier qui l'assistait lui tapota la main.

– Vous avez de la visite, Yann, c'est formidable.

Le vieillard ouvrit les yeux, fixa Lola, se tourna vers Berlin.

– Yann, c'est moi, Joseph.

Rainier se mit à cligner des paupières tandis que sa bouche mâchonnait une nourriture inexistante. L'infirmier s'éloigna. Berlin présenta Lola puis expliqua les raisons de leur venue.

– Yann, tu te souviens de l'attentat de Damas ? C'était en novembre 1998.

Il répéta la question en haussant la voix. Après de longues minutes d'un impossible dialogue, il fallut en convenir, Yann Rainier ne montrait aucun signe de lucidité.

– Vous n'êtes pas de la famille. Sinon vous sauriez qu'il est inutile de parler si fort.

Berlin expliqua à l'infirmier qui s'était rapproché qu'il avait été l'adjoint de Yann Rainier, lequel détenait une information susceptible de sauver un officier de police injustement accusé d'un meurtre. L'homme sembla peser le pour et le contre.

– Yann Rainier souffre de mutisme aphasique, il vous entend mais est incapable de parler. De plus, avec l'âge, sa mémoire s'est détériorée. Il a des moments de lucidité mais de courte durée.

– Il peut écrire ?

– Il a un déficit moteur du bras droit mais, grâce à la rééducation, il est capable de tracer quelques mots, parfois, de la main gauche.

Il apporta une ardoise en plastique, la cala entre les bras du vieillard, l'aida à serrer sa main gauche autour d'un feutre.

– Tentez votre chance. C'est à lui de décider s'il veut ou non vous aider. La dernière fois que quelqu'un est venu le questionner, l'ardoise est restée blanche.

– Qui ça ?

– Un juge, il y a plusieurs mois de ça.

– Olivier de Genans ?

– Oui, je crois que c'était ce nom-là.

– Yann, l'affaire Aerolix, tu te souviens ?

Rainier continua de cligner des yeux. Sa bouche se tordait sur des mots inaudibles, sa main tremblait mais le feutre tenait bon.

– Yann, Damas, une Toyota lancée sur le Madison. Il y a eu beaucoup de victimes. Tu n'as pas ménagé ta peine pour ce dossier. Ça te tenait vraiment à cœur…

Le visage du vieil homme fut troublé par une tempête localisée. Lola eut mal pour lui mais pensa qu'il allait enfin réagir.

– À l'époque, tu doutais, insista Berlin. Tu te demandais si c'était vraiment un acte terroriste. Le juge Olivier de Genans est venu te voir, ici même. Tu n'as peut-être rien voulu lui dire à cause de ton contentieux avec son prédécesseur, Malbourg. Je comprends ça. Mais moi, tu m'as toujours fait confiance. Le courant passait bien entre nous…

Plusieurs minutes s'écoulèrent. Lola nota que le front du malade se couvrait de transpiration. Berlin le saisit doucement aux épaules.

– Yann, c'est très important. Le nouveau juge a retrouvé une note. Signée de ta main. Et destinée à Malbourg. Cette note fait référence à des informations sur l'attentat. C'est grâce à un Américain présent sur les lieux, très peu de temps après la déflagration, que tu as pu les obtenir. Donne-moi son nom.

*

* *

Elle descendit dans le métro et s'engagea dans un périple compliqué. Quand elle fut sûre de ne pas être suivie, elle prit la bonne ligne et s'arrêta à la station Quai de la Rapée. Elle entra dans le café le plus proche et préféra utiliser le téléphone du sous-sol plutôt que son portable. Le légiste arriva quelques minutes plus tard.

– J'ai de la chance que tu travailles un samedi, Thomas.

– Parle pour toi, cocotte.

– Merci d'avoir accepté.

– Quand ce n'est pas ta terrifiante copine, c'est toi. Malédiction. Et tu profites de ton physique renversant pour abuser de ton vieux copain Franklin. C'est très laid, Ingrid.

En fait, il souriait jusqu'aux oreilles. Ingrid lui tendit l'enveloppe en plastique. Il l'empocha avant de commander un jambon-beurre et un demi.

– Avec des cornichons, et pas des rachitiques, dit-il au serveur. Tu t'es maquillée avec une truelle mais ça te va bien, Ingrid. Qu'est-ce que tu prends ?

– La même chose que toi. Les cornichons, c'est une bonne idée.

– Je ne pensais pas que les show-girls mangeaient des sandwiches.

– J'ai une bonne manœuvre.

– Hein ?

– Mon organisme réagit bien.

– Oui, oui, tu as un bon *métabolisme*, Ingrid. Et je dirais même que tu es de bonne composition et que tu as une bonne nature.

– Essaie un peu de parler anglais conformément et tu verras, grand sot.

– Pas la peine, vous êtes déjà des milliards. Mais fais encore des phrases rigolotes. Ça me détend.

– J'ai une meilleure idée.

Elle se plaça derrière lui et entreprit de lui mouliner le trapèze avec ses coudes tout en regardant le ciel. De la laine d'acier ficelée serrée et vibrante. Une promesse violente. Les façades haussmanniennes prenaient la couleur d'une peau humaine. Ingrid pensa qu'elle n'avait pas ça dans le Nevada.

*

* *

Ils traversèrent le hall. Une fois dehors, ils levèrent la tête en même temps.

De la bouillie grise, pensa Lola, comme la mémoire de Rainier. Leur tentative se soldait par un échec retentissant, l'ex-boss de Berlin emporterait le nom de son contact dans la tombe. « L'enfer des femmes, c'est la vieillesse », assurait La Rochefoucauld. Sornettes. Depuis l'époque du Roi-Soleil, la parité avait gagné du terrain.

– Taxi ou RER ?

– Prenons le train. Il n'y a plus d'urgence.

– Ne désespère pas, Lola. On trouvera bien un moyen.

– Je ne désespère pas. Je retourne à mon état initial. La lucidité.

Ils marchèrent en direction de la gare. On les interpellait. C'était l'infirmier, lancé dans un sprint, l'ardoise à la main.

– On ne vous a jamais dit que la patience finissait souvent par payer ?

Cinq capitales tremblées étaient tracées sur l'ardoise. *WOSKY*.

Lola interrogea Berlin du regard.

Il haussa les épaules, réfléchit, composa un numéro sur son portable, raccrocha, l'air énervé.

– Gabrielle ne répond pas.

– Tu ne peux pas interroger un autre contact ?

– Il n'y a qu'elle en qui j'ai confiance.

Le taxi les déposa rue de l'Échiquier. Berlin vérifia que personne n'était planqué dans l'appartement et lui fit ses recommandations. Elle ne devait pas quitter son domicile, dès qu'il aurait du nouveau, il la contacterait.

Lola demeura immobile au milieu de son salon. Après ce qui s'était passé, cette soudaine inaction, ces semelles de plomb.

Elle s'étendit sur son lit. Le téléphone sonna. Elle laissa faire. Ce n'était pas Berlin. Ils avaient convenu d'un code.

*
* *

Elle se réveilla dans l'obscurité. Étonnant, elle pensait s'être endormie avec la lampe allumée. Une voix résonnait. Elle se redressa dans son lit, écouta. Ce n'était qu'un téléviseur. Le son, amplifié par la courette qui faisait caisse de résonance, couvrait presque le bruit de l'averse pourtant violente. Elle se leva, referma la fenêtre.

De mauvaises pensées lui embrumaient l'esprit. Combien de temps durerait ce cauchemar ? Peut-être n'aurait-elle pas dû s'impliquer ? Le sort aurait décidé à sa place. Certaines nuits, alors que ses insomnies dopaient son désarroi, elle avait le sentiment que le libre arbitre n'était qu'une illusion. On s'agitait, on essayait de faire la différence, mais, au bout du compte, aucune de nos actions n'avait d'impact. Une force obscure conduisait le moindre de nos gestes.

Elle alla au salon, colla son front au carreau. Magnifiques, ces trombes déferlant sur Paris. Il n'y avait guère que les éléments en furie pour donner le sentiment d'être encore vivante.

Elle ouvrit sa fenêtre sur une promesse d'orage. Elle se revit, enfant, sur la plage à la fin de l'été. La mer tragique sous le ciel plombé. Les vagues grossies par le vent. La pluie en obliques grisées. Et elle, trempée, excitée par ces colères conjuguées, remerciant un dieu païen pour cette fureur et cette énergie qui liaient son corps à l'Univers. Elle s'était mise à danser, à chanter dans un langage qu'elle avait inventé.

Elle tendit une main à l'extérieur. La pluie lui lécha les doigts comme un fauve domestiqué.

Elle ne trouverait plus le sommeil, autant lire. Elle voulut allumer, actionna l'interrupteur, en vain. Elle s'était trompée ? L'orage avait-il déjà éclaté et occasionné un problème dans l'immeuble ?

Non, non. Si le téléviseur du voisin fonctionnait, la panne ne concernait que l'appartement. Elle s'orienta vers la cuisine pour remettre les fusibles en fonction.

Une ombre. Elle poussa un cri. Un corps d'homme la plaqua contre le mur, écrasa sa main sur sa bouche. Elle reconnut son odeur, lui balança son genou dans le bas-ventre. Il grogna, tint bon. Il avait la force d'une poutre. Elle se débattit, se sentit entraînée vers le froid. Allait-il lui tordre le cou ? Un seul mouvement, les vertèbres craquent, tu disparais. Elle voulait supplier mais ses doigts énormes lui comprimaient la langue.

Elle se sentit basculer dans le vide, hurla. Il la tint par les cuisses. La pluie la cinglait. La rue, en bas. Une trace blanche. Son reflet dans la fenêtre de l'immeuble d'en face. Elle se remit à hurler.

Elle se sentit glisser. Il ne la retenait plus que par les chevilles. Elle cessa de se tordre. L'étau se desserra sur sa cheville droite. La terreur lui mordit le cerveau. Elle se pissa dessus à l'envers. L'étau se desserra sur la cheville gauche.

Il la remontait. Elle balbutia une prière, et se retrouva affalée, suffocante, bouche ouverte sur le parquet. Mais elle ne pleurait pas tandis que lui était en sueur et respirait fort.

– Tu as enfin compris qu'il fallait te tenir tranquille ?

– Torturer les gens, c'est ta vie, connard ? Pauvre minable. Ça ne peut plus durer. Tu es foutu.

Elle l'entendit soupirer, et comprit qu'elle s'était trompée. Il n'était pas là pour lui faire peur. Il avait hésité à exécuter l'ordre qu'on lui avait donné. C'était une folie de l'avoir insulté.

Elle le supplia, jura qu'elle serait obéissante. Elle tenta d'effleurer sa poitrine, son visage. Il la souleva comme un fétu de paille, la fit basculer une nouvelle fois. Elle réussit à s'agripper au garde-fou. Ses gestes étaient rapides, sans plus une once d'hésitation.

Il la poussait en comprimant sa poitrine. Du poing gauche, il frappa sa main cramponnée au garde-fou. Les tendons de son bras allaient rompre.

Sa force se dilua petit à petit.

Son fils, elle ne le verrait plus. Elle cria son prénom.

Elle fonça vers la fin en hurlant.

37

Lundi 11 février

– Hong Kong, Lola ! *What the fuck !*

– Berlin veut que je l'accompagne. Par sécurité.

– Il n'est pas aussi parano qu'il faudrait puisque ta Twingo a été abusée.

– On dit piégée, Ingrid.

– C'est idiot.

– Sans doute, mais ne compte pas sur moi pour réformer le dictionnaire. Quand repars-tu aux États-Unis ?

– Je ne sais pas encore. Je négocie avec le *Bellagio*.

– J'espère être rentrée avant ton départ.

– Tu es optimiste.

L'amie américaine n'avait pas tort. L'inimitable Gabrielle avait fait émerger le nom de Benjamin Wosky de ses fichiers. Officiellement journaliste, il était en réalité agent de la National Security Agency depuis le début des années quatre-vingt-dix. Pour autant, son éventuelle présence à Damas en 1998 était invérifiable. On retrouvait sa trace en Asie en tant que correspondant de l'Associated Press à Hong Kong.

Berlin l'avait joint par téléphone à son bureau et lui avait demandé s'il connaissait Yann Rainier. Wosky avait voulu savoir en quoi cette information le concernait. Berlin avait rétorqué qu'il avait été son adjoint et recherchait des informations sur l'attentat de Damas. Wosky avait exigé des preuves. Berlin lui avait mailé un scan de son ancienne carte de la DCRI. Le journaliste avait répondu qu'il ne communiquerait d'informations éventuelles qu'à un professionnel toujours en activité. Leur dialogue avait tourné court.

Lola entendait encore Berlin lui faire une proposition qu'elle jugeait logique.

Allons à Hong Kong secouer Wosky. Journaliste, c'est la couverture classique, Lola. Et je te rappelle que la cassette vidéo des terroristes de Damas avait justement été envoyée à Associated Press. La NSA est chargée de collecter et d'analyser des communications. Moralité, ce type est un mec dans mon genre. Un gars payé pour écouter. On réussira à s'entendre…

Lola fit ses recommandations de prudence à son amie avant de raccrocher et resta immobile un instant. Cette fichue girafe à santiags allait lui manquer. Un *pop* annonça l'arrivée d'un e-mail. Berlin s'était occupé de leurs e-tickets. Il lui donnait rendez-vous à Roissy, ce soir, à dix-huit heures. Décidément, ce type était presque trop dynamique pour elle.

Elle fit et défit son sac plusieurs fois, n'ayant pas la moindre idée de ce qu'il fallait emporter pour un voyage-éclair à Hong Kong. Sur le coup d'une inspiration subite, elle alla s'acheter des collants de contention. Elle ne tenait pas à voir ses jambes doubler de volume comme lors de son apocalyptique périple africain. Une fois à peu près satisfaite de son bagage, elle s'allongea sur son lit et ferma les yeux. Il lui sembla vite que son immeuble était un être vivant doté d'un cœur, de poumons, d'un système digestif. Et elle une cellule flottant dans ce vaste organisme. Finalement, elle se sentait partie prenante de sa ville, de son quartier, et n'avait pas la moindre envie de décoller d'ici. Son passeport était valide pour plusieurs années, un visa n'était pas nécessaire pour Hong Kong dans le cas d'un court séjour. C'était bien sa chance. Rien ne se mettait en travers de ce projet contestable. Plus de dix mille kilomètres dans les airs pour essayer de soutirer des infos à quelqu'un qui ne voulait visiblement pas en donner.

« Si tu avances, tu meurs, si tu recules, tu meurs. Alors pourquoi reculer ? » Cette citation était-elle chinoise ou africaine ? Mystère. En tout cas, l'adage était utile pour se donner du courage.

Elle pensa à sa dernière conversation avec Sacha, aux adieux d'Ingrid, se releva, récupéra la bouteille de porto dans le buffet, se servit un large verre. Il fallait l'admettre une fois de plus : elle avait toujours eu une peur bleue de l'avion.

Elle était près du hublot, Berlin sur le siège central, la troisième place était occupée par un Asiatique endormi. Les moteurs de l'Airbus ronronnaient, l'odeur de fuel empuantissait la cabine, le ciel parisien n'était plus qu'une toile noire trouée par des étoiles rachitiques. L'estomac chaviré, Lola sentait la sueur s'accumuler à la frontière entre sa taille et ce foutu collant de contention. Pourquoi diable s'était-elle engoncée dans pareil bidule ?

Le capitaine annonça le décollage imminent. Berlin sortit des écouteurs dernier cri de son sac, les mit en place d'un geste sûr puis croisa ses mains sur son ventre. Il avait passé une partie de sa vie avec des écouteurs sur les oreilles et ne s'en lassait pas. Elle lui agrippa le bras.

– Beethoven ?

– Quoi ?

– Tu écoutes Ludwig van Beethoven ?

– Non, Lady Gaga.

– Menteur.

– Tout va bien se passer, Lola. Un vol de nuit, c'est l'idéal. Dors et quand tu rouvriras les yeux, nous serons à Hong Kong.

Il évoqua un hôtel bas de gamme mais qui saurait faire l'affaire. Kowloon, un district un peu moche mais vibrant. Nathan Road.

– Tu es déjà venu ?

– Il y a longtemps.

– En mission ?

– Non, avec ma femme. On a pas mal bourlingué avant la naissance de notre fille. Sacs à dos et insouciance.

Elle lui serrait toujours le bras.

– Quoi encore, Lola ?

– Rien ne t'oblige, Joseph. Surtout si tes finances en pâtissent. Je paierai mon billet d'avion.

– Non.

– Oh, que si. Dis-moi franchement, pourquoi fais-tu tout ça ? Pour qui ?

– Pour moi.

– Une dernière aventure avant la retraite ? La vraie, cette fois.

– Quelque chose comme ça.

Ce scénario n'était guère convaincant mais Lola ne tirerait rien de plus du Husky, du moins cette nuit. Elle desserra un peu sa ceinture de sécurité, se renfonça dans son siège, réalisa que les oreillettes étaient réglables, les ajusta à droite puis à gauche, se tortilla pour trouver la position idéale. Échec. Berlin lui tendit un comprimé.

– Au cas où tu te poserais la question, ce n'est pas de l'ecstasy.

– Amusant.

– Un léger somnifère, Lola. Tu le prendras après le repas.

– Je n'ai pas faim.

– Alors prends-le maintenant.

Il fallait l'admettre, elle appréciait ces moments où il lui parlait avec douceur. Elle avala le comprimé.

38

Mardi 12 février

Elle sursauta, ouvrit les yeux. L'avion était lancé à pleine vitesse. Grincement de fin du monde. Ils avaient atterri.

L'Airbus ralentit sous un ciel triste et dans un paysage de hangars. Le pilote annonça une température extérieure de dix-huit degrés Celsius et quelques averses probables en soirée. Il était 13 h 30 à Hong Kong. Berlin proposa de l'eau minérale, Lola but avec gratitude. L'atmosphère de la cabine lui avait asséché la gorge et les sinus.

Une demi-heure plus tard, ils arrivaient devant la station de taxis et une jeune femme en uniforme leur ouvrait la porte d'une voiture au corps rouge et au toit blanc. Berlin tendit au chauffeur un bout de papier sur lequel il avait noté l'adresse de l'hôtel.

Cette fluidité semblait factice. Benjamin Wosky ne se laisserait pas plus attraper qu'un mirage. Berlin courait après un rêve. Un rêve très personnel. Elle découvrirait lequel, tôt ou tard. Défila un paysage de collines luxuriantes flottant dans la brume. À gauche, la mer était une masse grise et l'horizon indiscernable.

– Brouillard hivernal ?

– Plutôt les fumées des usines qui tournent à plein régime derrière la barrière montagneuse séparant Hong Kong de la grande Chine, répliqua Berlin.

Lola avait lu quelque part que Hong Kong signifiait « port aux parfums ». Ironie. Qui aurait pu croire qu'une ville battue par le vent marin réussirait à être aussi polluée qu'une cité engoncée dans une plaine ?

– Tout le monde a le droit de faire sa révolution industrielle, j'imagine.

– L'Occident a certes fait la sienne il y a un bail, Lola, mais, depuis, on a appris à produire moins sale. Les techniques sont connues, il suffirait que les Chinois les appliquent.

– Et qu'est-ce qui les en empêche ?

– Une épidémie.

Elle se tourna vers lui, intriguée.

– Ça commence par un fonctionnaire qui accepte le pot-de-vin d'un entrepreneur impatient de produire à moindres frais. Et, rapidement, les officiels arrosés se multiplient. À tel point que l'État n'arrive plus à endiguer le mouvement.

– Tu exagères. J'ai lu quelque part que les Chinois prenaient le problème à bras-le-corps.

– Tant mieux.

Le taxi franchit un tunnel et la ville se déploya. Du moins le district de Kowloon, relié au continent et faisant face à l'île de Hong Kong à proprement parler. Le taxi glissa entre des barres d'immeubles floutées par la grisaille. Non loin d'une mosquée, Vanessa Paradis souriait en robe fleurie sur une gigantesque affiche horizontale.

L'hôtel se trouvait dans une ruelle adjacente. Un immeuble décati, coincé entre deux centres commerciaux. Berlin paya le chauffeur et porta leurs deux sacs jusqu'à la réception. Il s'entretint dans un anglais fluide avec le réceptionniste, proposa à Lola de se reposer pendant qu'il se mettait en chasse de Wosky. Elle rétorqua qu'elle avait assez dormi. Un brin de toilette et elle serait d'attaque.

La chambre était un placard mal aéré, les cloisons ne faisaient aucun effort pour atténuer le bruit du trafic, les doubles rideaux dataient de la première guerre de l'opium et sentaient la crevette grillée. Lola prit une douche-éclair dans une cabine pour nain et sous un filet d'eau famélique puis rejoignit Berlin à l'accueil.

– Désolé, ce n'est pas le grand luxe.

– Palace ou pas, c'est égal. Tu m'avais prévenue et on n'est pas en vacances. Au fait, je paierai ma chambre.

– Pas question. C'est moi qui t'ai entraînée ici…

– Ce n'est pas plus négociable que l'avion. On est partenaires, Joseph.

Crachin sale sur Nathan Road, trois bijouteries dégoulinantes d'or en l'espace de cent mètres et il semblait à Lola que la ville tout entière puait le gaz brûlé. Berlin avait déjà étudié le plan du métro. Objectif, Central Plaza face au port de Victoria, le siège d'Associated Press. Ils montèrent à la station Tsim Sha Tsui, changèrent à Admiralty, descendirent à Wan Chai. Il était 16 h 20, voitures, taxis et autobus à impériale formaient une masse compacte et asphyxiante. Dominant les buildings du coin, Central Plaza ressemblait à une gigantesque seringue. Dans l'ascenseur, Lola sentit ses oreilles bourdonner jusqu'au quarante-huitième étage. Berlin s'adressa à l'employée de l'accueil, déclina son identité, demanda à voir Benjamin Wosky.

On les fit patienter. Une porte en verre finit par coulisser sur un quinquagénaire en chemise à manches courtes et large cravate à rayures. Autant d'épaules que d'estomac, coupe en brosse, mâchoire carrée et ses paupières en berne étaient deux petits stores barrant un regard bleu.

– Ben Wosky, annonça-t-il en leur offrant une vigoureuse poignée de main. Ne me dites pas que vous arrivez de France pour moi.

– C'est pourtant vrai, répondit Berlin.

Lola nota sa tranquillité, son assurance. Certaines fois, le style husky avait du bon.

– Et vous êtes ? demanda Wosky à Lola.

– Lola, ma compagne, rétorqua Berlin avant qu'elle ait eu le temps de réagir. Nous avons décidé de joindre l'utile à l'agréable et de visiter Hong Kong.

– Ouais, pourquoi pas. Suivez-moi.

Ils traversèrent un bureau paysager. Vue plongeante sur Victoria Harbour et une multitude de bateaux, barques fragiles, yachts rutilants, énormes cargos. Wosky fit signe de s'approcher de la baie.

– Il faut un permis spécial pour avoir le droit de naviguer ici. On en bave. Les règles sont foutrement strictes.

Lola suivait la progression d'un sampan aux voiles rouge fané. Il croisa un cargo noir et blanc. De près. Le match du moustique contre l'ours.

– Il n'y a pas de port plus actif que celui-là. Ça navigue toute la nuit. Au final, vous me croirez ou pas, mais on s'attache à…

– Cette frénésie ? suggéra Lola.

– Oui, cette fichue ambiance. Du moins, c'est mon cas.

Wosky les fit entrer dans une discrète salle de réunion dépourvue de fenêtre, leur proposa deux sièges, s'assit à distance, sortit un stylo de la poche de sa chemise et s'en servit pour se tapoter le menton.

– Comment va Yann Rainier ?

Sourire et décontraction envolés. L'amoureux de Hong Kong avait fait place au pro inquisiteur. Sous les paupières en berne, un regard froid.

– Mal, répondit Berlin. Mais vous êtes déjà au courant.

– Ouais, bien sûr. Le gars me plaisait bien. On s'est vus trois fois à Damas mais ça a été suffisant pour me faire comprendre qu'il avait des couilles. C'est plus rare qu'on le croit dans nos métiers, pas vrai ?

– Dites-moi plutôt ce que vous avez sur le cœur, Wosky.

– C'est simple. En 1998, Yann Rainier se récupère une grosse affaire à Damas. Une trentaine de morts, un paquet de blessés et les autorités locales qui se foutent de sa gueule et tentent de le balader. Mais il tient bon. Dans le genre seul contre tous. Il a du mérite parce qu'il vient de se faire larguer. Son meilleur officier n'a rien trouvé de plus malin à faire que de demander sa mutation.

– Écoutez…

– Non, c'est vous qui écoutez, Berlin. Je pense que si votre ex-patron a fait un accident vasculaire, c'est à vous qu'il le doit. En grande partie. La dernière fois que je l'ai vu, à Damas, il en avait gros sur la patate.

– Rainier était un grand garçon, non ? intervint Lola.

– Je sais ce qu'il m'a dit, Lola. Qu'il s'était senti trahi. (Et, s'adressant à Berlin :) Il n'avait confiance qu'en toi. Tu étais plus que son adjoint, tu étais son ami. Alors si tu viens pour la putain de rédemption, c'est un peu tard.

Berlin était livide. Lola savait qu'elle avait enfin décrypté son rêve. Le Husky voulait réparer le passé. Rendre tribut à l'ami cloué dans un fauteuil roulant. Un muet dont la mémoire n'était pas tout à fait morte. Yann Rainier se souvenait-il de la défection de son adjoint ? La vivait-il toujours comme une trahison ?

Elle expliqua à Wosky qui elle était vraiment et ce qui l'amenait à fouiller le passé de Yann Rainier et les cendres de l'affaire Aerolix. Son ami Sacha Duguin. Il était vital d'obtenir des informations. C'était à Damas que cette sale histoire prenait sa source. Ses ramifications étaient autant de tentacules qui étoufferaient Sacha si on ne l'aidait pas.

– Ta compagne, hein, Berlin ? Décidément la dissimulation est une seconde nature chez toi.

Lola se retint de répliquer que c'était la norme à Barbouzeland, que l'on travaille pour l'Oncle Sam ou son cousin européen. Il fallait soigner l'humeur de Wosky.

Il finit par lui donner ce qu'elle attendait. Des informations.

39

Elle voulut savoir. Pourquoi avait-il tenté de lui faire jouer un rôle subalterne ? Berlin expliqua qu'il avait jugé inutile de compliquer l'entretien avec des histoires d'amitié.

– Tu as cru que Wosky nous aiderait plus facilement si la nôtre tenait en quelques phrases. Tu t'es trompé. Comme tu t'es trompé pour Rainier.

Il était touché à vif par la leçon de morale du Yankee. Ses yeux lançaient des étincelles. Lola tint bon.

– On ne travaille pas en faisant l'impasse sur les sujets importants. On a eu l'air ridicule devant ce type. Et on peut s'estimer heureux qu'il ait partagé ses informations avec des amateurs.

Elle avait haussé le ton. Dans les miroirs de l'ascenseur, ses mille reflets étaient mille fois en colère. Berlin se mordit les joues jusqu'au rez-de-chaussée.

– Tu me prends pour une demeurée, Joseph.

– Qu'est-ce que tu racontes ?

– Quand on interrogeait Guillaume Candichard, tu avais de l'avance. Tu savais que Rainier avait travaillé sur l'attentat de Damas et donc sur l'affaire Aerolix. Et tu ne m'as rien dit. Ce temps que j'aurais pu gagner si tu avais mis cartes sur table.

– Je n'ai jamais voulu te manipuler, Lola.

– Foutaises.

– Je pense que tu fais partie de ces gens qui ont besoin d'arriver à leurs propres conclusions, à leur rythme. De mon côté, il n'y avait plus d'urgence. Mars est mort et Rainier anéanti.

– Où vas-tu ?

– J'ai besoin de réfléchir. On se retrouve à l'hôtel.

Il fut vite dans la rue. D'abord déroutée, Lola décida de le suivre. C'était la première fois qu'elle le voyait dans cet état. Incinéré de l'intérieur. Après tout, elle ignorait de quoi était encore capable un type qui flinguait des commodes, vous envoyait au coupe-gorge en Afrique, mentait autant qu'un arracheur de dents, prenait l'avion pour Hong Kong sur un coup de tête mais mâchonnait depuis plus de treize ans sa honte d'avoir lâché son ami et patron.

Wosky n'y était pas allé de main morte.

– Tu étais aux écoutes, Berlin ? Arabophone, si j'ai bien compris. Cette vidéo, balancée par Bada juste après l'attentat, tu l'as visionnée, comme nous tous, et surtout écoutée. Je me trompe ?

– Tu ne te trompes pas.

– Les types étaient des Syriens. Accent immanquable, aucun doute là-dessus. Et leur diatribe ressemblait au mot près aux revendications habituelles. La vidéo était légitime. C'était bien l'un des Bada arrêtés qui jactait pendant que son pote le filmait. La police syrienne a les aveux de ces mecs. Mais si tu ne t'étais pas contenté d'écouter et de traduire, si tu avais émergé de ta planque, eh bien tu aurais su que c'était trop beau.

– Précise, tu veux ?

– Bada, c'était un groupe d'excités. Des sincères mais des branleurs. Pas des pros capables d'organiser si vite et si bien un carnage et de le revendiquer encore plus vite. Et puis, le message était vague. Le Grand Satan et ses alliés. Alors pourquoi ne pas faire sauter l'ambassade U-S ? Elle était à deux pas. Manque de bol pour Rainier, tu n'étais plus payé pour réfléchir mais pour écouter…

Berlin fonçait-il au hasard dans les rues ou avait-il un objectif ? Lola penchait pour la seconde option alors qu'elle le filait, abritée par la foule. Il avait quitté Wan Chai Road pour s'engager dans Cross Street. Passants et bâtiments se raréfièrent. Il ralentit le pas pour téléphoner, Lola maintint la distance. Bientôt, une zone verdoyante, de rares villas puis plus aucune construction. Ils progressaient entre vert et gris, la route se métamorphosait en côte. Lola dégoulinait de sueur et avait l'impression de respirer du coton humide. Du moins, l'odeur de brûlé s'était affaiblie, avalée par la végétation.

Elle repensa aux révélations de Wosky. En 1998, il travaillait déjà pour Associated Press et était en poste à Nairobi. Ses missions pour la NSA l'obligeaient à de discrètes réunions de travail avec des officiels américains basés en Afrique et au Moyen-Orient. Il se trouvait à l'ambassade de Damas le jour où la voiture piégée avait détruit l'hôtel Madison. Très peu de temps après l'explosion, Wosky avait pris des photos, des notes, interrogé les témoins. Et ce matériau dormait profondément dans les dossiers de la NSA.

Les deux terroristes de Bada avaient été rapidement arrêtés. Jugés, condamnés à mort, ils n'avaient jamais été exécutés. Au fil des années, leurs déclarations avaient évolué au gré de leurs changements d'avocats. Avant que la Syrie ne sombre dans le chaos, ils affirmaient avoir été instrumentalisés et réclamaient la révision de leur procès.

D'après Wosky, ces hommes avaient bel et bien été manipulés. Âgés d'une vingtaine d'années au moment des faits, ils avaient cru être enrôlés par des cadors d'Al-Qaida. On leur avait demandé d'acheter un véhicule d'occasion, de rassembler des explosifs. En réalité, leurs commanditaires n'étaient pas des extrémistes religieux. Un gradé de l'armée syrienne se cachait derrière l'opération. La preuve ? L'explosif utilisé était militaire. Wosky avait relevé une différence de nature entre les explosifs retrouvés chez les apprentis islamistes lors de la perquisition de la police et celui qui avait transformé la Toyota en bombe.

Un troisième individu était mort en martyr au volant du véhicule. Les deux hommes juraient qu'ils ne l'avaient rencontré qu'une fois pour lui livrer la Toyota. En résumé, du point de vue de Wosky, la piste islamiste était bidon. Et les trois terroristes, de pauvres naïfs instrumentalisés. L'objectif était de faire porter le chapeau le moment venu aux survivants.

Berlin s'arrêta plusieurs fois pour répondre à des appels. Il s'adossait contre un arbre à croupetons comme un vieil Asiatique, prenait des notes, se redressait en se massant le dos, repartait. Une heure et vingt minutes plus tard, il était arrivé à destination. Un imposant aquarium. *Ocean Park.*

Il était plus de dix-huit heures. Le soleil finissait de se dissoudre dans la verdure. Lola acheta un billet au guichet, s'avança prudemment dans la première salle. Des bassins, des poissons multicolores, aucun signe de Berlin. Elle déboucha dans une pseudo-grotte marine à la lumière spectrale et au plafond troué de larges baies circulaires. Berlin, tête en l'air, était en extase sous des raies géantes à la pâleur de suaire. Il reprit son chemin. Elle le retrouva assis sur un banc, parfaitement immobile, hypnotisé par une colonie de méduses mauves dansant dans une eau d'un bleu irréel. Lola se laissa apaiser par leurs arabesques avant de quitter les lieux.

Elle patienta, assise sur un muret. La vue sur l'entrée d'*Ocean Park* était excellente. Elle imagina le juge Genans penché sur ses dossiers sous l'œil de ses marionnettes balinaises. En réalité, c'était le juge la marionnette. Wosky avait été très clair à ce propos.

Votre gouvernement a les données en main, la NSA a été coopérative. Il faudra que l'un de vos ministres se décide un jour ou l'autre à déclassifier. Mes supérieurs n'ont ni conseil ni suggestion à faire… Je vous rends un service parce que vous avez pris la peine de venir jusqu'à moi, mais ça s'arrête là…

Ils étaient venus à Hong Kong pour rien. Lola ne voyait plus en quoi les méandres de l'affaire Aerolix pouvaient être d'une quelconque utilité à Sacha. Ce voyage dans les brumes chinoises était une idiotie. L'illusion de Berlin qui croyait pouvoir recoudre son propre passé avec du fil invisible.

Le décalage horaire lui jouait un mauvais tour, elle bâillait à s'en faire mal. Les visiteurs quittaient les lieux de plus en plus nombreux, mais pas autant qu'elle l'aurait souhaité. Elle revint dans le hall consulter un panneau en anglais. Les jeudis, l'aquarium jouait les nocturnes. Malchance, on était jeudi.

40

Des coups à la porte. Jake, déjà ?

Elle reconnut le visage déformé mais souriant dans l'œilleton, hésita puis ouvrit.

– J'ai cru comprendre que tu aimais les lys.

– Jake va arriver d'une minute à l'autre…

– C'est en tout bien tout honneur.

– Ils sont splendides, merci.

– Je ne suis pas à l'aise avec l'idée de ne plus te voir, Ingrid. Tu pars quand déjà ?

– Très bientôt.

– Il y a des années de cela, Gildas m'a raconté l'histoire de la baleine solitaire. C'est une histoire vraie. Figure-toi qu'il existe quelque part dans un océan une baleine absolument seule. Ses congénères n'entrent jamais en relation avec elle. Pourquoi ? Eh bien, elle n'émet pas sur la bonne fréquence. En d'autres termes, les baleines ignorent qu'elle est des leurs.

– Elles ne l'identifient pas comme une baleine.

– C'est ça. Mais toi, tu es comme Valérie. Tu comprends ma fréquence. Et puis tu m'as ouvert les yeux. Je quitte le service de Gildas.

– Vraiment ?

– J'ai refusé de l'accompagner à un concert hier. Au milieu de l'après-midi, de la musique contemporaine, tu imagines ça ?

– Non.

– C'est mon premier pas vers la liberté.

– Où vas-tu aller ?

– Je te l'ai dit. Dans mes montagnes. Tu as l'air tendu.

Il avait apporté un vase en cristal « piqué dans la caverne d'Ali Baba du vieux ». Elle alla le remplir d'eau, pensa au Strike One fixé sous le lit, mais sentit le regard de Mondo. Son grand corps nonchalant occupant l'embrasure de la porte, il l'observait. Elle se mordit les lèvres, reconnut *Tears in Heaven* d'Eric Clapton. Mondo avait mis en marche l'iPod relié à la chaîne hi-fi de l'hôtel.

Il lui ouvrit les bras.

Would you hold my hand / If I saw you in heaven…

– Dansons, tu veux ? Ça me fera un souvenir pour plus tard.

Il l'enlaça. Elle voulut se libérer. Il la serra plus fort. Elle sentit une douleur aiguë entre ses omoplates et, assez vite, son corps se sépara en deux. Paire de clones. Ingrid dansait avec Mondo. Et Ingrid regardait Ingrid danser avec Mondo.

Beyond the door threre's peace I'm sure
And I know there'll be no more tears in heaven…

– Suis-moi.

– *No…*

– Je n'ai jamais eu envie de te faire du mal, Ingrid.

41

Une sonnerie grêle avait retenti. Le parc allait enfin fermer ses portes. Lola se redressa. Elle s'était endormie sans s'en rendre compte, adossée au muret. Combien de temps ? En contrebas, Hong Kong était une mare aux lucioles. Soulagement, Berlin émergeait d'*Ocean Park*, mains dans les poches, dos légèrement courbé. Il héla un taxi jaune. Elle fit de même et demanda au chauffeur de le suivre. Quelques minutes plus tard, le centre-ville. Les deux taxis prirent un bain de lumière avant de ralentir dans un tunnel encombré.

22 h 45. Kowloon. La foule avait doublé de volume et l'armée de néons zappé la nuit. Lola s'attendait à ce que le taxi jaune ralentisse devant leur hôtel mais il poursuivit sa course sur Nathan Road.

On arriva au port. Le taxi de Berlin s'engagea dans une allée bordée de centaines de conteneurs métalliques puis bifurqua dans une allée. Lola demanda au chauffeur de s'arrêter, paya la course, continua à pied et s'abrita derrière un hangar en voyant le taxi jaune revenir en sens inverse. Le chauffeur était seul à bord.

Une succession d'entrepôts d'une dizaine d'étages. Deux camionnettes et une voiture garées sur le bitume, des flaques d'eau qui brillaient sous la lune et l'haleine caractéristique d'un port. Poisson pourri, sel marin, fuel à cargos et cinq pour cent de mystère. La brise ramena aussi une odeur de céleri et de bananes. Berlin scrutait le troisième hangar. Quelques fenêtres éclairées. Il pénétra dans le bâtiment.

Lola attendit un instant puis remonta un couloir mal éclairé où planait l'odeur antique et répulsive de la naphtaline. Le monte-charge aux grilles noires aurait pu contenir un éléphant. Sur un tableau de cuivre terni, des inscriptions en chinois, elle paria pour des noms de sociétés. Les pas de Berlin résonnaient. Lola se pencha pour le voir insulter une porte close.

– *Wosky, open the goddamn door !*

L'Américain obéit. La porte se referma sur Berlin. Dans les étages, des hommes conversaient en cantonais. Le monte-charge s'ébranla plusieurs fois. Entre les plaintes de la ferraille, encore des voix, des claquements de portes. Puis le silence.

Retentit un couinement modeste et significatif. Celui d'un rongeur qui avait toutes les chances d'être un rat. Lola avala sa salive, colla son oreille à la porte. Wosky et Berlin étaient lancés dans un dialogue inintelligible. Elle patienta un temps infini puis entendit un bruit de moteur, s'approcha d'une lucarne, vit un camion freiner sur le quai. Une dizaine d'hommes en shorts, torses nus et bardés de tatouages, déchargèrent à vive allure deux voitures de sport blanches. Elles avaient l'ampleur et la grâce des raies manta d'*Ocean Park*.

La nuit, le moment idéal pour décharger des Ferrari. Qu'avait dit Wosky ? On s'attache à Hong Kong et à son infatigable activité. Il n'avait pas précisé s'il s'agissait d'activités légales. Lola patienta encore. Pour un type qui n'avait rien à dire, Wosky était curieusement causant. Un peu plus tard, elle discerna une paire d'yeux luisants. Un rat pointa son museau rose avant de disparaître dans l'obscurité.

Elle tambourina à son tour chez Wosky, s'annonça. Berlin et son air blasé ouvrirent la porte.

– Marre de poireauter avec les rats. L'un d'eux avait la taille d'un jambon de Bayonne.

– Lola, tu dois être du Midi pour exagérer comme ça, répondit-il en lui décochant son sourire cagneux.

– Ma grand-mère était de Gardanne.

Wosky était adossé à la coque en bois d'un beau voilier. La pièce faisait dans les quatre-vingts mètres carrés, d'un seul tenant, et elle était bordée par un volet roulant métallique. Quelqu'un y avait peint des palmiers et un ciel indigo. L'Américain expliqua qu'il se construisait son bateau lui-même. Son père, architecte naval, lui avait appris pas mal d'astuces quand il était gamin.

– Ce bateau, ça prendra le temps que ça prendra.

– Un voilier en bois, dit Lola. Je croyais que ça n'existait plus.

– Il ne faut jamais désespérer.

– C'est quoi, ici ?

– Les chiottes et la douche sont cassées mais au moins j'ai de l'espace.

– Ah oui ?

– De quoi respirer quand j'en ai assez de mon deux-pièces riquiqui à Wan Chai.

– Tu dois être morte de fatigue, dit Berlin.

– Je ne sais plus, mon horloge interne est partie en vrille. Mais je suis certaine d'avoir faim.

42

Mercredi 13 février

– Allez, raconte, dit-elle.

– Mangeons d'abord, veux-tu ?

Souper cantonais. Au dernier étage du plus grand building de Kowloon. Ils dominaient Victoria Harbour, les pieds au bord du vide. Au menu, une série de plats succulents et un cloudy-bay, remarquable blanc néo-zélandais, frais à souhait. Le brouillard avait eu la bonté de refluer vers le continent. La vue sur la guirlande lumineuse des buildings de l'île était glorieuse. Les lasers jouaient au kaléidoscope avec le ciel et les montagnes. Les idéogrammes chinois clignotaient sur la soie noire du ciel.

Berlin était d'une humeur délicieuse et affirmait savoir qu'elle le suivait depuis Wan Chai.

– Jamais rencontré femme plus obstinée que toi.

– Je prends ça comme un compliment.

– Tu peux. Tu as remarqué le cacatoès dans un jardin sur le chemin de l'aquarium ? Blanc avec une crête jaune ?

– Oui, et les aigles beiges, hauts dans le ciel gris. Tu aimes les animaux, on dirait. Raies, méduses, volatiles…

– Je les trouve reposants. J'aimerais voir un panda pendant ce séjour.

– Il n'y en a pas trop dans les aquariums.

– Pas faux.

– J'attends toujours le condensé de tes aventures nocturnes et portuaires avec Wosky.

– Oui, oui, ça viendra. Mais avant, il faut que je t'explique…

– Je t'écoute.

Il lui parla de 1998. Année fatale. Celle de la création du « Front islamique mondial contre les juifs et les croisés ».

– Al-Qaida est montée en puissance. Réseaux, finances, états-majors, recrues, la Pieuvre est passée à la taille XXL. Et les camps d'entraînement à la vitesse supérieure.

Les Occidentaux n'avaient pas mesuré l'ambition d'Al-Qaida, sa détermination. Pour eux, « la Base » finirait par être matée avec un peu de temps et d'organisation. Les États-Unis jugeaient qu'ils viendraient facilement à bout du phénomène.

– Ça sautait un peu dans tous les sens, Lola. Cette même année, les représentations américaines de la Tanzanie et du Kenya avaient subi des attaques. Du coup, l'attentat de Damas, à quelques mètres de l'ambassade des États-Unis, n'était pas une si grosse surprise. L'hôtel Madison ? Un tir raté. Bada ? Des crétins excités. Le bordel sanglant n'effrayait pas encore grand-monde parce que ça sautait dans des pays dont tout le monde se foutait.

– C'est-à-dire ailleurs que sur le sol américain.

– Par exemple. Donc, Wosky peut faire le malin, il n'a pas compris lui non plus. Aujourd'hui, avec le recul, c'est facile de parler d'une attaque ciblée contre l'État français et contre Aerolix. En 1998, Wosky était en fonctions et avait toute latitude pour gamberger. Moi, j'étais hors circuit parce que je l'avais décidé.

Je te crois, Joseph, se dit-elle. Et je sais que cela n'a pas été facile. Qui plus est, il ne suffit pas de prendre une décision. Il faut aussi s'y tenir. Entre son ami Yann et sa fille, Berlin avait choisi. Mais d'après ce qu'il venait de dire, il n'avait cessé d'observer la galaxie terroriste. Simplement, il s'était tenu en retrait. Dans l'ombre. Un choix violent, douloureux.

– Mais j'ai une question, Lola. Maintenant que tu sais tout de moi et de mes vieux démons…

– Pose-la.

– Je ne saisis pas si bien que ça pourquoi tu te donnes tant de mal pour Sacha Duguin. S'il était de ta famille, je comprendrais…

– Je ne vois pas ce qu'il y a de compliqué. Il m'a demandé mon aide. J'irai jusqu'au bout.

– Tu as couché avec lui ?

– Tu n'es pas bien ou quoi ? Je pourrai être sa mère.

– Dans ma carrière, j'ai tout vu et le contraire de tout.

– Sacha est un ami. Point barre.

– D'accord.

– Je ne vois pas en quoi ça te concerne, dans le fond.

– J'aime bien savoir ce que je fais, pourquoi et avec qui.

Son sourire était contagieux.

– Désolée de te le dire mais je ne suis pas sûre que la vie nous permette toujours de tout contrôler.

– La tienne, peut-être.

Il trouvait ça drôle. Elle aussi.

Pus tard, la bouteille avait plongé tête la première dans le seau à glace et Lola se sentait bien.

– Wosky, murmura-t-elle.

Berlin lui raconta enfin ce que l'Américain lui avait appris dans son fief envahi par les rats. C'était une histoire horrible mais elle l'apprécia avec le même plaisir que s'il s'était agi d'un conte des mille et une nuits. Shéhérazade avait l'oreille droite décollée et un sourire de vieille tortue mais ses paroles étaient revigorantes. Lola voulut téléphoner à Ingrid pour lui raconter leurs découvertes et réalisa qu'elle n'avait pas prévu un détour chez son opérateur préféré pour récupérer une couverture téléphonique mondiale. Berlin lui tendit son propre portable d'un air philosophe. Elle composa le numéro de l'amie américaine. Un répondeur annonça que la ligne n'était plus en fonction.

– Elle est sans doute rentrée aux États-Unis, Lola.

Bravo, Husky tenait bien le vin. Lola réfléchit puis pria le serveur de lui dénicher le numéro du *Bellagio* à Las Vegas. Elle appela. Un type à la politesse aussi froide qu'une pitance de phoque lui annonça que depuis peu miss Diesel ne faisait plus partie de la troupe du célèbre casino.

– Pourquoi donc ?

– Qui êtes-vous pour elle ?

– Sa mère.

– Ah, dans ce cas. Miss Diesel a été licenciée car elle ne s'est pas présentée à son travail. Malgré nos nombreux rappels. D'ailleurs, elle ne daigne plus répondre au téléphone. Elle ne vous a rien dit ? Que se passe-t-il ? Il y a un problème ?

Lola avait raccroché. Elle était tournée vers la baie mais la vue était dépecée de son charme. Comme un panda écorché.

43

Jeudi 14 février

Lola n'avait pas fermé l'œil de la nuit. Après l'atterrissage, elle secoua Berlin pour quitter l'aéroport au plus vite, resta silencieuse pendant le trajet en taxi. Il pleuvait sur Paris, le ciel était une bande grise uniforme. Berlin écoutait les messages sur le répondeur de son portable. Son visage n'annonçait rien de bon.

– C'est Mathilde Candichard, dit-il.

Il venait d'apprendre sa mort. La veuve de l'ancien ministre avait été défenestrée à son domicile parisien. La porte de son appartement avait été forcée.

Ils se regardaient, catastrophés. Lola se souvenait. Berlin l'avait prévenue.

Je sais ce qu'il faut faire, les filles, mais ça ne va pas vous plaire… S'il est sous surveillance, les craintes de sa mère vont se justifier… Tu ne viendras pas te plaindre, Lola…

Berlin avait vu le drame arriver. Mais pas le visage de la victime. Mathilde et non pas Guillaume. Elle se sentit nauséeuse. Il demanda au chauffeur de se garer sur la bande d'arrêt d'urgence. Elle eut le temps d'ouvrir la portière avant de vomir.

Le taxi les déposa devant le Renaissance.

Un employé leur ouvrit. La chambre était vide, les vêtements d'Ingrid et de Jake en ordre dans la penderie, un volumineux bouquet parfumait l'atmosphère. Lola trouva un lys solitaire en charpie dans la cabine de douche. Un message improvisé ? *Ne crois pas au calme ambiant, Lola.*

Une sonnerie étouffée. Berlin plongea sous le lit pour repêcher un téléphone portable. Celui d'Ingrid. Lola prit l'appel, reconnut la voix de Franklin.

– Il était temps que quelqu'un réponde ! Vous aviez vu juste, les pétroleuses. Gros talent que le vôtre.

– De quoi tu parles ?

– Des résultats d'ADN, pardi. Je passe ma vie à ça.

Le légiste lui apprit qu'Ingrid s'était déplacée samedi dernier jusqu'à l'IML pour lui remettre des cheveux. C'était six jours auparavant, calcula Lola, l'avant-veille du départ pour Hong Kong.

– Bingo, continua Franklin. C'est le même ADN que celui d'Abidjan.

– À qui sont ces cheveux ?

– Ta copine ne me l'a pas dit. C'est quoi le problème ?

Berlin tenait un pistolet par le bout du canon et annonça qu'il l'avait trouvé fixé au sommier, avec de la bande adhésive. Lola reconnut un Strike One. Une puissante arme russe.

*

* *

Ils roulaient vers une destination inconnue. Le temps était une matière souple. Elle avait peur, une peur immense, tandis qu'une autre partie d'elle, très calme, appartenait à Mondo. Il lui parlait de Valérie, jolie et douce championne qui ne le quittait plus depuis qu'il avait sniffé ses cendres. La grande sœur enterrée dans le cimetière du village natal.

Elle pensait à Sacha. Imaginait sa main sur sa joue. Sa main rassurante.

Après une courte éternité, ils traversèrent un monde végétal. Docile, le feuillage s'écartait pour les laisser passer et c'était Mondo qui, par la seule force de sa volonté, obtenait ce résultat. Ingrid se souvint qu'il traçait des courbes parfaites sur la patinoire de la mairie de Paris. Elle était certaine qu'il avait tracé des lignes idéales dans la neige lorsque, jeune soldat, il skiait avec son fusil dans le dos. Elle se demandait s'ils arriveraient bientôt à destination. Mais c'étaient les enfants qui posaient de telles questions. De toute façon, elle ne pouvait rien articuler. Elle l'écoutait parler de son affection pour sa sœur, de sa nostalgie, de ses erreurs. Mondo en était venu à détester son patron, le conteur politique, le vieil homme qui ne voulait pas que ses histoires meurent avec lui…

*

* *

– Allô, Timothy ? C'est moi.

– Ma chère Lola, quel plaisir…

– Trêve de mondanités.

– Il y a un problème ? Ingrid ?

De l'affolement dans sa voix. Espérant qu'il jouait enfin franc-jeu, elle lui raconta ses découvertes au Renaissance.

– Le Strike One, c'est moi qui l'ai donné à Jake.

– Pourquoi ?

– Ingrid voulait rassembler des infos et tout régler pendant que vous étiez à Hong Kong. Elle avait peur pour vous, Lola.

– Vous auriez dû me prévenir, Timothy !

– Ingrid n'était pas seule. Jake était là pour l'aider. Elle doit être avec lui.

– Parlons-en. Il n'a pas débarqué dans sa vie par hasard.

– Lola…

– Je veux la vérité. Maintenant.

Timothy lui avoua connaître Jake par l'intermédiaire d'un ami. Quand Ingrid était rentrée aux États-Unis, il avait jugé qu'elle avait besoin d'un soutien. Les types qui avaient voulu la flinguer à Paris n'avaient aucune raison de se laisser distraire par l'océan Atlantique ou une quelconque frontière. Quoi de mieux comme défenseur qu'un ancien footballeur américain toujours très en forme ? Il n'avait guère eu de mal à convaincre Jake de rencontrer Ingrid.

– L'idée de faire un reportage sur les show girls du *Bellagio* lui a plu. Une fois à Vegas, il ne lui a pas fallu longtemps pour craquer pour Ingrid. J'admets que c'est ce que j'avais prévu. Un ange gardien à long terme.

Lola exigea le numéro de mobile de Carnegie. Timothy le lui donna sans renâcler.

Elle appela. Jake revenait de Haute-Savoie.

– Ingrid est avec vous ?

– Non, qu'est-ce qui se passe ?

Elle prit sur elle, raconta. Ingrid était injoignable. Le Strike One était resté dans la chambre.

Jake poussa un juron. Son TGV était à l'arrêt en rase campagne, une panne due aux congères bloquant la voie. La seule solution : remonter à Paris en taxi.

– Mais qu'est-ce que vous êtes allé fabriquer en Haute-Savoie ?

Il avoua avoir mené une enquête-éclair sur Mondo. Bilan : celui-ci avait été chasseur alpin avant de se faire virer de l'armée.

– Avec un tel pedigree, c'est forcément un bon tireur, Lola.

– C'étaient les cheveux de Mondo pour la recherche ADN ?

– Oui. Le résultat est confirmé.

– Pourquoi avez-vous laissé Ingrid seule à Paris ?

– Il était prévu qu'elle reste à l'hôtel. Je devais faire l'aller-retour dans la journée. Il faut absolument qu'on la retrouve. J'arrive au plus vite.

Il avait raccroché.

Lola jeta le téléphone sur le lit. Elle avait envie de hurler.

– On pètera un plomb plus tard, dit Berlin. Allons voir Sénéchal.

*
* *

Une route étroite. Au loin, en parallèle, des voitures qui filaient sur la nationale. Ils traversaient une région plate et triste à n'en plus finir.

Enfin, des hangars clairs. Mondo s'arrêta, l'aida à descendre de voiture. Malgré ses jambes cotonneuses, elle se sentait de retour. L'autre Ingrid, celle que Mondo avait soumise à sa volonté, avait presque disparu.

Un bruit effrayant. Elle eut le réflexe de se blottir contre lui. Il la prit par les épaules, lui caressa les cheveux. Rien de grave. Un avion militaire avait scié le ciel, abandonnant une bande poudreuse dans son sillage. Il ouvrit le coffre de la Volvo. En sortit un carré emballé dans du papier kraft.

– Le Rothko. Pas vraiment un vol, Ingrid. Le vieux me doit bien ça. Toutes ces années à lui cirer les pompes et à nettoyer ses merdes. Avec ça, on a de quoi voir venir…

Un Rothko rouge, si rouge, pensa Ingrid.

44

Elle bouscula Sénéchal, fouilla l'appartement. Aucune trace de Mondo. Le vieux déclara ignorer où il se trouvait.

Elle plaqua le mufle de son Manurhin contre sa tempe.

– Creusez-vous la cervelle. Il a embarqué Ingrid.

– J'avais cru comprendre qu'elle lui plaisait.

– Votre larbin est un ancien militaire. Et un défoncé.

– Oui, mon erreur s'appelle Mondo. Je l'ai engagé pour conduire Borel. Il fallait un bon chauffeur mais aussi un gabarit capable de défendre le président. Par la suite…

– Par la suite ?

– Mondo donnait un coup de main, de temps en temps. Pour des tâches… inavouables. Il s'en est bien acquitté, pendant de nombreuses années. Mais il a viré incontrôlable.

– Et Mathilde Candichard, c'est une tâche inavouable, ducon ? intervint Berlin.

– Je n'ai rien à voir là-dedans, Joseph. Cette pauvre femme était suicidaire depuis la mort de son mari. Tu le sais bien.

– La mort de Mathilde, c'est ton message à son fils Guillaume. Témoigne devant le juge Genans et tu es mort. Hein, c'est ça, enfoiré ?

– Apprends à te contrôler, Joseph. C'est très utile dans la vie.

Lola relâcha Sénéchal, le regarda reculer jusqu'au mur.

– On sait pour Borel et Aerolix, reprit Berlin. Vide ton sac.

Expression incrédule puis Sénéchal sourit. Lola se retint de fracasser ce sourire à coups de poing. Elle voyait le corps frêle de Mathilde se broyer sur le bitume. Elle voyait des gerbes de feu monter du Madison pour embraser le ciel de Damas. Elle annonça qu'un agent américain leur avait fait des révélations. Aucune raison de ne pas le croire. Le groupuscule terroriste Bada n'était pas derrière l'attentat. Et ni les autorités syriennes ni leurs homologues français n'étaient dupes. L'affaire Aerolix n'était qu'un scénario. Un grand moment de bidonnage signé Gildas Sénéchal.

Le vieux gourou lui décocha un regard admiratif.

– Public et journalistes sont comme la nature, ils ont horreur du vide, Lola. À l'époque, Borel subissait quelques désagréments. Hausse du chômage et du prix du pétrole. Et le déficit du commerce extérieur se creusait. C'est horrible à dire, mais cet attentat était une occasion à saisir. Le danger extérieur donne envie au peuple de se ressouder autour de son chef.

Lola se souvenait de vidéos d'archives sur le Net. Des déclarations ciblées. Borel assurant qu'il avait à cœur la sécurité de ses chers concitoyens. *Tout sera mis en œuvre pour retrouver les acteurs de cet horrible attentat…*

– Sa cote de popularité a grimpé en flèche. Je me trompe ?

– Vous ne vous trompez pas, Lola. C'est exactement ce qui s'est passé. Dans la galaxie terroriste, ces types de Bada étaient des sous-fifres en mal de reconnaissance. Ils ont revendiqué l'attentat pour se gagner une image. C'était logique.

– Et vous n'avez pas démenti.

– Une fois de plus, c'est exactement cela, Lola.

– La véritable histoire n'était pas racontable ?

– Un bon résumé.

– On est tout de même venus pour que tu nous la racontes, Gildas, reprit Berlin. Le commanditaire était un militaire syrien, d'accord. Mais qui était vraiment derrière l'attentat ?

– Le président Borel n'a jamais eu aucune preuve.

– Mais vous avez une idée, dit Lola.

– Ma chère, vous me prêtez un talent de divination que je n'ai pas.

– Vous mentez. L'agent de la NSA nous a affirmé que vous saviez.

– La National Security Agency ! Vous avez bien travaillé, dites-moi.

– Alors ?

– En réalité, il s'agissait d'un des intermédiaires dans la vente des hélicoptères de combat. Pour Borel, assécher les finances de Louis Candichard impliquait de refuser de payer ces gens. De cette manière, ceux-ci ne pouvaient plus verser de rétrocommissions.

– Vous voulez dire que l'intermédiaire s'est vengé de l'État français ?

– Oui, c'est bien ce que je veux dire.

– Vous avez donc forcément des preuves.

– Une conversation. Qui n'a pas été enregistrée. Entre l'intermédiaire et moi-même. Il m'a fait comprendre que nous n'avions pas joué dans les règles, et qu'il y avait des pénalités. Il m'a aussi précisé qu'à l'avenir, il faudrait reprendre nos bonnes habitudes. J'ai répliqué que l'État ne négociait pas avec des margoulins. Ça m'a fait un bien fou. Et de toute façon, et malheureusement, les employés d'Aerolix étaient déjà morts.

– Un témoignage dont aimerait bénéficier Olivier de Genans.

– La justice est un contre-pouvoir mais elle ne gagne pas toujours. Et la raison d'État n'est pas un vain concept.

– La vérité n'est pas toujours bonne à dire ?

– C'est cela. Il était inutile que notre République soit fragilisée à cause d'un attentat qui avait déjà eu lieu. En revanche, le message était passé dans les coulisses du négoce d'armes. On ne foule pas aux pieds le pouvoir. C'est le même principe que ces États qui ne négocient pas avec les terroristes. Il faut être prêt à assumer certains dommages collatéraux…

Lola applaudit. Sénéchal s'interrompit sur sa lancée.

– Splendide histoire, monsieur le grand communicant, et on pourrait presque y croire. Dommage qu'elle soit fausse.

– Mais je vous assure que…

– Vous saviez.

– Je crois vous l'avoir déjà dit.

– Je ne parle pas de cela. Cessez de me prendre pour une idiote.

– Loin de moi cette idée, ma chère…

– Il y avait eu un préalable.

– Pardon ?

– Avant l'attentat du Madison. À Damas. La voiture d'un commercial d'Aerolix basé en Syrie. Une bombe désamorcée sous le châssis. Et un appel anonyme. Cette histoire n'est jamais sortie dans la presse.

– On peut appeler ça sans se tromper une menace, ajouta Berlin. Si vous ne payez pas la commission, on s'attaque à des intérêts français. Plus précisément à Aerolix. Et cette fois, pour de bon.

C'était cela que Wosky avait tenté de garder pour lui. Grâce à des recherches effectuées par la fidèle Gabrielle, Berlin avait su retrouver le « refuge » de l'homme de la NSA. L'endroit où l'Américain construisait son bateau, son rêve. Dans cette ambiance propice, Wosky avait lâché le morceau. Et il était de taille. Borel et Sénéchal savaient que l'attentat aurait lieu. À Damas qui plus est. Ils ne savaient pas précisément où mais n'ignoraient pas qu'il toucherait de près ou de loin Aerolix. C'était ce que Wosky avait appris à Rainier. Et c'était cette vérité que le patron de Berlin avait dû avaler. Une vérité insupportable pour un homme intègre. Et seul. *La dernière fois que je l'ai vu, à Damas, il en avait gros sur la patate.*

– Votre conception de la démocratie est assez particulière, Sénéchal, reprit Lola.

– Vous savez comme moi que la démocratie est une illusion. Ce qui compte, c'est de gérer au mieux le pays, dans l'intérêt suprême de la Nation et de nos concitoyens. Cela passe par un important travail.

– De communication.

– Exact.

– Tu es vraiment un bel enfoiré, Gildas.

– Joseph, je n'avais pas mesuré que couper les vivres à Louis Candichard aurait de telles implications.

Borel voulait évacuer son adversaire politique, répéta Sénéchal, mais également rompre avec des pratiques indignes. Refuser de payer les intermédiaires, c'était aussi refuser le système des rétrocommissions. De 1994 à 1998, de son élection à l'attentat, Borel avait tenu bon. Les menaces étaient explicites. Quelques incidents en apéritif dont la bombe désamorcée sous la voiture du commercial et la promesse de s'en prendre à Aerolix.

– J'ai cru que l'intermédiaire ne mettrait jamais sa menace à exécution. Parce que c'était la politique de la terre brûlée. Après cela, quel gouvernement voudrait travailler avec lui ?

– Manque de bol, l'intermédiaire ne s'est pas contenté de menacer, Sénéchal.

– Hélas, non.

– Gratien était le négociateur, ajouta Berlin. Il a tout consigné dans ses carnets, minute après minute. Dont le nom de cet intermédiaire. Le tien, celui de Borel. Ce qui donne à l'ensemble une force incontestable. Alors j'ai une nouvelle question brûlante pour toi. Mars t'a contacté ?

Sénéchal admit qu'il lui avait téléphoné depuis sa planque africaine.

– Il m'a fait sa grande scène. Les familles des victimes, leur droit à la vérité. Je lui ai expliqué que, dans la balance, il y avait la réputation de Paul Borel et l'intégrité de la République. L'Histoire ne pouvait pas retenir l'image d'un président ayant menti. Paul Borel était un grand homme d'État. Gouverner peut être un déchirement.

Pour une fois, Lola avait le sentiment que Gildas Sénéchal disait ce qu'il pensait. Paul Borel. L'œuvre de sa vie. Une statue du Commandeur à préserver pour les générations à venir et peut-être même pour l'éternité. Une réputation pour laquelle on devait payer le prix. En vies humaines si nécessaire.

– Moi, j'appelle ça de la saloperie, lâcha Berlin.
– Tu ne peux pas comprendre, Joseph.
– Bien sûr. Et à part ça, c'est toi qui as fait abattre Mars ?
– Lorsque Sacha Duguin est venu me trouver, Mondo a décidé de le mettre sous surveillance. Duguin était la détermination même. Sans lui, nous n'aurions jamais retrouvé Mars. Mais Mondo a outrepassé mes ordres. Je voulais la copie des carnets. Il n'était pas question de faire couler le sang.
– Mondo l'a récupérée, cette copie ?
– Oui, c'était une clé USB que Mars portait sur lui.
– Où est cette clé ?
– Dans mon coffre. À la banque.
– Avec les originaux ? demanda Berlin.
– Pardon ?
– L'avocat Gratien a toujours juré qu'on les lui avait volés en profitant de son emprisonnement. La DCRI ne possède pas ces carnets. La police non plus. Je parie donc que c'est toi qui as fait faire le ménage chez Gratien.
– Parie ce que tu veux, Joseph.
– Mondo a éliminé le lieutenant Ménard ? demanda Lola.
– Oui, et c'est l'une de ses initiatives délirantes. Il a pris peur en voyant Mathilde Candichard essayer d'entrer en contact avec Sacha Duguin. N'acceptant pas la mort de son mari, elle ruait dans les brancards. Mondo a voulu, selon ses propres termes, la calmer. En abattant le jeune adjoint de Duguin à qui elle avait fait des confidences, il lui faisait comprendre que personne n'était à l'abri. À commencer par son fils Guillaume. J'admets qu'avec de telles méthodes, Mathilde s'est tenue tranquille.

– En quoi était-elle dangereuse ?

– Mathilde savait comment Paul Borel avait ruiné les ambitions de Louis Candichard. Du vivant de Louis, les Candichard se taisaient. Après sa mort, Mathilde a eu un épisode instable. Je lui ai expliqué que son intérêt n'était pas d'étaler nos histoires en place publique et donné ma promesse que Mars serait jugé.

– Tu mens, le coupa Berlin. Mathilde Candichard était terrorisée.

– C'était Mondo qui la terrorisait. Pas moi.

– C'est Mondo qui l'a tuée ? Pour toi ?

– Je l'ignore, Joseph, et je te répète que Mondo est devenu incontrôlable.

45

La peur subsistait mais le monde devenait moins fantomatique et Ingrid avait retrouvé l'usage de la parole. Le souffle de Mondo dansait au bord de ses lèvres. Dans le grand hangar glacial, un avion rouge et blanc. Le Rothko était déjà à l'intérieur.

– Je te connais depuis plus longtemps que tu ne le crois, Ingrid.

Elle le questionna du regard.

– J'ai surveillé Duguin. Pour retrouver Mars. Tu ne m'as pas vu quand je suis entré chez toi.

– C'est toi qui as volé les clés de Sacha ?

– Emprunté. Pour une copie. Tu te rendais souvent chez lui, tu voulais comprendre pourquoi il t'avait abandonnée. Tu espérais son retour. Lorsque Gildas m'a demandé de tuer Ménard et de ne laisser aucun témoin, je n'ai pas pu. Tu étais trop gracieuse et aimante pour que je te fasse du mal.

– C'était toi… sur le quai de Montebello ?

– Oui, c'était moi.

– Alors c'était toi pour Mars. Aussi.

Il admit avoir exécuté Mars pour le compte de Sénéchal. Sacha devait porter le chapeau. Sénéchal avait tout prévu. Il fallait instiller de la haine dans le meurtre. Une balle en pleine tête, à bout portant, face à face, le signe de la rage qui animait Sacha. La balle devait permettre à la police de remonter jusqu'au Smith & Wesson. Ah oui, le vieux avait écrit là l'une de ses plus belles histoires.

– Le faux médecin dans la planque des Mars, c'était une idée de Sénéchal ?

– Non, la mienne. Il m'arrive d'en avoir. Hector Gassa a joué le rôle. Il a pu entrer dans la maison, récupérer de l'info. Ça m'a soulagé d'apprendre que Karen Mars et sa fille ne seraient plus là.

– Tu les aurais tuées ?

– Non, hors de question. Mais ça m'aurait compliqué la vie. Il aurait fallu que j'attire Mars à l'extérieur de sa planque.

Et pourquoi cette préparation méticuleuse ? Eh bien, Sénéchal ne supportait pas que son ami d'enfance veuille lui donner une leçon de morale. En fait, Mars hésitait à transmettre la copie des carnets au juge Genans. Il en parlait avec Sénéchal au téléphone, voulait comprendre, écoutait ses justifications. Sénéchal bouillait de l'intérieur. Lui qui avait réussi à piquer l'original des carnets avant la perquisition des flics chez Gratien, voilà qu'il devait reprendre l'histoire à zéro à cause d'une fichue copie. Il supportait mal de devoir passer au confessionnal du grand Mars. Après ces années orgueilleuses, où, serviteur du monarque, il était en réalité le maître des coulisses, le stratège indispensable.

– Et puis le vieux a toujours aimé les mots ronflants. La grandeur de la patrie. L'image inaliénable de la République. L'immense président Borel. Mars, lui, n'avalait pas ces conneries. Du moins au début.

– Au début ?

– D'après moi, Mars voulait juste secouer son vieux copain Gildas avant de lui accorder l'absolution. Il s'était servi une fois de sa copie des carnets et il y avait eu mort d'homme, Candichard s'était fait sauter le caisson. Je ne crois pas que Mars avait l'âme d'un tueur. Ce n'était pas quelqu'un comme moi.

– Tu as une âme de tueur ?

– Il faut croire que oui puisque Gildas m'a choisi. Tu as du potentiel, Mondo, on va faire du très beau travail toi et moi. Nous travaillerons dans l'ombre. C'est une grande satisfaction, tu verras. Et grâce à nous, il n'y aura pas d'éclaboussures sur les dorures. Le soleil a plusieurs ombres. Tu vois l'idée ?

– Je crois, oui.

– Il me payait très bien, je menais une vie excitante. Et puis un jour, je me suis souvenu de mes montagnes, de Valérie, des parents. De ce que nous avions été, de cette liberté. Il me semble que c'est quand je t'ai vue dans la lumière sur le quai de Montebello. Tu avais peur de moi. Tu pensais que j'étais ta mort.

– Oui.

– Et je me suis dit que non, finalement, je n'étais pas cet homme-là. D'une certaine façon, c'est toi qui m'as gracié, ce jour d'été. Tu comprends ?

46

La Volvo de Mondo n'était plus au parking. On fouilla sa chambre, Sénéchal confirma qu'il manquait une partie de ses effets et papiers personnels. Et un tableau de valeur.

– Il vous a annoncé son départ ?

– Vous voyez bien que non.

– Où se trouve sa banque ?

Sénéchal couvait un sourire agaçant. Berlin s'installa devant l'ordinateur portable posé sur le bureau et commença à pianoter.

– Vous saviez qu'il allait partir depuis un moment, n'est-ce pas ? reprit Lola.

– Oui, il se détachait de moi, petit à petit. En fait, son banquier, un homme intelligent, m'avait prévenu. Il y a une dizaine de jours.

– Donc, vous savez où il est.

– J'ai installé une balise GPS sous sa voiture, le jour même où j'ai appris qu'il avait vidé son compte en banque.

Lola échangea un regard avec Berlin. Ils pensaient à l'unisson. Le mouchard sous la Twingo était le petit frère de celui de la Volvo. Et les freins lésés, le cadeau-surprise.

– Je vous en ferai profiter mais à une condition, continua Sénéchal. Promettez-moi de ne jamais divulguer les circonstances réelles de l'attentat. L'image de Paul Borel doit rester intacte. C'est l'œuvre de ma vie, madame Jost. Je suis sûre que vous me comprenez…

– Les promesses, c'est démodé, le coupa Berlin.

Il avait trouvé la Volvo. La balise de Sénéchal permettait une localisation en temps réel via Internet.

– Sa voiture est près de la commune de Fleury-sous-Bois, après la forêt de Montmorency. Et il y a un aérodrome à proximité. Ce n'est pas une coïncidence, j'imagine.

– C'est là que j'entrepose mon avion privé, admit Sénéchal.

– On y va, dit Lola.

Berlin poursuivit sa recherche. L'aérodrome se trouvait à quarante-cinq minutes par l'autoroute A5. Beaucoup moins si on oubliait les limitations de vitesse. Il nota le numéro de téléphone et le confia à Lola.

– Embarquons Sénéchal et récupérons d'abord les carnets à la banque, Lola.

– Non, retrouvons d'abord Ingrid.

– La banque de Sénéchal est à deux pas.

– Difficile d'obliger un homme à vider son propre coffre dans sa banque, tu ne crois pas ?

La remarque amusa Sénéchal. Lola imagina qu'elle pulvérisait son autosatisfaction à renfort de claques.

– Oui, mais notre ami a fait le calcul, n'est-ce pas Sénéchal ? De deux choses l'une, ou nous récupérons la clé USB maintenant et tout reste négociable si l'on retrouve Ingrid. Notamment d'expurger les carnets des bonnes feuilles concernant l'ère Borel. Ou nous informons le juge Genans après coup et celui-ci fait ouvrir le coffre et saisir les carnets. Tels quels.

La jovialité du supergourou s'était désagrégée.

Lola avait besoin de Berlin pour affronter Mondo. Elle sentait qu'il ne céderait pas. Ce que voulait le vieux barbouze, depuis toujours, c'étaient ces fichus carnets. Pour terminer la mission de Yann Rainier. Tergiverser serait une nouvelle perte de temps. Elle accepta.

*

* *

– Pourquoi m'as-tu amenée ici, Mondo ?

– L'envie de parler à un être humain après une vie entière avec le vieux, j'imagine.

Sénéchal l'avait manipulé. Ces derniers mois avaient été cauchemardesques. Le vieux faisait place nette. Il fallait réécrire l'Histoire en vitesse. Pour préserver l'icône Borel.

– Ces morts, c'était vraiment nécessaire ?

Elle dissimulait mal sa colère.

– Le suicide de Candichard avait perturbé Gildas. Les erreurs du président Borel pouvaient remonter à la surface.

– Tu veux me faire croire que tu as été *obligé* de tuer ?

– Gildas m'avait fait un cirque parce que j'avais jugé inutile de te sacrifier, Ingrid. Si j'avais continué de lui désobéir, il aurait engagé un autre type. Qui t'aurait exterminée sans états d'âme. Le vieux était lancé dans un massacre. Il voulait tout nettoyer. C'est pour cette raison qu'il a fait tuer Gratien en prison. Par un codétenu. Les carnets existaient sur papier mais aussi dans la mémoire de celui qui les avait rédigés. Cette mémoire, Gildas avait décidé de l'effacer.

– C'est toi qui as trouvé ce détenu ?

– Non, mais j'aurais dû. C'était mon job. Seulement, cette fois, Gildas a agi seul. Le signe que sa confiance en moi s'effritait. Il n'a jamais rien improvisé de sa vie. Si je voulais survivre, j'avais intérêt à prévoir plusieurs coups d'avance. J'imagine qu'il pensait me sacrifier pour me faire porter le chapeau.

Son scénario ? Mondo rêve de retrouver les carnets pour pouvoir les monnayer. Alors il mijote son plan seul, à l'insu de son vieux patron affaibli.

– Pourquoi me racontes-tu tout ça ?

– Pour que tu saches qui je suis vraiment.

– À quoi ça va te servir ?

– À rien, ma belle. Disons que je suis admiratif. J'ai rarement croisé quelqu'un d'aussi combatif. À Abidjan, Hector Gassa avait pour ordre de vous flanquer la trouille de votre vie. Ça n'a pas marché.

– Ils ont fait plus que nous flanquer la trouille. Gassa s'y est pris à deux fois. La seconde, à visage découvert. Il était prêt à me descendre tout comme le vieil homme, témoin de la scène.

– C'est moi qui ai organisé votre surveillance en Afrique mais je te répète que le vieux ne me faisait plus confiance. Je pense qu'il a contacté Gassa en direct. Et qu'il lui a demandé de te descendre. L'obsession de Gildas lui a bouffé la cervelle. L'image intacte de Borel, c'est ça son credo. Je crois que ça a commencé quand il a perdu Geneviève. Sa femme était quelqu'un de bien. Elle le reliait à la vie. Aux émotions simples.

Elle pouvait se passer des fines analyses psychologiques d'un tueur. Et elle n'était pas un fichu curé dans un confessionnal. Elle regrettait de ne pas pouvoir le filmer avec son iPhone. Son témoignage aurait permis d'innocenter Sacha.

*

* *

Ils utilisèrent la voiture de Sénéchal, un SUV Maserati massif qui contenait un fauteuil roulant et un défibrillateur. Le gourou avait tout envisagé pour ses vieux jours. Et même le pire.

– Confort, luxe, prévoyance, je te reconnais bien là, commenta Berlin. C'en est presque beau.

Il émit un sifflet admiratif en constatant que la voiture était équipée d'une télévision interne et d'un régulateur de vitesse avec commandes au volant.

– Histoire de ne pas s'ennuyer à écraser l'accélérateur en continu pendant les longs trajets.

Les options mécaniques de Sénéchal m'intéressent autant que la vie des lampadaires, pensa Lola. Pourquoi diable Mondo a-t-il embarqué Ingrid dans sa fuite ?

– C'était une mise en scène à Saint-Michel ?

– Mondo voulait faire endosser son crime par un tiers, madame Jost. Ingrid lui a servi de témoin au moment de lâcher le nom de Gratien. Une déclaration de vengeance. Outrée, théâtrale, et qui a fait son effet.

– Quelque chose ne colle pas dans ton histoire, reprit Berlin. Mondo n'a pas pu tuer Ménard à Paris et filer Sacha en Afrique.

– Mondo n'a eu aucune difficulté à faire suivre Sacha depuis Paris jusqu'à Abidjan en passant par Kinshasa. Il s'est rendu en Côte d'Ivoire lorsque notre contact nous a fait savoir que Duguin avait retrouvé Mars.

– Quel est le nom de ce contact ? demanda Lola.

– Hector Gassa. Un ancien des forces spéciales du précédent régime.

Lola gara le SUV sur le boulevard Saint-Germain. La banque se trouvait à une dizaine de mètres.

– Un autre détail me chiffonne, dit Berlin. Si Mondo ne devait que récupérer les carnets, comment expliques-tu que ce soit l'arme de Duguin qui ait servi pour abattre Mars ?

– J'ai su après coup que Mondo avait tout prévu. Il a emprunté le revolver de Duguin à son domicile en le remplaçant par le même modèle. En utilisant mon avion personnel pour se rendre à Abidjan, il n'a eu aucune difficulté à embarquer le Smith & Wesson. Il a refait l'échange une fois de retour en France. Duguin ne s'est aperçu de rien. Mondo avait réussi à se procurer une copie de ses clés. Grâce à votre amie américaine, si j'ai bien compris.

Sénéchal et Berlin pénétrèrent dans la banque. À travers la vitrine, elle les vit patienter puis s'avancer vers le guichet. Elle rongeait son frein. Le sort d'Ingrid pouvait se jouer à quelques minutes. Elle imagina son corps abandonné dans la broussaille bordant les pistes d'atterrissage. Les pensées négatives lui empoissaient l'esprit, la sueur lui inondait le dos.

Elle vit un employé s'adresser à Berlin. La discussion s'envenima. Deux hommes firent irruption et le ceinturèrent.

Elle mit le contact, démarra, pianota sur le tableau de commande du GPS. « Bonjour et bienvenue », susurra une voix féminine. Lola poussa un juron, elle ignorait le fonctionnement de ce bazar. Qu'avait dit Berlin ? Fleury-sous-Bois se trouvait au-delà de la forêt de Montmorency. C'était au nord-ouest de Paris. Elle se faufila dans la file réservée aux taxis et accéléra.

*
* *

– Il faut que tu viennes avec moi.

– Hors de question.

– Si tu restes, Gildas te fera descendre. Le Cessna a neuf heures d'autonomie. On peut aller loin avec ça. Tu reviendras quand ce sera tassé. À la mort du vieux.

– Pourquoi perds-tu ton temps à discuter, Mondo ? Chaque minute qui passe te met en danger. J'imagine que Sénéchal sait que tu es ici.

– Si je décolle en dehors des horaires autorisés, je risque une collision ou de me faire repérer. Le vieux me croit en train de faire les courses pour le déjeuner. Désolé, Ingrid, mais tu m'accompagnes. Ce n'est pas seulement de la philanthropie. Je sais que tu donneras l'alerte.

– Je reste ici. Si Sénéchal est aussi cinglé que tu le prétends, il s'en prendra à Lola. Parce qu'elle est pire que moi. Elle ne lâche jamais.

– Tes amis ont de la chance que tu les aimes à ce point.

47

Dieu de la Chance, secoue-toi et épargne-moi les radars. Lola n'avait jamais roulé aussi vite de sa vie. Elle téléphona à l'aérodrome de Fleury-sous-Bois, demanda si l'avion de Gildas Sénéchal était toujours au hangar. Le responsable répliqua qu'il n'appréciait pas les plaisanteries vaseuses.

– Une jeune femme est en danger. Allez vérifier si vous ne me croyez pas.

– Je n'ai rien repéré d'anormal et nous ne communiquons aucune information par téléphone.

Il avait raccroché. Lola était sur l'autoroute à présent, à hauteur de Franconville. Elle pensa prévenir la gendarmerie puis renonça. Soit les gendarmes débarqueraient en force et Mondo n'aurait d'autre choix que de prendre Ingrid en otage, soit ils seraient impressionnés par le pedigree de Sénéchal et perdraient du temps à consulter la voie hiérarchique.

Restait Hardy.

Il avait autorité sur le personnel de l'aérodrome. Et la capacité d'agir vite et de son propre chef. *Ma dernière chance est d'appeler ce type.*

Le capitaine de l'IGS répondit dès la deuxième sonnerie. Elle lui résuma la situation.

– Vous êtes en train de me bousiller mon enquête !

– On fera nos comptes plus tard. Appelez l'aérodrome, je vous en prie. Embarquer Ingrid ne fera que ralentir Mondo. Son comportement est irrationnel, je crains le pire.

– C'est un peu tard.

– Je vous en prie, Hardy.

– Bon, j'appelle l'aérodrome et la gendarmerie locale.

– Demandez-leur d'y aller mollo. C'est un ancien militaire. Et un tueur expérimenté.

– Cessez de m'apprendre mon boulot. Et ne vous mêlez plus de rien.

Lola avait levé le pied, elle accéléra de nouveau. Si Mondo n'avait pas encore décollé, Hardy l'empêcherait de le faire. C'était tout ce qui comptait pour le moment. Pour le reste, il était hors de question d'attendre qu'Ingrid se fasse massacrer.

48

Savourant encore l'expression ahurie de Berlin, Sénéchal se faufila hors de la banque et pressa le pas sur le boulevard. La police allait débarquer, elle garderait ce crétin au chaud un moment.

De retour chez lui, il cajola son chat avant de le déposer sur le palier. La belle bête lui adressa un miaulement offusqué.

– Je sais que c'est un crime de lèse-majesté, Barnabé, mais tu me remercieras plus tard.

Il donna deux tours de verrou, plaça la barre de sécurité en acier sur sa porte, se rendit dans son bureau et sortit les originaux du coffre. La clé USB ayant appartenu à Mars avait été incinérée dans la cheminée, la mémoire biologique de Gratien avait disparu avec lui, ne subsistait que cette vingtaine de carnets gris à spirale, aux pages couvertes d'une écriture serrée mais très lisible. D'aspect banal, ils avaient pourtant une valeur marchande supérieure aux plus beaux manuscrits enluminés.

Richard Gratien avait effectué un travail de bénédictin. La période allait du premier choc pétrolier des années soixante-dix à l'époque actuelle. Une radioscopie rigoureuse, continue, sans artifices des mœurs en vigueur dans le commerce des armes. Dates, lieux, déclarations et petites phrases, acteurs de premier plan et sous-fifres, conditions atmosphériques et impressions du chroniqueur sur certaines personnalités, tout était consigné dans le moindre détail conférant à l'ensemble une puissance de feu inégalée.

Sénéchal sourit en pensant à ceux qui rêvaient de les posséder. Éditeurs, journalistes, magistrats, hauts fonctionnaires. Et les intéressés eux-mêmes. Ces gens qui s'étaient gavés aux frais de la République. C'était dommage de ne pas pouvoir s'offrir une grande purge.

Ces carnets ne faisaient pas la différence entre raison d'État et ignominie. Et leur pouvoir d'irradiation pouvait malheureusement remonter le temps. En cela, ils étaient une malédiction qui ne devait pas survivre à son rédacteur.

Il avait fallu payer le prix du sang pour les obtenir. Aujourd'hui, ils devaient être détruits. Pour Paul. Pour qu'aucune scorie jamais ne puisse contaminer son legs et sa mémoire.

Il observa la photo des jardins de l'Élysée. C'était lors de la première investiture, la séance pour la photo officielle. Paul avait demandé qu'on les photographiât côte à côte sous le grand chêne. En souvenir.

Son sourire juvénile. *Nous faisions une équipe formidable.*

Il fourra la boîte de somnifères dans sa poche, déboucha une bouteille de Krug et leva sa coupe à la santé de son médecin traitant. Un homme qui aurait dû lui interdire l'alcool mais suggérait plutôt quelques incartades, à condition de miser sur la qualité. Il regretterait leurs conversations. Ce médecin était un homme fin et cultivé.

Il s'approcha de la fenêtre. La pluie pixélisait le paysage. Paris était magnifique, comme une sorcière possédant le don de la jeunesse éternelle.

– L'Apocalypse peut être douce, doc. Vous auriez imaginé pareille chose ? Moi pas. Et pourtant j'étais payé pour cela.

Il se fit couler un bain très chaud, choisit un CD de Boulez.

– Pardon pour Mathilde, Paul. Sincèrement. Vous l'aimiez bien et la trouviez extrêmement féminine. Mais les Candichard devaient se taire. Cela a été pénible pour Mondo, mais il s'en est occupé. Il n'ignorait pas que s'il me désobéissait, je trouverais quelqu'un pour éliminer cette jeune Américaine qui lui plaît tant.

Le téléphone sonna. Un employé de l'aérodrome qui s'excusa de le déranger. Il avait reçu deux appels étranges dont celui d'un certain capitaine Hardy.

– J'ai pensé que le mieux était de prendre mes instructions directement auprès de vous, monsieur Sénéchal.

Vertige du choix. La destinée de Mondo ne tenait qu'à une phrase. Mondo à son service pendant si longtemps. Mondo qui l'avait abandonné lorsqu'il avait compris qu'il n'y avait pas de voyage retour. Il gagnerait quoi, l'infidèle ? Quelques années supplémentaires de liberté s'il ne commettait aucune erreur. Il faisait partie de ces gens à qui l'on finissait toujours par présenter l'addition. Une malchance génétique. Allez, un dernier cadeau au larbin.

– Vous avez bien fait de me prévenir. Mondo est effectivement en mission pour moi. Laissez-le utiliser mon Cessna.

Le jerrycan était entreposé dans le dressing. Il aspergea d'essence le contour de l'appartement, puis posa le détonateur électronique sur les carnets de Gratien et régla la minuterie. Il se déshabilla, s'allongea dans l'eau chaude et avala le premier comprimé avec une gorgée de champagne.

Il se revit salle Pleyel. Ce concert auquel Paul et lui avaient assisté. Paul trouvait fascinant le fait que Boulez autorisât les musiciens à interpréter ou non certains passages et à modifier leur ordre.

Tu m'as toujours laissé jouer la partition à ma guise, Paul, tu avais confiance en moi. Et cette confiance m'honore. À bientôt…

49

La platitude des champs, la bande sale et étroite du ciel, trois hangars clos. La Volvo gris métallisé de Mondo était garée en diagonale. Entre parking et hangars, les pistes.

Lola quitta le SUV et se mit à longer le tarmac. La pluie était glaciale mais il aurait fallu bien pire. Des trombes de neige, une tempête polaire qui auraient rendu tout décollage impossible.

Alors qu'elle venait de progresser d'une vingtaine de mètres, le rideau de fer du hangar central commença à se soulever lentement. Elle se mit à courir. Et le vieux con en blanc de son rêve déboula pour une leçon express. Elle était folle, il fallait suivre les ordres de Hardy, laisser faire les gendarmes. Elle chassa le vieux con de ses pensées.

Elle avait affaire à un tueur compliqué, un ancien drogué qui avait pété dans la soie avant que son patron ne le sèvre. Mondo n'avait rien à perdre. Et il faisait une fixation sur Ingrid. Quand il comprendrait que, pour elle, il n'était rien qu'un pauvre taré, il la descendrait.

Hardy ne servait à rien. Ce fichu Cessna ne devait pas décoller.

Elle entendit le vrombissement du moteur. Le volet métallique était à moitié ouvert, on voyait les roues, la base d'une carlingue blanche et rouge. Lola tenta d'accélérer. Son corps pesait une tonne, ses vêtements trempés alourdissaient encore ses mouvements.

Le volet était relevé à présent, les hélices tournaient à plein régime, elle distinguait Mondo dans le cockpit.

Et Ingrid. Vivante.

Lola était arrivée à distance de feu. Elle s'arrêta, braqua son Manurhin en direction du cockpit. Mondo accéléra. *Je ne me suis pas entraînée au tir depuis des décennies. Il y a risque de faire exploser le moteur, de blesser Ingrid.* Elle tira en l'air, se déporta sur la droite, se tordit le pied dans une ornière, chuta. L'avion roula sur l'emplacement où elle s'était trouvée. Elle se releva en grimaçant de douleur. Un liquide poisseux lui embrouillait la vue, du sang.

Mondo amorçait un virage pour amener le Cessna en début de piste. Lola courut jusqu'au SUV. Elle monta à bord, perdit la clé, la récupéra d'une main tremblante, réussit à mettre le contact. Elle fila dans la perpendiculaire de la piste. Mondo mit les gaz. Lola se plaça face à l'avion. Mondo accéléra. Elle aussi.

Elle se souvint du bavardage de Berlin. Ce bon vieux Husky ! Il lui porterait chance.

Le SUV a un régulateur. Qui peut bloquer la vitesse.

Elle enfonça la touche du régulateur, ouvrit la portière, hurla pour se donner du courage, se jeta au-dehors. Le tarmac avala son cri.

Ailleurs.

Quelqu'un avait laissé le robinet à emmerdements grand ouvert. Ça coulait dru. Lola refusait de se noyer. Elle nagea vers la surface.

Elle ouvrit les yeux sur la surface granuleuse du tarmac, sa bouche embrassait une flaque, elle cracha du gravier. On la fouillait. On plongeait une main dans son manteau. Elle parvint à se retourner. Ingrid. Qui avait déniché le Manurhin. Et lui demandait des nouvelles de sa santé.

– Ne… t'inquiète pas… pour moi.

Elle vit les santiags de l'amie américaine décoller, l'entendit crier. Elle redressa un peu la tête. Deux ombres dansaient sous l'averse. Ingrid et Mondo. Et la première braquait le second avec le Manurhin et lui lançait des ordres en anglais. Le SUV s'était encastré dans le Cessna et leurs noces auraient pu faire des étincelles si le déluge avait été d'accord. En résumé, la pluie et Ingrid menaient les opérations. Mondo demanda qu'on le laissât filer. Ingrid refusa.

Il recula vers le parking, vers sa Volvo, vers une liberté illusoire. Ingrid lui cria de s'arrêter. Il maintint sa reculade avec la tête du type déçu, lessivé, mal comprenant et revenu de tout. Il plongea la main dans son blouson. Lola voulut hurler. La détonation fit vibrer le tarmac.

Bon sang, qui avait tiré ?

La pluie dégringola dans son conduit auditif jusqu'aux confins de sa cervelle. Elle se tordit pour savoir la vérité mais le vieux con en blanc revint à la charge. Cette fois, il partait sur une route rectiligne, sa valise en carton à la main.

Quelques siècles plus tard, deux gendarmes l'agrippèrent pour la déposer sur une civière. Soit l'un d'eux portait le même after-shave que Berlin, soit le nez de Lola avait acquis une existence autonome. Elle reconnut avec certitude la voix haute et claire.

Ingrid voulait savoir où se trouvait l'hôpital le plus proche. Lola sourit. L'espace tangua un long et plaisant moment au rythme du pas cadencé des gendarmes.

50

Vendredi 15 février

Ingrid avait patienté des siècles à l'IGS. À présent, elle souriait, installée dans un rayon de soleil. Lola se dit que l'amie américaine passait son temps à la visiter dans des chambres d'hôpital. Ça n'augurait rien de bon. Viendrait-elle la voir lorsqu'elle serait à l'hospice ? Auraient-elles des conversations impossibles par ardoise interposée ?

– Il aurait dû suivre les instructions de Sénéchal et me flinguer à Saint-Michel.

– Et tu trouves ça drôle, soupira Jake.

Il avait bravé les autoroutes verglacées en taxi pour réaliser qu'en son absence Ingrid avait failli décoller pour le Grand Nulle Part. Lola comprenait son énervement. Elle le comprenait d'autant plus que les substances qu'on lui injectait via un petit abdomen en plastique suspendu à un arbrisseau métallique la plongeaient dans une humeur étrange. Tout ça pour deux côtes fêlées et un léger traumatisme crânien. Elle n'était pas loin de se sentir extra-lucide ou de distinguer le vieux con en blanc dans l'embrasure de la porte.

– Si Mondo était l'erreur de Sénéchal, eh bien tu étais celle de Mondo, c'est ça ? demanda-t-elle.

– Oui, il a eu le tort de vouloir dépasser son patron, le grand raconteur d'histoires. Mondo m'avait piqué ma montre avant de la rapporter à l'hôtel. Même méthode qu'avec le Smith & Wesson de Sacha. Et puis ça ne pouvait être que Mondo. J'enlève toujours ma montre pour les massages.

– Quelle idée, aussi, de masser ce type, lâcha Jake.

– Il fallait bien que je récupère son ADN.

– Il y a d'autres moyens.

– Bon, en tout cas, j'ai eu confirmation grâce à Sacha, continua Ingrid à l'intention de Lola.

– Tu as vu Sacha ?

– Bien sûr que non, Jake. Ils le libéreront mais pas dans l'immédiat. Hardy a accepté que je lui parle au téléphone. Grâce aux puissants contacts de Gildas Sénéchal, Mondo a réussi à rencontrer Sacha en prison. Il a posé ma montre devant lui.

– Quel intérêt ? Je ne suis plus, dit Lola.

– Elle était identifiable, Jake y avait fait graver nos deux prénoms. Mondo a expliqué à Sacha que s'il ne se dénonçait pas pour le meurtre de Mars, il me tuerait.

– Et cette fois, pour de bon… articula Lola.

Le silence dansa entre eux quelques secondes. Lola percevait les pensées de Jake. Il n'avait jamais rencontré Sacha mais le détestait souverainement.

Quelqu'un passa la porte, devancé par un gros bouquet de roses rouges. Ce n'était pas le vieux con en blanc mais le barbouze Berlin dans la sévérité de son manteau bleu marine. Il leur annonça la mort de Sénéchal. Un suicide orgueilleux comme le bonhomme. L'immeuble avait failli être carbonisé. On avait sauvé de justesse un couple de retraités tandis que les pompiers bataillaient des heures durant.

– Sénéchal s'est immolé. Je n'aurais jamais cru qu'il avait des couilles en béton.

Carnegie n'y comprenait rien, Berlin s'exprimant en français. Ingrid se chargea de la traduction simultanée.

– Il a utilisé un accélérant. Probablement de l'essence. Tout a cramé, ajouta Berlin. Et donc, les originaux des carnets et la clé USB.

– Je croyais qu'ils étaient à la banque, dit Lola.

– Le coffre ne contient que de l'argent liquide et des titres. Sénéchal nous a eus. La banque, c'était une diversion. L'honneur de Paul Borel est sauf. Et malheureusement celui de pas mal de margoulins dans la foulée. Merde.

– En effet.

Lola pensa à Géraldine Jolin, la jeune femme qui demandait justice pour son père mort à Damas. *Il a un côté Don Quichotte, qui ne lâche rien et ne craint personne.* Le juge Genans s'en sortirait-il sans ces fichus carnets ? Don Quichotte contre les grands moulins de l'État ?

La situation était triste mais pas désespérée. Ce qui importait, c'était de constater qu'Ingrid avait encore pas mal de belles années devant elle. Et que plus personne n'aurait l'idée de la courser sur un quai de Seine ou de l'embarquer de force à bord d'un Cessna. Mais évidemment, le ciel était sillonné de gros courriers et Ingrid avait tout de même un avion à prendre. Jake et elle avaient décidé de rentrer au bercail. Et le journaliste lui avait fait un cadeau en or. Il avait réussi à négocier avec le patron de la troupe du *Bellagio*. Un article dans le *New Yorker* contre la réintégration d'Ingrid.

– Vous partez quand ?

– Ce soir, répliqua Ingrid en souriant à Jake. On se marie le mois prochain à Vegas et tu es cordialement invitée, Lola.

L'amie américaine et son fiancé partirent en quête de cafés. Berlin mit le bouquet dans un vase et s'assit sur la chaise qu'occupait Ingrid. Se penchant vers Lola, il lui prit la main.

– J'ai eu très peur pour toi.

– Moi aussi. En matière de cascades, je manque d'entraînement.

– Tu iras à Las Vegas ?

– Oui.

– Je peux venir ?

– D'accord.

*
* *

Mondo n'avait pas l'intention de leur faciliter l'existence. Pour l'instant, il se taisait. C'était reposant après ses milliers de conversations avec le vieux. Maintenant qu'il était mort, Gildas avait réussi à l'épater. Non seulement il avait le bagou infernal et l'imagination tordue mais en prime un courage de vieil éléphant. Il avait choisi le moment et l'heure. Il s'était dessiné un cimetière en Technicolor. Les tableaux qu'il aimait tant, ces meubles choisis avec un soin jaloux, sa remarquable bibliothèque, sa collection de vieux 33-tours tous plus chiants les uns que les autres. Et ses souvenirs. Les lettres et les photos de sa vie avec Geneviève qu'il avait tant aimée. Ces années de bons et loyaux services auprès de Paul Borel. Une vie de grand commis de l'État. Tout cela réduit en cendres. Parce que le vieux l'avait décidé.

Hardy enleva sa montre pour la poser à côté du magnéto et déclencha l'enregistrement. Ah, le capitaine comptait immortaliser ses propres questions. Amusant. Peut-être aimait-il le son de sa propre voix ?

– Qu'est-ce qui vous fait sourire, Mondo ? J'aimerais en profiter.

Ce qui me fait sourire, petit con ? Oh, tu n'es pas près de le savoir parce que, dans le fond, je n'ai pas encore décidé de la fin de l'histoire. Il y a des possibilités, tu sais. Notamment celle de tenter une négociation. Mais, pour l'instant, je suis fatigué. Et je pense à elle. Elle m'a tiré dessus mais a été aimable, elle a évité mes organes vitaux, préservé mes artères. Je ne me suis pas vidé de mon sang, je ne suis pas dans une chaise à roulettes. Merci, la belle, pour ta mansuétude.

Je vais traîner la patte, bien sûr, mais c'était déjà le cas. Ah, bien sûr, elle ne sera plus là pour me libérer de ma sciatique. Je n'avais jamais pensé à la nature profonde des femmes fatales avant de croiser son chemin. Si on m'avait raconté qu'une fille en short et débardeur fluo détalant sur un quai de Seine pouvait être fatale, je ne l'aurais pas cru. Je les imaginais plus sombres et calculatrices. Eh oui, capitaine Hardy, je ne leur voyais pas une gueule d'ange et un mental assorti.

Et voilà, mon problème, c'est le manque d'imagination. Le tien aussi, d'ailleurs, petit flic des flics. Si Gildas était encore de ce monde, il te l'aurait expliqué.

51

Lundi 25 février

Berlin ronflait légèrement mais ce n'était pas désagréable. Elle s'habilla en vitesse et alla acheter des croissants à la boulangerie. Le ciel était content de lui, ce n'était pas encore la chaleur du Nevada mais on constatait une nette amélioration.

Le compte à rebours en était à « Las Vegas moins dix jours ». Il faudrait bientôt trouver une tenue adéquate pour le mariage d'Ingrid. La boulangère racontait sa vie à une mémère. Lola attendit patiemment qu'elles eussent terminé leur conversation.

– Au beurre, les croissants ?

– Tant qu'à faire.

Quand elle arriva devant son immeuble, un motard sonnait à l'interphone. Elle eut un geste de recul, les vieilles craintes fondaient moins vite que la neige.

– Lola Jost ?

– Affirmatif.

– J'ai un pli pour vous.

Le pli portait le logo du *Calypso*. C'était une invitation de Timothy Harlen. L'ex-patron d'Ingrid s'était même fendu d'une lettre manuscrite. Il invitait Lola et la personne de son choix à se rendre à une soirée spéciale pour fêter les vingt ans de son cabaret. Il fallait « absolument qu'elle soit des leurs ».

– Qu'est-ce qui se passe ? demanda Berlin en enfilant sa veste de pyjama.

– Il se passe que tu es la personne de mon choix.

– C'est bon à savoir.

– Pour une soirée très spéciale.

– Avec toi, toutes les soirées sont spéciales.

– Ravale tes compliments de vieux beau et viens manger tes croissants.

– Pas terrible pour le cholestérol mais on s'en fout.

– Je ne te le fais pas dire.

– Quelqu'un a appelé en ton absence.

– Qui ça ?

– Ingrid. Pour t'annoncer que Mondo lui avait téléphoné.

– Mondo !

– Il connaissait le nom du casino où elle travaille.

– Décidément, les portables poussent comme des champignons en prison. Qu'est-ce qu'il voulait ?

– Je ne sais pas. Ingrid te le dira sans doute à Las Vegas.

– Elle avait l'air inquiet ?

– Non. Ravi.

52

Vendredi 1er mars

Lola avait opté pour une robe mauve décolletée qui ferait double office. La soirée spéciale parisienne et le mariage américain. Installée à la table d'honneur en compagnie de Berlin, elle sirotait une piña colada en écoutant Timothy Harlen leur raconter ses projets pour le *Calypso*. Il avait recruté une artiste exceptionnelle, celle-ci avait l'obligeance de donner son premier show à l'occasion des vingt ans du cabaret.

Elle le vit arriver dans la lumière artificielle. Costume gris, chemise blanche, pas de cravate, et toujours aussi mal rasé. Elle se leva pour le serrer dans ses bras.

– Je ne te remercierai jamais assez, Lola.

– À charge de revanche, Sacha. J'ai mis du temps à comprendre pourquoi tu m'avais envoyé voir Berlin.

– Parce que c'est un homme d'honneur.

– Oui, exact, un chieur et un homme d'honneur, murmura-t-elle à son oreille.

Il hocha la tête, l'air amusé. Elle lui demanda ce qu'il faisait dans les parages.

– J'ai reçu une invitation.

Ils se tournèrent vers Timothy Harlen. Le propriétaire du *Calypso* leur rendit leur sourire et y ajouta une touche de mystère. Un roulement de tambour tua toute velléité de conversation. Le maître de cérémonie monta sur scène.

– *AND NOW, LADIES AND GENTLEMEN*, et maintenant mesdames et messieurs, celle que vous attendez avec impatience… Forte et fragile, *strong and sweet*, superbe et émouvante, *I give you now, the one and only,* l'unique, la flamboyante Reine de Pigalle, la tigresse de vos nuits moites, L'INOUBLIABLE GABRIELLA TIGER !!!

Nouvelle cession de percussions. Riffs énergiques de guitare. Lumière bleutée.

Lola échangea un regard avec Sacha.

– Tu savais ?

– Oui, elle m'avait prévenu. Sinon, je ne serais pas là.

– Tu es de passage ou c'est pour rester ?

– Deuxième option.

– Bien vu.

– Qu'est-ce qui se passe ? demanda Berlin.

Le rideau s'ouvrit sur un bloc opératoire. Des chirurgiens masqués, en combinaison verte, s'affairaient autour d'un patient invisible. Un écran géant diffusait un film en boucle : une Aston Martin ratait un virage et encaissait une série de tonneaux.

Lying alone/In the hospital / I can't do anything right/When I'm with someone like you[1].

Des flots de vapeur rouge envahirent le bloc. L'opéré se volatilisa, les chirurgiens formèrent un rang parfait. Une soufflerie aspira leurs combinaisons et révéla six danseuses en strings et soutiens-gorge

1. Extrait de *In the Hospital*, chanson du groupe britannique Friendly Fires.

scintillants, toujours équipées de masques chirurgicaux, stéthoscope autour du cou. Elles chauffèrent la salle avec une chorégraphie suggestive puis disparurent dans la brume rougeoyante, remplacées par un infirmier poussant le fauteuil roulant d'un blessé assoupi.

Attelles à chaque membre, corset métallique, chaussures orthopédiques, tête dissimulée sous les bandages, le blessé portait une minerve à ouverture trachéale d'où s'échappait un épais tuyau. L'infirmier lui massa les tempes. Électrisé, l'accidenté ouvrit grand les yeux – des yeux d'autant plus bleus dans le blanc des pansements – et osa quelques pas maladroits. L'infirmier propulsa le fauteuil vers les coulisses, arracha l'attelle droite du blessé, libéra un bras à la musculature délicate, à la peau crémeuse. Un bras très féminin.

– TOUS GAGAS DE GABRIELLA !! brailla un enthousiaste.

– Il faut convenir qu'elle est douée, cette Tiger, osa Berlin.

– Pas faux, répliqua Lola.

– Tu la connais ?

– Un peu.

La blessée envoya valser sa deuxième attelle et, au moyen de ses seuls bras, entama une danse serpentine. Tombé à genoux, l'infirmier délivra de leurs carcans les jambes longues et musclées de sa partenaire. L'accidentée virevolta au-dessus de son secouriste, débloqua les liens de ses bottes orthopédiques, et se retrouva chaussée d'une paire de cothurnes aux talons vertigineux.

I LOVE YOU, TIGER !!!!

Le duo entama un pas de deux puis l'infirmier déroula le bandage dissimulant les traits de sa partenaire. Le visage lumineux, l'improbable chevelure rousse en cascades de Gabriella Tiger extirpèrent de nouveaux cris de joies aux habitués. Tiger ondula avec frénésie tandis que le danseur s'escrimait sur les liens de son corset. Un premier niveau céda dévoilant une poitrine comprimée par une bande Velpeau.

TIGER ! TIGER ! TIGER !

L'infirmier embrassa la jeune femme dans le cou et s'attaqua au reste du corset. Libération d'une taille fine, de hanches pleines et opalines, le string était irisé. Tiger fit volte-face, offrant une vue sur un extraordinaire tatouage dorsal, une geisha au bord d'une mare où frétillaient des carpes, et sur un non moins extraordinaire derrière. Elle joua avec la bande Velpeau, prit son temps pour la dégrafer. Bref aperçu sur les seins opalescents. Dans la salle, le râle collectif oscilla entre supplication et extase.

INCENDIE-NOUS, LA FLAMBOYANTE !!

Tiger se tourna vers son public, un sourire provocant retroussa ses lèvres laquées d'un rouge transfusion, ses bras étaient pressés sur sa poitrine. Les mains de l'infirmier se substituèrent à celles de l'accidentée pour de voluptueuses caresses avant de s'écarter. Les généreux mamelons étaient barrés de sparadraps rouges en croix. Les sifflements redoublèrent. La star de Pigalle prit son temps pour onduler au bord de la scène et d'une nuée de bras tendus, avant d'arracher son string d'un geste sûr, révélant une toison blonde sous la lumière chaude des projecteurs. Son compagnon l'enlaça et ils quittèrent la scène à reculons. Les lumières s'adoucirent, un dernier riff de guitare s'étira et la musique fut avalée par un déluge d'applaudissements.

Le duo revint saluer. L'infirmier était torse nu dans le fauteuil roulant. Gabriella Tiger, dans le plus simple appareil hormis ses cothurnes, le poussait avec une énergie joyeuse. Une pluie de pétales de roses blanches tomba des cintres. Quelques tours de scène, des baisers adressés au public, et la jeune femme propulsa son compagnon vers les coulisses. Disparition sous les hourras et les bravos…

– Ingrid m'avait demandé de vous faire la surprise, Lola, avoua Timothy. J'espère que vous ne m'en voulez pas ?

– Pas du tout, Ingrid fait toujours ce qui lui plaît. Au bout du compte.

– Quelque chose me dit qu'on n'ira pas à Las Vegas, intervint Berlin.

– Non, on restera à Paris. Ou bien on ira où tu voudras.

– Paris me va aussi. Je n'aime pas les jeux de hasard.

Sacha s'était levé et se dirigeait vers les loges des artistes. Lola ferma les yeux un instant puis s'accorda un soupir de soulagement.

53

Mardi 19 mars

Olivier de Genans raccrocha le téléphone et fit signe à Marie. Avant de quitter le bureau, la greffière lui adressa un sourire complice. Cela faisait des mois qu'ils bataillaient pour un moment comme celui-là. C'était un sentiment extraordinaire, le meilleur de sa carrière de juge. Et certainement le meilleur de sa carrière de greffière.

Il ouvrit une fenêtre. Aucun prévenu n'était assez fou pour se jeter dans le vide depuis le dernier étage du Palais de justice. Surtout cet homme-là, qui avait fait le premier pas. La Seine était un long ruban vert et docile, réveillé par un rayon de soleil. Paris se débarrassait de l'engourdissement de l'hiver.

Il pensa à Géraldine Jolin. Courageuse, forte ; sans son énergie, le juge Malbourg aurait tiré inexorablement l'affaire Aerolix vers l'oubli. Il lui téléphonerait juste après l'audition.

Deux coups à la porte. Marie entra la première. Elle faisait de son mieux pour maîtriser son émotion.

– Votre rendez-vous, monsieur le juge.

Genans demanda aux deux gendarmes d'enlever ses menottes au prévenu et d'attendre à l'extérieur. Ils obéirent sans hésitation. L'habitude. Genans évitait les méthodes par trop coercitives afin de faciliter le dialogue pendant ses auditions.

Il observa un instant le nouveau venu. Un homme d'une cinquantaine d'années, solide et vêtu de noir. Cheveux gris, courts. Joues bien rasées. Il avait l'allure d'un militaire entraîné mais ses longues mains étaient plutôt celles d'un artiste. Ses yeux avaient enregistré plus de laideur qu'il ne l'aurait souhaité.

Genans reprit place derrière son bureau.

– Asseyez-vous.

L'homme semblait déterminé. Et presque libéré. Du moins mentalement, car il faisait face à une longue condamnation.

– Nom ?

– Mondo.

– Prénom ?

– Jean.

– Profession ?

– Serviteur.

Le juge Genans releva la tête et croisa le regard intelligent de son interlocuteur. Celui-ci souriait.

Grand-pa Koumba avait rassemblé les gamins sous le grand arbre. Le casse-pieds qui trouvait toujours les histoires trop courtes était au premier rang. Koumba frappa plusieurs fois dans ses mains. Les enfants firent silence.

Dans le petit pays, les habitants sont contents. Les dernières neiges ont fondu, le printemps a pris possession des villes et des campagnes. Reine Pluie s'en est allée.

Enfin.

Tout est calme, rassurant. Le soleil est aimable avec chacun et c'est l'occasion d'oublier un peu la crise économique.

Mais écoute-moi bien. Toi, au premier rang. Et toi, ici. Et toi, là. En vérité, un ciel paisible peut couver une terrible tempête. Oh, mais bien sûr.

Personne ne la voit venir, pourtant elle approche, c'est certain. Il n'y aura pas de grêle, pas de vent, pas de branches cassées. Ce sera une tempête de mots. De mots brûlants, capables de détruire des vies, des réputations, des rêves. Des mots méchants comme poison, assez forts pour faire trembler les puissants du petit pays.

On sait déjà que le vieil homme a incendié son appartement pour détruire ces mots dangereux. Il a choisi de les emporter avec lui dans la mort. Tout aurait pu se passer comme il l'avait prévu, mais quelqu'un en a décidé autrement.

Souviens-toi. Ce quelqu'un, c'est le serviteur du vieil homme. C'était lui qui était chargé de retrouver les mots poisons. Ils dormaient dans des carnets. Des carnets à spirale, pareils à ceux qu'on utilise à l'école. Le vieil homme les avait volés pour les cacher dans un coffre profond.

Mais il y avait une copie des carnets. Ah, mais oui. Elle était prisonnière dans une minuscule boîte en plastique. Une boîte pour donner à manger à un ordinateur.

Le serviteur a d'abord obéi à son maître. Il a tué le grand homme blanc sur le toit-terrasse en béton de la maison pour lui voler cette minuscule boîte. De retour au petit pays, le serviteur l'a donnée à son vieux maître. Et puis, il a réfléchi, ce serviteur. Il s'est dit que le maître avait passé sa vie à raconter des histoires. Il était peut-être temps de se méfier de lui, au bout du compte.

Le serviteur a été très malin. Il a fait une copie de la copie. Bien avant l'incendie.

Elle dort dans une consigne aujourd'hui. Ce placard minuscule qu'on peut louer dans la grande gare du petit pays. Cette consigne, elle s'ouvre avec un code. Et ce code, le serviteur le connaît par cœur.

C'est tant mieux car le serviteur a été arrêté par les policiers.

Il a beaucoup de choses à se reprocher. Pour obéir au vieil homme, le serviteur a tué, il a volé. Il est déjà vieux et sait que sa vie se finira au fond de la triste prison où on l'a jeté. Alors, il a bien réfléchi et pris une décision. Il veut faire quelque chose de grand, quelque chose de beau. Pourquoi ? Eh bien, pour impressionner une jolie personne qu'il aime beaucoup. Et donc, il a décidé de donner la copie des carnets à un homme important et honnête.

À un jeune juge.

Ce juge prendra son temps mais finira par avertir les habitants du petit pays. Les nuages se rompront en deux comme des œufs et la vérité tombera du ciel. Ça fera une méchante omelette, difficile à digérer. Mais bien des gens auront faim, surtout les personnes qui écrivent dans les journaux.

Et l'homme blanc ne sera pas mort pour rien sous le soleil de notre belle Afrique. Écoute, écoute bien. Reine Pluie ne sera plus la seule à se souvenir de son nom…

Découvrez le nouvel ouvrage de Dominique Sylvain
à paraître en octobre 2016 aux éditions Viviane Hamy

Dominique Sylvain

KABUKICHO

ROMAN

Viviane Hamy

1

Yudai

Tokyo, mardi 6 octobre 2015
5h15

Le Café Château fermait. Enfin.

Yudai raccompagna sa cliente.

Dans l'ascenseur, elle se plaqua contre lui, le regarda avec adoration, força une main sous sa ceinture et lui caressa la naissance des fesses. Les miroirs reflétèrent leurs corps multipliés.

L'enfer ressemble à ça, pensa-t-il. Une boîte peuplée de milliards d'Akiko. *Et moi, prisonnier de cette boîte pour l'éternité.*

– Dis-moi que je suis la seule pour toi.

La princesse des bulles en pleine crise de romantisme. Avant de venir se détendre au Café Château, elle avait satisfait du client à la chaîne dans son *soapland*. Pour rincer le savon et le sordide, il lui fallait sa dose de féerie.

Elle avait trop bu et tanguait sur ses hauts talons, il la guida vers la sortie. C'était bien son genre de jouer les prolongations, elle avait payé une fortune pour l'avoir à elle, le plus longtemps possible. Service premium. Résultat, il avait les joues tétanisées à force de sourire et une migraine d'éléphant.

Il lui dit ce qu'elle avait envie d'entendre.

– Je suis mieux avec toi qu'avec les autres, Akiko. Tu es très féminine.

– Tu sais de quoi j'ai peur ?

– Tu n'as aucune raison d'avoir peur.

Elle s'arrimait à son bras, plantait ses ongles décorés de signes yin et yang dans sa veste. Cette nuit, son fard à paupières scintillant lui coulait sur les joues, c'était à la fois moche et beau, et elle avait changé de couleur de cheveux. Les reflets roux accentuaient son côté femme renarde.

– Je ne suis pas sûre de supporter ça longtemps, Yudai.

– Tu parles comme si tu voulais arrêter.

– Non, mais tu n'es pas facile à avoir.

– Je suis un produit de luxe pour toi, c'est ça ?

– Ce n'est pas ce que j'ai voulu dire. Tu me connais. Si c'était trop facile, je n'aimerais pas.

– Alors, tu devrais comprendre que je ne te veux pas facilement non plus.

– C'est vrai ?

– Ne sois pas puérile. Mon travail dévore mon temps. Tu le sais.

– Bien sûr, je n'ai pas voulu…

– Cette pression me fait perdre le contrôle et je n'aime pas ça. Impossible pour moi d'avoir une relation dans ces conditions, Akiko. Laisse le temps décider pour nous. C'est tout ce qu'on peut faire.

Toujours les mêmes arguments. Jusqu'à présent, ça fonctionnait comme une formule magique.

Blottie contre lui, elle regarda le ciel en marmonnant *Yudai, je suis bien avec toi…* Il copia son attitude. Les néons transformaient les rues en un gigantesque kaléidoscope que l'aube naissante essayait de dissoudre.

Un spectacle irrésistible, mais qu'il avait vu un nombre incalculable de fois.

Il avait trouvé Kabukicho excitant, au début. Les filles sexy, les conversations délirantes, les méthodes de séduction à raffiner chaque nuit. Le quartier des plaisirs de Tokyo était un immense terrain de jeu, et il faisait partie des bons joueurs. Grâce à ce don. Déchiffrer instinctivement les femmes et leurs besoins. Il savait écouter, trouver les mots, soigner leur solitude.

En peu de temps, il avait fait du Café Château un bar d'hôtes reconnu. Clientèle jeune, ambiance marrante, le fric coulait à flots. Du moins au début. Depuis quelques années, l'économie stagnait ; les effets se ressentaient jusqu'à Kabukicho, où le client se raréfiait. Manque de chance, les *fukoku*[1] comme Akiko et les hôtesses de bar représentaient l'essentiel de la clientèle du Café Château.

Akiko et ses copines évacuaient le stress avec les seuls hommes susceptibles de les comprendre sans les juger : les *hôtes*. Solidarité des travailleurs du *mizu-shobai*, le business de la nuit.

Ces âmes perdues, Yudai et ses confrères en avaient la charge. Il fallait leur jouer la fausse comédie de l'amour. Allumer les cigarettes, rassurer, complimenter, faire rire, ne jamais élever la voix, créer une intimité mais maintenir une distance. Et bannir si possible la baise pour qu'elles ne se lassent pas trop vite et aient envie de revenir. On travaillait sur le fil, entre séduction et refus de se donner. En prime, ils étaient des puits de discrétion, à qui elles confiaient leurs pensées les plus secrètes, ces confidences qu'elles ne faisaient pas même à leurs meilleures amies.

1. Prostituées.

La routine imposait de boire. Plus que de raison. Pour faire monter la note. Chaque hôte vomissait discrètement des rivières d'alcool. Boire, vomir, boire, vomir, et alimenter les conversations et mentir. Le job était plus qu'épuisant. Il était vidant.

Yudai aida sa cliente à monter dans un taxi.

– Merci pour tout, Akiko. Tu as été fantastique avec moi cette nuit. À bientôt.

La voiture s'éloigna, il sentit son corps se dénouer.

Libéré.

Il redevenait vaguement lui-même, il n'avait plus à caresser l'ego surdimensionné de cette dingue.

Parmi les habituées, Akiko était celle qu'il aimait le moins. Intelligente mais tordue, elle se prétendait prête à mourir pour lui. Son boniment n'était que manipulation. En réalité, elle voulait le posséder pour mieux le broyer, se venger sur lui de ce que ses propres clients lui faisaient endurer.

Il remonta au bar et lut ses mails. Kate ne s'était pas manifestée. La veille, elle avait tenté de l'appeler vers midi, sans laisser de message. Depuis, plus rien, impossible de la joindre. Ils avaient pourtant bien convenu d'aller à Hanazono. C'était devenu un rituel entre eux, plusieurs fois par semaine. Se retrouver un moment au sanctuaire shinto du quartier pour décompresser, et repartir ensuite chacun de son côté, apaisés.

Il lui téléphona, écouta une fois de plus le message bilingue de son répondeur. Son accent était marrant, et touchant. Dans la bouche de l'amie anglaise, la langue japonaise si plate et si tranquille prenait le grand huit.

Pourquoi ne réponds-tu pas ? Incompréhensible.

Il fallut compter la recette de la nuit et la mettre au coffre. Son employé lui annonça qu'ils avaient fait vingt pour cent de moins que le mois dernier, une mauvaise nouvelle mais pas franchement une surprise.

Les employés étaient aussi cassés que lui, ils se quittèrent rapidement. *Mata ashita.* À demain.

En chemin vers Hanazono, il envoya un texto. *Kate, réponds-moi. Tu as un ennui ?*

*

* *

L'allée était déserte, il jeta une pièce dans la boîte à oboles, actionna la cloche avec la corde, claqua deux fois des mains avant de les joindre pour faire un vœu.

Je veux trouver le moyen de changer de vie…

Il patienta sur leur banc favori en regardant les lumières de Kabukicho mourir. Il arrivait souvent à Kate d'être en retard, une habitude qui n'avait rien de japonais. Elle viendrait, elle aimait ce lieu paisible autant que lui. *Après ces nuits enfumées, Hanazono me nettoie les poumons et l'esprit, Yudai.*

Elle était la seule à qui il pouvait se confier, être lui-même. Avant de la rencontrer, il lui arrivait parfois de ressentir un trouble profond. Qui était ce gars nommé Yudai et qui vivait dans la même peau que lui ? À force de cacher sa personnalité pour ne jamais décevoir ses clientes, il n'était plus sûr d'exister.

Il n'avait pas oublié la date de leur rencontre. Le 3 mars, jour de la fête des poupées.

Elle avait débarqué au Café Château, l'air décontracté, avait demandé qu'il soit son hôte. Les premières minutes, il avait été déstabilisé. D'abord parce qu'elle était séduisante. Aussi grande que lui, une épaisse chevelure blonde du genre indomptable, un visage triangulaire mangé par de grands yeux bleus.

Discuter dans un japonais de cuisine avec une étrangère n'était pas un sport facile, mais elle l'avait surpris. Son japonais était excellent, et elle avait accaparé son attention. Les rôles s'étaient inversés. Yudai le baratineur avait été séduit par Kate la conteuse.

Elle aimait Hina Matsuri, ce moment où, une fois l'an, on ressortait des placards des poupées représentant la cour impériale de l'ère Heian pour les exposer sur de petites estrades. Le rite shinto attribuait à ces figurines transmises de génération en génération le pouvoir d'absorber les malheurs des vivants, et ce pendant six mois. *J'aimerais croire en leur pouvoir, Yudai*. Elle connaissait la coutume en détail et la trouvait « poétique ».

Kate, cultivée, drôle, et sans prétention. Une dévoreuse de bouquins.

Après une demi-heure, il déclara forfait. Son amie avait eu un empêchement, ils se verraient une autre fois.

Le jour gagnait la partie. Il quitta le sanctuaire.

Dans le taxi, il lutta pour garder les yeux ouverts. Quelques minutes encore et il pourrait s'écrouler sur son lit.

DU MÊME AUTEUR

Baka !
Viviane Hamy, 1995 et 2007
et « Points Policier », nº P2158

Sœurs de sang
Viviane Hamy, 1997 et 2012
et « Points Policier », nº P2408

Travestis
Viviane Hamy, 1998

Techno Bobo
Viviane Hamy, 1999
et « Points Policier », nº P3315

Vox
prix Sang d'encre 2000
Viviane Hamy, 2000
et « Points Thriller », nº P2943

Strad
prix Michel-Lebrun 2001
Viviane Hamy, 2001
et « Points Policier », nº P4006

Cobra
Viviane Hamy, 2002
et « Points Thriller », nº P2944

Passage du Désir
Grand Prix des lectrices de « Elle » 2005
Viviane Hamy, 2004
et « Points Policier », nº P2057

Les Passeurs de l'étoile d'or
(photographies de Stéphanie Léonard)
Autrement, 2004

La Fille du Samouraï
Viviane Hamy, 2005
et « Points Policier », nº P2292

Mon Brooklyn de quatre sous
Après la Lune, 2006

Manta Corridor
Viviane Hamy, 2006
et « Points Policier », nº P2526

L'Absence de l'ogre
Viviane Hamy, 2007
et « Points Policier », nº P2058

Régals du Japon et d'ailleurs
Nil, 2008

La Nuit de Geronimo
Viviane Hamy, 2009
et « Points Policier », nº P2811

Guerre sale
Viviane Hamy, 2011
et « Points Policier », nº P3219

Le Roi lézard
Viviane Hamy, 2012
et « Points Policier », nº P3149

Disparitions
Éditions In8, 2013

L'Archange du chaos
Viviane Hamy, 2015

Kabukicho
Viviane Hamy, 2016

RÉALISATION : IGS-CP À L'ISLE-D'ESPAGNAC
IMPRESSION : CPI FRANCE
DÉPÔT LÉGAL : JUIN 2016. N° 130346 (3017006)
IMPRIMÉ EN FRANCE

Éditions Points

Collection Points Policier

P2044. Mort d'un cuisinier chinois, *Frédéric Lenormand*
P2056. De sang et d'ébène, *Donna Leon*
P2057. Passage du Désir, *Dominique Sylvain*
P2058. L'Absence de l'ogre, *Dominique Sylvain*
P2059. Le Labyrinthe grec, *Manuel Vázquez Montalbán*
P2060. Vents de carême, *Leonardo Padura*
P2061. Cela n'arrive jamais, *Anne Holt*
P2139. La Danseuse de Mao, *Qiu Xiaolong*
P2140. L'Homme délaissé, *C.J. Box*
P2141. Les Jardins de la mort, *George P. Pelecanos*
P2142. Avril rouge, *Santiago Roncagliolo*
P2157. À genoux, *Michael Connelly*
P2158. Baka !, *Dominique Sylvain*
P2169. L'Homme du lac, *Arnaldur Indridason*
P2170. Et que justice soit faite, *Michael Koryta*
P2172. Le Noir qui marche à pied, *Louis-Ferdinand Despreez*
P2181. Mort sur liste d'attente, *Veit Heinichen*
P2189. Les Oiseaux de Bangkok, *Manuel Vázquez Montalbán*
P2215. Fureur assassine, *Jonathan Kellerman*
P2216. Misterioso, *Arne Dahl*
P2229. Brandebourg, *Henry Porter*
P2254. Meurtres en bleu marine, *C. J. Box*
P2255. Le Dresseur d'insectes, *Arni Thorarinsson*
P2256. La Saison des massacres, *Giancarlo de Cataldo*
P2271. Quatre Jours avant Noël, *Donald Harstad*
P2272. Petite Bombe noire, *Christopher Brookmyre*
P2276. Homicide special, *Miles Corwin*
P2277. Mort d'un Chinois à La Havane, *Leonardo Padura*
P2288. L'Art délicat du deuil, *Frédéric Lenormand*
P2290. Lemmer, l'invisible, *Deon Meyer*

P2291. Requiem pour une cité de verre, *Donna Leon*
P2292. La Fille du Samouraï, *Dominique Sylvain*
P2296. Le Livre noir des serial killers, *Stéphane Bourgoin*
P2297. Une tombe accueillante, *Michael Koryta*
P2298. Roldán, ni mort ni vif, *Manuel Vásquez Montalbán*
P2299. Le Petit Frère, *Manuel Vásquez Montalbán*
P2321. La Malédiction du lamantin, *Moussa Konaté*
P2333. Le Transfuge, *Robert Littell*
P2354. Comédies en tout genre, *Jonathan Kellerman*
P2355. L'Athlète, *Knut Faldbakken*
P2356. Le Diable de Blind River, *Steve Hamilton*
P2381. Un mort à l'Hôtel Koryo, *James Church*
P2382. Ciels de foudre, *C. J. Box*
P2397. Le Verdict du plomb, *Michael Connelly*
P2398. Heureux au jeu, *Lawrence Block*
P2399. Corbeau à Hollywood, *Joseph Wambaugh*
P2407. Hiver arctique, *Arnaldur Indridason*
P2408. Sœurs de sang, *Dominique Sylvain*
P2426. Blonde de nuit, *Thomas Perry*
P2430. Petit Bréviaire du braqueur, *Christopher Brookmyre*
P2431. Un jour en mai, *George Pelecanos*
P2434. À l'ombre de la mort, *Veit Heinichen*
P2435. Ce que savent les morts, *Laura Lippman*
P2454. Crimes d'amour et de haine, *Faye et Jonathan Kellerman*
P2455. Publicité meurtrière, *Petros Markaris*
P2456. Le Club du crime parfait, *Andrés Trapiello*
P2457. Mort d'un maître de go, *Frédéric Lenormand*
P2492. Fakirs, *Antonin Varenne*
P2493. Madame la présidente, *Anne Holt*
P2494. Zone de tir libre, *C.J. Box*
P2513. Six heures plus tard, *Donald Harstad*
P2525. Le Cantique des innocents, *Donna Leon*
P2526. Manta Corridor, *Dominique Sylvain*
P2527. Les Sœurs, *Robert Littell*
P2528. Profileuse. Une femme sur la trace des serial killers, *Stéphane Bourgoin*
P2529. Venise sur les traces de Brunetti. 12 promenades au fil des romans de Donna Leon, *Toni Sepeda*
P2530. Les Brumes du passé, *Leonardo Padura*
P2531. Les Mers du Sud, *Manuel Vázquez Montalbán*
P2532. Funestes carambolages, *Håkan Nesser*
P2579. 13 heures, *Deon Meyer*
P2589. Dix petits démons chinois, *Frédéric Lenormand*
P2607. Les Courants fourbes du lac Tai, *Qiu Xiaolong*

P2608. Le Poisson mouillé, *Volker Kutscher*
P2609. Faux et usage de faux, *Elvin Post*
P2612. Meurtre et Obsession, *Jonathan Kellerman*
P2623. L'Épouvantail, *Michael Connelly*
P2632. Hypothermie, *Arnaldur Indridason*
P2633. La Nuit de Tomahawk, *Michael Koryta*
P2634. Les Raisons du doute, *Gianrico Carofiglio*
P2655. Mère Russie, *Robert Littell*
P2658. Le Prédateur, *C.J. Box*
P2659. Keller en cavale, *Lawrence Block*
P2680. Hiver, *Mons Kallentoft*
P2681. Habillé pour tuer, *Jonathan Kellerman*
P2682. Un festin de hyènes, *Michael Stanley*
P2692. Guide de survie d'un juge en Chine, *Frédéric Lenormand*
P2706. Donne-moi tes yeux, *Torsten Pettersson*
P2717. Un nommé Peter Karras, *George P. Pelecanos*
P2718. Haine, *Anne Holt*
P2726. Le Septième Fils, *Arni Thorarinsson*
P2740. Un espion d'hier et de demain, *Robert Littell*
P2741. L'Homme inquiet, *Henning Mankell*
P2742. La Petite Fille de ses rêves, *Donna Leon*
P2744. La Nuit sauvage, *Terri Jentz*
P2747. Eva Moreno, *Håkan Nesser*
P2748. La 7e victime, *Alexandra Marinina*
P2749. Mauvais fils, *George P. Pelecanos*
P2751. La Femme congelée, *Jon Michelet*
P2753. Brunetti passe à table. Recettes et récits
Roberta Pianaro et Donna Leon
P2754. Les Leçons du mal, *Thomas H. Cook*
P2788. Jeux de vilains, *Jonathan Kellerman*
P2798. Les Neuf Dragons, *Michael Connelly*
P2804. Secondes noires, *Karin Fossum*
P2805. Ultimes Rituels, *Yrsa Sigurdardottir*
P2808. Frontière mouvante, *Knut Faldbakken*
P2809. Je ne porte pas mon nom, *Anna Grue*
P2810. Tueurs, *Stéphane Bourgoin*
P2811. La Nuit de Geronimo, *Dominique Sylvain*
P2823. Les Enquêtes de Brunetti, *Donna Leon*
P2825. Été, *Mons Kallentoft*
P2828. La Rivière noire, *Arnaldur Indridason*
P2841. Trois semaines pour un adieu, *C.J. Box*
P2842. Orphelins de sang, *Patrick Bard*
P2868. Automne, *Mons Kallentoft*
P2869. Du sang sur l'autel, *Thomas H. Cook*

P2870. Le Vingt et Unième cas, *Håkan Nesser*
P2882. Tatouage, *Manuel Vázquez Montalbán*
P2897. Philby. Portrait de l'espion en jeune homme
Robert Littell
P2920. Les Anges perdus, *Jonathan Kellerman*
P2922. Les Enquêtes d'Erlendur, *Arnaldur Indridason*
P2933. Disparues, *Chris Mooney*
P2934. La Prisonnière de la tour. Et autres nouvelles
Boris Akounine
P2936. Le Chinois, *Henning Mankell*
P2937. La Femme au masque de chair, *Donna Leon*
P2938. Comme neige, *Jon Michelet*
P2939. Par amitié, *George P. Pelecanos*
P2963. La Mort muette, *Volker Kutscher*
P2990. Mes conversations avec les tueurs, *Stéphane Bourgoin*
P2991. Double meurtre à Borodi Lane, *Jonathan Kellerman*
P2992. Poussière tu seras, *Sam Millar*
P3002. Le Chapelet de jade, *Boris Akounine*
P3007. Printemps, *Mons Kallentoft*
P3015. La Peau de l'autre, *David Carkeet*
P3028. La Muraille de lave, *Arnaldur Indridason*
P3035. À la trace, *Deon Meyer*
P3043. Sur le fil du rasoir, *Oliver Harris*
P3051. L'Empreinte des morts, *C.J. Box*
P3052. Qui a tué l'ayatollah Kanuni ?, *Naïri Nahapétian*
P3053. Cyber China, *Qiu Xiaolong*
P3065. Frissons d'assises. L'instant où le procès bascule
Stéphane Durand-Souffland
P3091. Les Joyaux du paradis, *Donna Leon*
P3103. Le Dernier Lapon, *Olivier Truc*
P3115. Meurtre au Comité central, *Manuel Vázquez Montalbán*
P3123. Liquidations à la grecque, *Petros Markaris*
P3124. Baltimore, *David Simon*
P3125. Je sais qui tu es, *Yrsa Sigurdardóttir*
P3141. Le Baiser de Judas, *Anna Grue*
P3142. L'Ange du matin, *Arni Thorarinsson*
P3149. Le Roi Lézard, *Dominique Sylvain*
P3161. La Faille souterraine. Et autres enquêtes
Henning Mankell
P3162. Les deux premières enquêtes cultes de Wallander :
Meurtriers sans visage & Les Chiens de Riga
Henning Mankell
P3163. Brunetti et le mauvais augure, *Donna Leon*

P3164. La Cinquième Saison, *Mons Kallentoft*
P3165. Panique sur la Grande Muraille & Le Mystère du jardin chinois, *Frédéric Lenormand*
P3166. Rouge est le sang, *Sam Millar*
P3167. L'Énigme de Flatey, *Viktor Arnar Ingólfsson*
P3168. Goldstein, *Volker Kutscher*
P3219. Guerre sale, *Dominique Sylvain*
P3220. Arab Jazz, *Karim Miské*
P3228. Avant la fin du monde, *Boris Akounine*
P3229. Au fond de ton cœur, *Torsten Pettersson*
P3234. Une belle saloperie, *Robert Littell*
P3235. Fin de course, *C.J. Box*
P3251. Étranges Rivages, *Arnaldur Indridason*
P3267. Les Tricheurs, *Jonathan Kellerman*
P3268. Dernier refrain à Ispahan, *Naïri Nahapétian*
P3279. Kind of blue, *Miles Corwin*
P3280. La fille qui avait de la neige dans les cheveux *Ninni Schulman*
P3295. Sept pépins de grenade, *Jane Bradley*
P3296. À qui se fier ?, *Peter Spiegelman*
P3315. Techno Bobo, *Dominique Sylvain*
P3316. Première station avant l'abattoir, *Romain Slocombe*
P3317. Bien mal acquis, *Yrsa Sigurdardottir*
P3330. Le Justicier d'Athènes, *Petros Markaris*
P3331. La Solitude du manager, *Manuel Vázquez Montalbán*
P3349. 7 jours, *Deon Meyer*
P3350. Homme sans chien, *Håkan Nesser*
P3351. Dernier verre à Manhattan, *Don Winslow*
P3374. Mon parrain de Brooklyn, *Hesh Kestin*
P3389. Piégés dans le Yellowstone, *C.J. Box*
P3390. On the Brinks, *Sam Millar*
P3399. Deux veuves pour un testament, *Donna Leon*
P4004. Terminus Belz, *Emmanuel Grand*
P4005. Les Anges aquatiques, *Mons Kallentoft*
P4006. Strad, *Dominique Sylvain*
P4007. Les Chiens de Belfast, *Sam Millar*
P4008. Marée d'équinoxe, *Cilla et Rolf Börjlind*
P4050. L'Inconnue du bar, *Jonathan Kellerman*
P4051. Une disparition inquiétante, *Dror Mishani*
P4065. Thé vert et arsenic, *Frédéric Lenormand*
P4068. Pain, éducation, liberté, *Petros Markaris*
P4088. Meurtre à Tombouctou, *Moussa Konaté*
P4089. L'Empreinte massaï, *Richard Crompton*
P4093. Le Duel, *Arnaldur Indridason*

P4101. Dark Horse, *Craig Johnson*
P4102. Dragon bleu, tigre blanc, *Qiu Xiaolong*
P4114. Le garçon qui ne pleurait plus, *Ninni Schulman*
P4115. Trottoirs du crépuscule, *Karen Campbell*
P4117. Dawa, *Julien Suaudeau*
P4127. Vent froid, *C.J. Box*
P4159. Une main encombrante, *Henning Mankell*
P4160. Un été avec Kim Novak, *Håkan Nesser*
P4171. Le Détroit du Loup, *Olivier Truc*
P4188. L'Ombre des chats, *Arni Thorarinsson*
P4189. Le Gâteau mexicain, *Antonin Varenne*
P4210. La Lionne blanche & L'homme qui souriait *Henning Mankell*
P4211. Kobra, *Deon Meyer*
P4212. Point Dume, *Dan Fante*
P4224. Les Nuits de Reykjavik, *Arnaldur Indridason*
P4225. L'Inconnu du Grand Canal, *Donna Leon*
P4226. Little Bird, *Craig Johnson*
P4227. Une si jolie petite fille. Les crimes de Mary Bell *Gitta Sereny*
P4228. La Madone de Notre-Dame, *Alexis Ragougneau*
P4229. Midnight Alley, *Miles Corwin*
P4230. La Ville des morts, *Sara Gran*
P4231. Un Chinois ne ment jamais & Diplomatie en kimono *Frédéric Lenormand*
P4232. Le Passager d'Istanbul, *Joseph Kanon*
P4233. Retour à Watersbridge, *James Scott*
P4234. Petits meurtres à l'étouffée, *Noël Balen*
P4285. La Revanche du petit juge, *Mimmo Gangemi*
P4286. Les Écailles d'or, *Parker Bilal*
P4287. Les Loups blessés, *Christophe Molmy*
P4295. La Cabane des pendus, *Gordon Ferris*
P4305. Un type bien. Correspondance 1921-1960 *Dashiell Hammett*
P4313. Le Cannibale de Crumlin Road, *Sam Millar*
P4326. Molosses, *Craig Johnson*
P4334. Tango Parano, *Hervé Le Corre*
P4341. Un maniaque dans la ville, *Jonathan Kellerman*
P4342. Du sang sur l'arc-en-ciel, *Mike Nicol*
P4351. Au bout de la route, l'enfer, *C. J. Box*
P4352. Le garçon qui ne parlait pas, *Donna Leon*
P4353. Les Couleurs de la ville, *Liam McIlvanney*
P4363. Ombres et soleil, *Dominique Sylvain*
P4367. La Rose d'Alexandrie, *Manuel Vázquez Montalbán*